House

of

Storm

Mignon G. Eberhart

論創海外ミステリ

Ronso Kaigai MYSTERY

171

嵐の館

ミニオン・G・エバハート

松本真一⊃訳

論創社

House of Storm
1949
by Mignon G. Eberhart

目次

主要登場人物

ロイヤル・ビードン……………ビードン大農場の農場主
オーリーリア・ビードン………ロイヤルの妹
ノーニ……………………………ロイヤルの婚約者
ハーマイニー・ショー…………ミドル・ロード大農場の農場主
ジム・ショー……………………ハーマイニーの甥
リディア・バセット……………ロイヤルの幼なじみ
ディック・フェンビィ…………ビードン島の警察署長
シーベリー・ジェンキンズ……ビードン島の判事
リオーダン………………………ビードン島の医師
ウェルズ少佐……………………ポート・アイルズ警察署の警察本部長
イェーベ…………………………ビードン家の執事
スミッソン………………………農場監督
ハッピー…………………………ショー家の雑用係
ジョニー…………………………ショー家の料理係

嵐の館

第一章

また、家が聞き耳を立てている。弱々しいけれど、何かが絶えず部屋へ押し寄せてきて取り囲もうとしているようだ。手紙を書いていたペンを置くと、ノーニも耳をそばだてた。今度は間違いなく、物が擦れ合う、あるいはすばやく動く音がする。

うだるように暑い午後三時。貿易風が島を吹き抜けてヤシの木を揺らし、バナナの葉を擦り合わせる。ハリケーン用の丈夫な鎧戸《よろいど》が、暑さとまぶしさを閉め出していた。今は昼寝の時間なので、家の中の誰もが暑さと昼寝の誘惑に負けてまどろんでいる。このようなときは気持ちも緩み、島を覆う暑さにも、太陽の光、青々と生い茂った木々、そして波のささやきにも思わず身を委ねてしまうことを、ノーニは知っていた。

だが、家は少しも気を緩めていない。暑さにも屈することなく聞き耳を立て、中の人間を絶えず見張っているかのようだ。

ノーニが感じるこの気配は、今に始まったことではない――ここに滞在するようになってからいつも感じていた。紺碧のカリブ海に浮かぶ、緑色のかわいらしい島――ビードン島にやって来たのは三週間前。今ではここがノーニの家だ。

他人が聞いたら、慣れない場所へやって来た子どものように不安に駆られているだけだと取り合わないだろう――家が聞き耳を立てているなどと言えば、そう片付けられるに決まっている。子どもっぽいばかりか、実際ばかげているし、それにロイヤルとオーリーリアに申し訳ない。ロイヤル・ビードンはノーニの夫になる男で、オーリーリアは義理の姉になる。助けが必要なとき、二人はすぐさま手を差し伸べてくれた。ノーニをとても温かく心を込めて迎え入れてくれただけでなく、ロイヤルはノーニに結婚を申し込んでくれたのだ。

だから、ノーニは漠然とした不安を克服するように努めた。部屋の外に誰かがいる気配を感じても、長くて狭い廊下の隅や、鎧戸を閉めきって長い間使われていない部屋の薄暗い出入口に、何かが潜んでいるような気がしても、驚いたり騒いだりはしない。落ち着いてよく見れば、色の薄いベッドカバーだったり、黒光りする古いマホガニー材のベッドの支柱だったり、薄暗い光の中で、影のようにぼんやりと浮かぶ絨毯や枕だったからだ。

実際、家の中はとても静かだった。もちろん、さまざまな音が聞こえてはくるが、ノーニもだいぶ慣れてきた。波の音は絶えず聞こえるし、晴れた日には風が吹き、硬いセンジュラン（先端に鋭い突起のある五メートルほどの常緑樹）やヤシの木や竹林を揺らし、マングローブの艶やかな茂みを掻き分け、プレーリー（広大な草地）のようなまだ伐採されていないトウ（ヤシ科のつる植物）をうねらせる。島の中心にある砂糖精製工場はミドル・ロード大農場の反対側にあるが、ビードンの大農場はミドル・ロード大農場と隣接しているので、静かな日には砂糖精製工場の機械の音がかすかに聞こえてくる。そのとき、まどろみから目を覚ました鳥が、庭のどこかで甲高い声をあげた。

午後になっても鎧戸は閉められたままなので、部屋の中は薄暗い。ノーニは書き物机にある緑色のかさの電気スタンドをつけた。周囲が明るくなり、ノートの白い紙の上に明かりの輪ができる。鎧戸を閉めた家は、長い間風雨に耐えてきた。ベランダのある白い家には天井の高い大きな部屋がいくつもあり、窓からは海や砂浜や目の覚めるような青い山々が見渡せる。ビクトリア朝のマホガニー材とスペイン製のタイルの床にはフランス製の絨毯が敷かれ、あちこちの壁にビードン家の肖像画が掛けられている。襟の高い、黒いブロード地（平織の光沢のある布）の服や、ビロードの服を着た肖像画が、金メッキを施した額縁におさまっていた。古い木や石や海辺の空気や湿った土、家具やラベンダーの花、そして料理。そのようなさまざまな匂いに混じって、今の時期は、砂糖を精製する匂いがほのかに漂ってくる……屋内の柔らかい緑がかった暗がりと、屋外の午後の明るい太陽の光に包まれて、家は静かだった。

（聞き耳を立てている人なんて、誰もいないじゃないの。だから何も怖がることはないのよ）

ノーニは手紙へ戻ろうとしたが、ふと考えた。（怖がるって、何を怖がるの？）

もちろん、怖いものなど何もない。そんなことを考えること自体がばかげていた。慣れないところで感じる不安と恐怖は別物だ。悪い夢でも見ているに違いない。青色や金色に輝く海、緑の愛らしい島。そして、ノーニを迎え入れてくれたこの家は、彼女の生活を支えてくれるばかりか守ってくれる。ノーニを包み込んでいるのは平和や愛や優しさであって、恐怖とは無縁だ。ノーニの感じている恐怖は、間もなく始まる新しい生活とはとくに関係ない。ノーニはここでの新しい生活を始めたのだから。

ヤシの木や、鎧戸の下りた窓が一斉に音を立て、わずかな隙間から風が薄暗い部屋の中へ吹き込んできた。庭にいた鳥が再び甲高い声をあげると、ノーニは手紙へ戻った。

……そして、もちろん島の大半は砂糖の大農場で占められています。大農場の所有者は数人です。ビードンさんの大農場は、ショーさんのミドル・ロード大農場の隣にあります。地図ではとても小さな島だけど、実際に住んでみると、思いのほか広いです。ビードン・ロックと呼ばれる小さな村があるし、島中に、工場で働く人や畑仕事をする人やその家族が暮らすコテージの小さな集落があります。有色人種の人たちが何世代にもわたって住み続けています。コテージには花やつる植物が植えられていて、とてもきれいです。ここには使用人がいない家はありません。ここの慣習です。それぞれの大農場にはコテージの集落があり、ビードン・ゲート大農場にも、大きなサトウキビ畑の反対側にコテージの集落があります——サトウキビのことを、ロイヤルはいまだに昔ながらの言い方で糖《とう》と呼んでいます。

ビードンさんの大農場のビードン・ゲートは、とてもすばらしいです。というか、とてもすばらしかったそうです。ロイヤルが言うには、戦時中は今ほどではなくて、機械は時代遅れのものばかりだったようです。戦時中は、新しいものを手に入れるのが難しかったからです。そして、熱帯の気候は長続きしません。わたしがここへ来てからまださほど経っていないのに、島の天候も海の様子も急変しています。

ここで、ノーニは一息ついた。

(ノーナおばさまにうまく説明できるかしら)

おばははっきりしないことや、自分の知らないことを理解するのが不得手だ。高木や低木やつる植物が、互いに示し合わせて人間の作った物を奪おうとするかのように一斉に成長していく。そんな熱帯地方特有の、言葉では言い表せない力強さをうまく伝えられるだろうか。暖かく湿った空気も、植物が急速に成長するのも、そして、ときおり粒の細かい塩があらゆるものを覆い尽くすのも、熱帯地方が人間の家や壁といった人工物に抗うために団結しているかのようだ。鉄の蝶番はさびて動かなくなり、真鍮は腐食して輝きを失い、鏡は曇って磨いてもきれいにならない。木材はいつの間にか腐り、機械は一晩のうちに不思議と故障していたりする。だから、鎧戸はたわみ、木のドアはゆがみ、引き出しは開かなくなり、漆喰は湿気を含み、何もかもだめになってしまう。

ノーニはここへやって来た日に、ビードン・ゲート大農場や厳かなビードンの家を見て回ったが、そのとき、静かに何かを伺う気配に気が付いた。以前に、ノーニはビードン家の写真を見たことがある。ロイヤルが持ってきてくれたのだ。ノーニの父親は何年も前からこの家を知っていたが、おぼつかない手つきで写真を持つと、食い入るように見つめた。死期が迫っていた父親は、自分がいなくなったとき、この家が娘にとって安全で幸せな場所になると確信した。家は華やいだ上品な造りで、つる植物が茂る庭や、鎧戸のある観音開きの窓、そして広いベランダを備えた、熱帯地方特有の風情があった。しかし写真には、家に憑いている目に見えないものや、長年の間、この家に巣くう得体の知れないものは写っていない。もちろん、そのようなものがいるわけはない。ロイヤルがたまにニューヨークを訪れる以外はずっと、ロイヤルとオーリーリアがこの家で暮らしてきたのだから。

だが、ひとたび大農場に住んで、暑さや風雨やさびなど細かいことを気にしなければ、ビードン家ほど自慢できる住居はないだろう。暑さや風雨やさびなどはしかたがない……何といっても、ここは熱帯地方なのだから。

ノーニは、手紙をどんどん書き進めなければならなかった。ノーナおばさまにビードン島のことを知らせるためというよりも、これからの人生をここで過ごすことを自分自身に言い聞かせるために。カリフォルニアのおばがこの手紙を受け取る頃には、ノーニはミセス・ビードンになっているだろう。

ノーニは再びペンを取ると、手紙を書き始めた……。

そしておばさま、おばさまをびっくりさせるようなお知らせがあるの。ロイヤルとわたしは、もうすぐ結婚します。

ここでノーニは一息ついた。

(おそらく、おばさまはそれほど驚かないわ!) おばからの電報を思いだした。

早くビードン島への招待を受けなさい。カリブ海に長く滞在するのは、今のあなたにとって最良よ。ロイヤルのご好意に甘えなさい。彼によろしく伝えてね。このたびは、つらいときに手を差し伸べてくださって感謝していますと伝えて。

親愛なるおばより

ノーナおばさまは若者の結婚を世話する、そういった世代だ。義理の兄である父が病気で死んだとき、体の具合の悪いおばには大陸を渡る長旅は無理だったし、親戚なのにわたしを慰めることも助けることもできなかった。

(それで、その代わりにこんな電報を寄越したのかしら? 早くビードン島への招待を受けなさい、だなんて)

ノーニはおばのことを思いだして、思わず微笑んだ。優しくて親身だけど慣習にとらわれる、小柄なおば。ほとんど会ったことはないが、それでもおばさまが大好きだ。たくさんの言葉でこの結婚を祝福してくれているノーナおばさまなら、驚かないだろう。

（結婚？　わたしが結婚するですって、水曜日に）

部屋がいきなり暗くなって閉じ込められた気がしたので、ノーニは立ち上がって窓辺へ行くと、丈夫な鎧戸のかんぬきをはずし、そのうちの一枚を半分ほど開けた。鎧戸は風や砂やハリケーンや太陽から家を守るために、もともと備え付けられているのだが、緑色の塗装が色褪せてきて、ところどころ薄いしみがある。空気と太陽の光が部屋へ入ってきた。

狭いバルコニーが窓の外にあって、紫色のブーゲンビリアがサンゴ岩でできた手すりに優雅に絡みつき、家の反対側には海が広がっていた。ロイヤルの部屋は海に面していて、広い窓を開け放せば、一階の屋根の張り出した部分が日光浴用のテラスになる。そして、オーリーリアの部屋は廊下の端にあり、同じように海が見渡せた。ノーニの部屋は一番大きな来客用の寝室で、バルコニーからは、緑色の芝生や緋色のハイビスカスや黄色いカンナ、それに、曲がりくねった白い私道が見えるが、私道は門へ向かう途中で青々と生い茂った生け垣に隠れてしまう。生け垣の向こうには青い丘がかすんで見え、丘の向こうには地平線が空と海の境をぼんやりと示していた。

太陽の光と新鮮な空気が、部屋に閉じ込められていたノーニの気分を和らげてくれた。立ったまま、しばらく青い丘と緑の谷を眺め、それからまだ書き終わっていない手紙のことを考えた――文章がいくつも頭に浮かんできた。

（たぶん、おばさまは驚かないわね。だって、前からこうなるとわかっていらしたでしょうから）

そこで、この計画をどのように実現させるか、おばはいまだにビクトリア朝時代のままの頭でずっと考えているに違いない。カリブ海での長期の滞在を。ビードン家での長期の滞在を。ノーニが結婚を決意するのに充分なほどの滞在を。
(だけど、長期の滞在は必要なかったわ、おばさま!)

ニューヨークから戻る船でのことです。ロイヤルがわたしに結婚を申し込み、わたしは承諾しました。はい、と返事をしたのです。わたしは運がいいわ。みんなが夫に求めるものを、ロイヤルはすべて持っているのですから。ハンサムで、思いやりがあって、機知に富み、聡明で、威厳があって、洗練されています。しかもお金持ちです。だから、わたしのお金など当てにしていません。ロイヤルは父の友人なのでよく知っていましたから、なおさら信頼できます。父はわたしが彼と結婚することを望んでいたでしょう。島は美しく、そして家も素敵です。オーリーリアは優しいし、お兄さんのためにいつも家事をしています。そして、わたしが望めば、オーリーリアは家事を続けてもいいと言ってくれています。悲しみに打ちひしがれていたわたしに最良のもてなしと慰めを与えてくれたのですから、ここがわたしの家にふさわしいのでしょう。おばさま、心配はご無用です。ロイヤルとオーリーリアがとても良くしてくれるし、ロイヤルとわたしは水曜日に結婚するのですから。

だが、ノーニはそう書けずにいた。
つつましい結婚式になることは間違いない。ノーニの父親が死んで間がないけれど、ぐずぐずする理由はない、とロイヤルは言った。そのとおりだろう。分別のある、華美にならない結婚式にすればいい。ロイヤルはビードン・ゲートとビードン島を愛しているし、ノーニもすぐに愛するようになるだろう。美しい場所を愛さない人などいないのだから！
ノーニは手すりのところに行き、寄りかかった。そして冷たいサンゴ岩に触れ、ビードン島を見渡した。

島の中心にある砂糖精製工場が稼働していた。工場から煙が上がり、ショー家のミドル・ロード大農場の上にたなびいている。大農場から二マイルほど曲がりくねって進むと、木の梢を超えて、大樽の中で泡立っている液糖の匂いがしてくるのだ。糖蜜とラム酒とどろどろになったサトウキビのかたまりが混ざり合った、甘酸っぱい匂いがしてくるのだ。一年のうちの三カ月は、甘酸っぱい匂いが雲のように島を覆うらしい。キャラメルのようでもあり、何かが発酵しているようでもあるが、やはり砂糖の匂いだ。でも、不快ではない。その匂いが立ち込めているのは、砂糖精製工場が稼働しているということだ。島中で使用する砂糖を、この工場で生産している。ビードン島は小さいので、島で生息する生き物はすべて、この砂糖の匂いのする空気を吸っているわけだ。

ノーニは手紙を書き終えるために、部屋へ戻った。

緑色のタイルを敷きつめた、天井の高い、大きな部屋。ナシ材でできた大きな衣装ダンスは天井に届きそうだ。ベッドには巨大な天蓋があり、蚊帳《かや》が、みっともない幽霊のようにだらりと垂れ下がっている。長い椅子やテーブル、それに書き物机は籐でできていて、明るく広々としていた。ノーニはテーブルに向い、再び心に浮かんだ多くのことを書き始めた。

オーリーリアは、わたしの嫁入り衣装を誂《あつら》えてくれました。ウエディングドレスはすでに届いていて、衣装合わせも済んでいます。白いウエディングドレスには、レースとピンク色の帽子を合わせます。わたしの意思の確認など、いくつかの事務的な手続きが残っているだけです。ウエディングドレスは長くてゆったりとしたスカートに、バスク風の上着と帽子の組み合わせで、帽子はバラの花のようなたくさんのシルクの薄いピンク色のチュールを使う素敵なデザインです。そして、母の真珠の首飾りを付けます。弁護士に真珠の首飾りを預けていたけれど、今頃はもうこちらへ届いているでしょうから、なくさないようにしなければ。わたしは幸せに酔いしれていて、すぐには手紙を書けませんでした。おばさまならおわかりいただけるでしょう。でも、やっぱりおばさまにはこちらへ来てほしかったわ。

ノーニは、白いノートの紙の上に身を乗りだして書いていた。

たぶん、おばさまはびっくりなさらないわね。おばさまはこうなることをすべてお見通しですもの。いずれにしても、おばさまはこちらへ来られないのですから、結婚の決意を先延ばしにする理由がありません――ですから、次の水曜日に結婚します。

次の水曜日。次の水曜日なのよ。そして、今日はもう土曜日。信じられない思いがノーニにこみ上げてくると、手紙の上に慌てて前かがみになり、再び書き始めた。

もちろん、ささやかな結婚式になるでしょう。申し上げたように、ここはごく小さな島ですから――ヴィカー夫妻にリオーダン医師。リオーダン先生は、この島みんなのお医者さんです。それにリディア・バセット……。

ノーニは一息ついて白い紙を見つめると、リディア、ミセス・バセットのことに思いを巡らせた。リディアは未亡人だ。ロイヤルやオーリーリアの古い友人で、この家にもよくやって来る。赤茶けた髪で少しきつい顔つきだが、活力に満ち、優雅な身のこなしの美人だ。でもリディアはわたしを嫌っている。最初からわたしを嫌っていた。

(でも、彼女は礼儀正しい。礼儀正し過ぎるくらい)

ノーニは書き続けた。

ショー一家もいらっしゃいます。ミス・ハーマイニー・ショーはビードン・ゲート大農場の隣にあるミドル・ロード大農場を切り盛りしています。そして、甥のジム・ショーは……。

ノーニは再びためらったのち、ゆっくりと書き続けた。

とにかく、一緒に夕食をとったり、トランプをしたりするお隣さんや友人の小さな集まりです。島には他にも二つの大農場があるけど、いずれも持ち主はイギリスに住んでいて、代理人に委託しています。それから、ディック・フェンビィはハーマイニーの代理人です。除隊した軍人さんで、親切な方です。村に住んでいるシーベリー・ジェンキンズさんは判事です。もちろん家の使用人たちも、みんな喜んでくれています。それから農場監督のスミッソン。そして、会ったことはないけれど、銀行支配人のご夫婦。こういった方たちで、この島は成り立っています。わたしはここが好きです。おばさまもきっと気に入るでしょう。幸せに満ちた結婚生活を送れそうです……。

ノーニは結婚生活について、他にも何か書こうと考えた。

（なんだっけ？　あっ、そうだ……）

　地に足のついた結婚生活を送れそうです。ここにいる人たちはみんな、友だちです。ですから、わたしたちはきっと幸せになれます。

ノーニは座り直して、読みかえしてみた。

　ですから、わたしたちはきっと幸せになれます。

いく人かの隣人と友人に囲まれた、小さなかわいらしい緑の島での生活——リディアやリオーダン先生や小さく青白い顔をしたハーマイニー、そしてジムたちとの生活。

　突然、ノーニは椅子を後ろへ引き、黒い文字がびっしりと書かれた手紙をそのままに立ち上がった。手紙を書き終えたら、結婚生活が始まるような気がした。始まるどころか、結婚式さえまだなのに。結婚式は——来週の水曜日。次の水曜日なのだ——そして部屋の反対側へ行き、たばこを手に取り火をつけると、再びバルコニーに出た。

現実味のある、地に足のついた結婚生活——友だちの最良の形。

（それが結婚生活っていうものでしょう？　だけど、ビードン・ゲートでのロイヤルやオーリーリアとの今までの暮らしは幸せだったかしら？　この先も幸せかしら？　ちょっと待って……）

あたかも鳥が羽を広げてさえずりながら飛び去った後に、はっきりとした余韻を残していったような、ある考えが不意にノーニに去来した。

（わたしはそのような幸せを望んでいた？　ばかばかしい）

ノーニはそのことはもう考えないようにした。

そのとき、誰かがやって来た。

バルコニーから、生け垣の間を縫って、ビードン・ゲートの名前がしるされている、大きな四角いサンゴ岩の門へと続く私道の一部が見える。生け垣のわずかな隙間から、急ぎ足で歩いてくる男の姿が見えた。確固とした足取りで、肩をいからせて歩いている。無骨な顔つきで、顔色も土気色をしている。髪の毛は黒く、いつものように水でなでつけているようだが、縮れた翼のように髪の毛が逆立っていた。ジム・ショーだった。いつものスポーツシャツと半ズボンの代わりに、旅行鞄とレインコートを持ち、グレーのスーツを着ている。ジムはノーニのほうを見ずに竹林の後ろへ消えたが、ノーニは私道に敷き詰められた白い貝殻が踏みしめられる音を聞いた。

（ジム！　どこへ行くつもりなの？）

でも、どこへ行くにしても、ジムはまず初めにこの家へやって来る。あいにくロイヤルは大農場へ出かけていて、オーリーリアは眠っていた。ノーニはすばやく部屋へ戻ってたばこを消すと、少しの間立ち止まり、鏡に映った自分を見て、ブラシを取り上げた——ブラシの背には金メッキで施された、彼女のイニシャルが小さく輝いている。何年も前に父親からもらったものだ。

ノーニの髪の毛は焦げ茶色で、かなり短いうえにゆるくカールしているので、こめかみからブラシをかける。熱帯地方の海辺の優しい湿り気が、彼女の髪をさらに柔らかく濃く見せてくれる。ノーニは自分をまじまじと見つめた。もちろん、顔も……青い目は率直にいって、なかなか魅力的だと思っている。黒い睫毛に濃い青色の目。整った顔立ち。不細工というわけではないが、美人というほどでもない。ノーニはブラシを置き、口紅を手にして、さらに鏡に近付いた。

(いつもどおりの顔だわ)

でも、どこか少し違って見えた。

ノーニは立ち止まり、いつもと違うことにうろたえた。

(何が違うのかしら?)

いつも鏡で見ているのと同じ顔だ。同じ鼻、同じ顔の形、同じ顎、何もかも同じ……でも、目元がなんとなくいつもと違うように感じる。口元も、何か微妙に違う。

長い時間をかけて、ノーニはいつもとはなんとなく違う唇に緋色の口紅を塗り終えた。それからゆっくりと、おもむろに、小さな銀色の口紅の容器を置いた。

ノーニはなぜ顔がいつもと違うのかわからなかったけれど、それでもロイヤル・ビードンの花嫁が、こんな嬉しそうな顔をしてはだめだとはわかっていた。

(ジムがやって来た。やって来るのが見えた。そして、これからジムと会うなんて)

幸せな結婚――ノーニにとっての幸せな結婚とは、とりもなおさずロイヤルとの結婚なのに。

でも涼風が頬を撫でるように、再びある思いがノーニの脳裏をかすめた。

（それがわたしの望む幸せなの？）

少しの間たたずんでから、ノーニは白いブラウスに白いスラックス、唇のように赤いモカシン風の室内履きに包まれた体の向きを変えて、階下へ下りていった。

ジム・ショーがベランダで待っていた。

第二章

家の間口と同じくらい幅の広いベランダは優雅で心地よかった。籐細工の深い椅子とテーブルが備え付けられ、椅子に置かれた明るい色のクッションが色鮮やかだ。絨毯が芝生のように敷き詰められ、テーブルの上には、黄色や緑色のクロトン（葉の色や形がさまざまある観葉植物）の葉を模した大きな広口瓶が置いてある。そして、手すりの向こうには、青い海が見えた。

　家から海へは芝生がなだらかに傾斜していき、サンゴ岩や砂浜やマングローブの大きな茂みやボートの小屋、そして小さな桟橋を通り抜けていくのだが、ノーニはいつも玄関ホールの広いドアからベランダへ出る。そうすると、海に抱かれているような気がするからだ。海はすべてを包み込むように広くて青く、太陽の下で輝いていた。そして実際に、この島は海に包まれている。ジムは鞄を椅子の上に置くと、コートを鞄の上に載せてハンカチで顔を拭っていたが、ドアのところにノーニがいることに気が付き、慌てて彼女のほうを向いた。

「ノーニ！」

　ドアからは少し見上げるかたちになる。ジムはロイヤルと同じくらいの背丈だった。ジムは痩せこけた顔に、張り詰めたような表情を浮かべていた。日焼けしているのに青白く見える。グレーの瞳は瑪瑙《めのう》のように輝いていて、いつものジムらしくない。ノーニは急いでジムのところへ行った。

「ジム、どうしたの？」

明るいけれど、ジムの目つきは険しかった。「僕は出ていくよ、ノーニ」

「出ていくですって！」

「ハーマイニーと話し合ったんだ。シエンフエゴス（キューバ中南部の都市）へ行くことにした。今晩の飛行機で、ニューヨークとマイアミを経由して向かう」

「いつ戻ってくるの？」

「戻りはしない」ジムは唇を固く引き結んだ。

（ジムらしくない。ハーマイニーと何かあったのかしら）と、ノーニは再び思った。

ノーニは力なく言った。「座って、ジム。何か飲む？　呼び鈴を鳴らしてイェーベを呼ぶわ」

「何もいらない。出ていく前にロイヤルに会いたいだけだ。そして――もちろん、君にも」

「それなら座ってて。今、ロイヤルを呼んでくるから」

「わかった。ありがとう」ジムは籐細工の深い椅子に腰を下ろし、長い脚を伸ばしてたばこを手にしたが、目は嵐の日の海のように暗く沈んでいた。

「ミドル・ロード大農場から歩いてきたの？」

ジムは頷いて、再び椅子から立ち上がるとノーニにたばこを勧めたが、ノーニは「イェーベにロイヤルを探してもらうわ」と言った。

「ありがとう」ジムが再び礼を言うと、ノーニはドアのところへ行って呼び鈴を鳴らした。だが、ロイヤルは大農場へ出かけていると、イェーベは応えた。食堂に、ロイヤルの脱ぎっぱなしの藁《わら》でできた室内履きが見える。

「ロイヤルはいつ戻るの？　ジム・ショーが来ているのよ」

いつ戻るかはイェーベも知らなかったようで、ノーニはベランダへ戻ってきた。

「待つよ」と、ジムが言った。「話したいことがあるんだ」

ジムは気を鎮めようとたばこを吸ったが、目は相変わらず険しく怒気を含んでいた。

ノーニは心配して、ジムのそばの大きなクッションまで近付いた。「ジム、わたしに話してくれない？　何があったの？」

ジムはノーニを見た。「ハーマイニーは僕の伯母だ。ここを出ていかなければ、伯母を殺すことになるかもしれない」

「ジム！」

ジムの目元はいくぶん和らいできたが、顔はこわばったままだった。

ジムは身を乗りだし、ノーニの腕に軽く手を乗せた。「そんなに心配そうな顔をするなよ、ノーニ。そういう巡り合わせなんだ。僕はここを離れて、すべてを忘れる」

ノーニは訳がわからずしばらく何も言えなかったが、突然、ジムの手が自分の腕に置かれていることに気が付いた。

ジムは慌てて手を引っ込めるとすばやく灰皿を引き寄せたが、もっともらしく取り繕ったのをノーニに見透かされているような気がした。

しかし、ノーニは気付くことはなかった。混乱してどうしていいかわからないまま胸の鼓動が速まり、まるで女学生のように顔がほてってった。

（もうすぐミセス・ビードンになるのだから、もっと堂々と落ち着きはらわなくちゃ。来週の水曜日には、ビードン夫人になるのだから）ノーニの白いスラックスの膝のあたりに、ジムの手の感触が残っているようだった。

突然、ジムが口を開いた。「忘れるために、何かしなければならないんだ。ここを出ていくのは、むしろ好都合なのさ」

ジムはノーニのほうを見ずに、灰皿を見つめた。波が時間をかけて岩へ押し寄せては、ため息をつくような音を立てて、ゆっくりと再び引いていく。ノーニは何か言いたかった。冷静で気のきいた、感情的にならない温かみのあることを。だが、口を突いて出たのは、意に反するものだった。「何を？　何を忘れなければならないの、ジム？」

すばやくノーニを見たジムの目は、それを聞くのか、と言わんばかりだった。

「何も聞かないでくれ」

（違う。そんなことを聞きたかったんじゃない）ノーニの振る舞いは、まるで女学生のようだった。間が抜けていてぎこちなく、異性の気を引こうとしているかのようだ。ノーニは気を落ち着けて何か言おうとしたが、言葉が出てこない。

「結婚式は水曜日だろう？　ロイヤルは幸せ者だ」と、ジムが続けた。

またもや次の波がゆっくりと岩へ押し寄せ、ゆっくりと引いていく。たとえノーニが何か言ったとしても、ジムは聞こうとしないだろう。ジムはかなり早口で話を続けた。「君も幸せ者だよ。ロイヤルはいい奴だ。彼は僕の親友だ！　僕はここに一年ほどいるけど、ハーマイニーが僕のことをどう考えているのか、はっきりしてくれることを期待していたんだ」ノーニが顔を上げたがジムは海を見ていたので、話しやすくなった。「はっきりしてくれるですって？　ハーマイニーは大農場の経営をあなたに継いでもらうつもりなのよ」

ジムの険しく、冷ややかなまなざしが返ってきた。「僕も、そう思っていた。この場所が気に入っていたし、ハーマイニーもそれはわかっていたはずだ。ここは僕の家だし、いずれは農場主になるつもりでいた。僕はここを愛している。そして、ハーマイニーもそのことは知っているんだ！」

「だけど、それならどうして……？」

「ハーマイニーにしてやられたよ」ジムが吐き捨てるように言った。「ここは彼女の農場だ」

「ハーマイニーのものですって！」

ジムは振り返って、ノーニをまっすぐに見据えた。「君はハーマイニーのことをよく知らないだろう？」ジムは返事を待たずに続けた。「僕はハーマイニーのことをよく知っている。だから、僕をあんなふうに扱うとは思ってもみなかった。ミドル・ロード大農場へ戻ってくれば、僕が農場の経営に携われると思っていた」

「ハーマイニーは、実質的な経営からは手を引くものと思っていたわ。そのためにあなたをここへ呼んだんでしょう。彼女はあなたを必要としているって、ロイヤルが言っていたもの。ハーマイニーは大農場からあまり収益を上げていないようだって」

「そのとおり。少なくとも、僕はそう思っていた。僕に経営能力があるとは言わない。だけど、何もさせてくれないうえに何も学ぶものがないなら、これ以上ここでぶらぶらしているつもりはない。僕の行動は、いつだってハーマイニーの制約を受けている。一年ほどここにいるけど、さらに一年いても状況は今とたいして変わらないだろう。次の一年で、ここを離れられなくなるくらい、ハーマイニーは僕を完膚なきまでに叩きのめすさ。そして、僕はただの使い走りか、ハーマイニーの恩恵を受けて暮らす年金生活者のようになって、彼女が死ぬのを待つだけの背の高い甥になるのさ。自分の気持ちを偽ることはできないから、ろくなことにはならないよ。だから、そうなる前に出ていくんだ」

「だけど、本当は出ていきたくはないのでしょう、ジム。ここはあなたの家よ。あなたのものになるのよ」

しばらくジムはたばこをふかしていたが、目を細めて、静かに話し始めた。怒気を含んだ、冷たい口調は消えていた。「もちろん出ていきたくはないよ。僕には経験はない。それでも、大農場の行く末はわかる。だから、ロイヤルと手を結ぶつもりだった。僕らは力を合わせて、本当の意味での協力関係を築くつもりだった。機械を共同で使い、近代的なやり方を取り入れ、サトウキビの耕地面積をもっと増やす。僕の父が大農場を購入してから、事態は大きく変わった。大農場の経営は、もはやその日暮らしのやりくりでなんとかなるようなものじゃない。僕はまだまだ未熟だけど、学ぶ気はある。ロイヤルはそういったノウハウをしっかりと身につけている。僕はそれを学びたい。農場主になりたいんだ——収穫量を上げる土壌の作り方や、うまく説明できないけれど、奥の深い、それでいて現実的なノウハウといったようなものを習得したいんだ——そして、僕は大農場を愛している。だけど、自分の気持ちも抑えなければならない。ハーマイニーがここにいる限り、僕は戻れない。そして、ここが僕のものになる頃には年を取り過ぎているだろう。だから、僕はここを忘れることにするんだ」

ジムはノーニをちらっと見て、話を続けた。「僕は文句ばかり言っている。ただ、それだけのことだ。もう言わないよ……悪いけど、水曜日の結婚式には出られない」

(ジムの表情が、晴れ晴れとしているように見えるのはなぜだろう)と、ノーニは思った。

だが、二人の間にはベールのようなものが下りていて、どこかよそよそしく、お互いを探り合っているようだった。その張り詰めた空気に耐えきれず、ノーニは思わず口を開いたが、声はこわばりぎこちなかった。「わたしも、寂しいわ」

だが、ノーニは寂しくなどなかった。むしろ嬉しかった。白いウエディングドレスを着て、ピンク色の帽子をかぶり、真珠の首飾りを付けてロイヤルの妻になる自分をジムが見ないと思うと嬉しかった。ロイヤルとノーニの結婚に異議のある者がいるかと尋ねられたら、ジムは名乗り出るだろうか。それとも黙っているだろうか。だが実際には、その問いかけは形式的なものでしかない。名乗り出ようものなら、満座の中で両腕を抑えつけられ、今のジムのように表情のない土気色をした痩せこけた顔で、絶望的な現実を見ることになる。

だから、ジムが結婚式に出ないことは、ノーニには嬉しくありがたかった。

この気持ちは、押し寄せる波のように思いもよらず強いものだった。そして、喜んでいることを気付かれないように、ノーニはクッションから離れるとテーブルを回ってジムに背中を向けた。

（なんてことなの！）テーブルの端をつかんだ両手が震えていることに、ノーニは驚いた。

（ジムが出ていこうとしている。島を去ろうとしている。そして、ハーマイニーが元気で大農場を経営している限り、戻ってこないつもりだ。でも、わたしはもうすぐノーニ・ビードンになるのだから、ジムがいなくなることで、こんなに狼狽してはいけないのに）

ジムは椅子を軋ませて立ち上がると、ノーニのほうへ歩いてきた。ノーニはゆっくりとした、煮えきらないような、小さな足音が後ろに近付いてくるのを聞いて、ジムをすぐそばに感じた。

車が私道を猛烈な勢いでやって来た。ちょうどベランダから見えないところで止まると、ジムが言った。「ロイヤルだ」

（間が悪いときにロイヤルが戻ってきてしまった）と、ノーニは思った。（ジムはもう少し何か話したかったのかもしれないのに）ジムは別の椅子のところへ行くと、寄りかかった。

「そうね、ロイヤルに違いないわ」ノーニの声は調子のはずれたバイオリンのようにうわずっていたが、ただの調子はずれというよりも、音が狂ってしまったようだった。そして、ジムはそのことに気付いた。

ジムはノーニを見ていたが、ノーニはジムを見返すことはできなかった。見なくても、ノーニはジムの顔の輪郭も、うつろで影のある顔立ちもわかるような気がした。何かの助けにと、ノーニは息をひそめた。そのとき、ロイヤルがベランダの端にある階段を駆け上がってきた。階段は、ロイヤルが車を止めた貝殻を敷き詰めた私道へと通じている。

ノーニは窮地を脱するかのように、ベランダを通り抜けて、ロイヤルのほうへ向かった。もうすぐ夫になるロイヤルのもとへ。

ロイヤル・ビードンは、事実上、この島で生まれたようなものだった。父親は生涯をビードン島で過ごし、島の名前は祖父の代からのものだ。物心がついた頃、イギリスを出国したロイヤル・ビードンが最初に目にしたのは、青色と金色に輝くカリブ海だった。

ロイヤルは背が高く、骨太のがっしりした体格で、威厳に満ち忍耐強かった。年齢は五十歳を少し過ぎたところで、グレーの髪の毛は硬く、金縁の眼鏡をかけ、争いごとや船を操るとき、あるいは獣を仕留めるときのように緊張していた。彼は人生の大半をこの大農場の経営に費やし、愛するこの島と共に生きてきた。

ノーニの父親はロイヤルの友人で、ロイヤルより年上だが、年はさほど離れていなかった。二人の出会いはずいぶんと昔で、ノーニがまだ学校へ通う子どもだった頃だ。彼女の父親が嵐を避けるためにビードン島に停泊したとき、客人としてロイヤル・ビードンに迎えられ、友人となった。

そして今、ノーニは同じように嵐から逃れようとしている。違うのは、ノーニの嵐は悲しみと孤独であり、避難場所は、残りの人生を過ごすことになるロイヤルの家だ。

罪の意識のような、良心の呵責のような、そして悲しみのようなものがノーニの胸に去来した。ノーニはロイヤルのもとに近付くと、親密な仲であることを自分自身に納得させるために、ロイヤルの腕に自分の腕を絡めた。来週の水曜日にはロイヤルの妻になるのだから、当然なのだといわんばかりに。

だが、島は噂が伝わるのが速い。ロイヤルは、すでにジムとハーマイニーについて聞いているに違いない。ロイヤルがうわの空でノーニを見ているのは、そのせいだろう。明らかに、ロイヤルは困っているうえに腹を立てていた。ロイヤルは郵便物に目を通すと、雑誌と手紙をテーブルの上に置き、ジムに向かって言った。「島に残ってもらえないか」

「聞いたのか！」

「ディック・フェンビィから聞いたよ」

「遅かれ早かれわかることだ」

ロイヤルは緑色の線の入った日よけヘルメットを椅子の上に放り投げて座ると、ジムを見て、苦虫を噛みつぶしたように顔をしかめた。ロイヤルの顔には、怒りと困惑の表情が浮かんでいる。

ノーニはジムを見ようとしなかった。ジムは青い海を背にその場に立っていたが、どういうわけかいつもより若く見える。黒い髪の頭を持ち上げる、ロイヤルと一緒にいるときのいつものしぐさだ。

ジムは背が高く、グレーの目は落ち着きはらっていたが、ノーニはジムを見ようとはせず、再びロイヤルのそばに座って、自分の膝の上に両手を揃えて置いた。次の水曜日には、片方の手の指に指輪がはまっているだろう。いや、指輪はすでにノーニの指にはまっていた。ロイヤルの母のもので、かつてオーリーリアがしていた、サファイアの周りにダイヤモンドをあしらった古い指輪だ。指輪は海と同じような深みのある青色だが、ノーニの指には大き過ぎて、指輪がずれるたびに宝石の重さが指に食い込む。ノーニが指輪を回したとき、ロイヤルがゆっくりと口を開いた。「それで、君は出ていくのか」

「出ていくしかないさ、ロイヤル。モーターボートで、エルボー・ビーチまで僕を乗せていってくれないか。そこで郵便船に乗り換え、夜の飛行機でシエンフエゴスへ向かう」

少しの間、ロイヤルは考えていた。「そうだな。おそらく、君がここを出ていくという判断は正しいのだろう。ハーマイニーは君との約束を果たさなかった」

「昔の話だ」と、ジムが言った。「水に流すだけさ」

「だけど、なぜ今晩出ていくんだ?」

「そうしなければならないからさ、仕事だ」

「仕事? 君に? どこで?」

「以前の仕事だ。ニューヨークでね。またその仕事に戻れるだろう——間に合うようにニューヨークへ着ければだけど。僕が到着したら、交代してくれることになっているんだ。今朝、会社から電報が来たよ。僕にとってはチャンスなんだ」

ロイヤルは考え込んだ様子で頷いた。「そうかもしれないな。だが、ハーマイニーは何て言っている？」

　ジムの口元に、険しい皺が再び浮かんだ。「ロイヤル、僕はミドル・ロードには残らない！」

　ロイヤルは海を見ながら、椅子の肘掛けを指で叩き始めた。

「ビードン島を離れたいのか、ジム？」

　沈黙が訪れた。ノーニは顔を上げられないまま、指輪を何度も回していた。

「そうだ。それが一番いいと思う」ジムの言葉は再びよそよそしく用心深くなり、およそ彼らしくなかった。

　再び、長い沈黙が訪れた。波の砕ける音だけが、ゆっくりと規則正しいリズムを永遠に繰り返していた。出ていけば、ジムはおそらく二度とビードン島には戻らないだろう……戻ってくるにしても、すぐに戻ることはないはずだ。ジムがいなければ、ノーニはミセス・ビードンでいられるだろう。ジムを見るのは、これが最後になるかもしれない。

　ノーニは一瞬、ロイヤルとジムの間に流れる気まずい雰囲気から意識をそらしたので、蒸し暑い熱帯地方の午後のひとときの、寄せては返す波の音と、庭で鳥が甲高い声をあげたのに気が付いた。

　ロイヤルがゆっくり言った。「たぶん、君は正しいだろう」

「仕事があるんだ、ロイヤル。のんびり座ってはいられないよ、ご婦人の庇護のもとに」

　ジムの口調は、何かを引用したような棘《とげ》があった。ロイヤルが鋭く聞いた。「ハーマイニーがそう言ったのか？　君に戻ってくるように頼んだとき、仕事を任せると約束していたのに」

　ジムは怒りを爆発させて、大きな声を出した。「ディックの仕事なんかほしくなかった。ハーマイニーは、ディックを孤立させようと僕を利用したんだ。そもそもディックは以前から孤立していたのに。そして、今でも孤立したままだ。僕は大農場の経営を身につけるために、責任ある仕事がしたかった。さもなければ、仕事なんかいらない。僕が経験不足なのはわかっている。だからこそ、ちゃんとした責任ある仕事をしたかったんだ！」

「わかるよ」と、ロイヤルが言った。「ハーマイニーは、君を第二のディックにするつもりなのかもしれない。確かに、君はここを出たほうがいいだろう。だけど、金はどうするんだ？　ハーマイニーは、君の飛行機代を立て替えたりはしないだろう。いくらか持っているのか？　僕が知る限り君は……なんなら、僕が……」

「それは助かる、ありがとう。実は、借りるつもりでいたんだ」

ロイヤルは笑った。ノーニは指輪を回しながら、相変わらず顔を伏せたままでいたが、ロイヤルが札入れから紙幣を何枚か抜き取るのがわかった。「これで足りるだろう」

「充分過ぎるよ、二百ドルだなんて。ありがとう、ロイヤル」

「金に関しては、ハーマイニーは君をどん底の状態にしていたんだろう？」

「ニューヨークへ着き次第、すぐに返すよ」

「ハーマイニーが信託基金には手を出さなかったのは良かったな！　さて、そろそろエルボー・ビーチへ向かったほうがいいぞ」ロイヤルは日焼けした力強そうな腕にした腕時計を見ると、ジムを急《せ》かせた。「急いだほうがいい、ジム。郵便船は四時に出るぞ。エルボー・ビーチにぎりぎり間に合うかどうか。君を送るよ」

「いいよロイヤル、君は忙しいんだ。わざわざ送ってくれなくていいよ。他にも誰かエルボー・ビーチへ行って、戻ってくるのがいるだろう。君に面倒をかけたくはない……」

「気にするな、大丈夫さ。あとは砂糖の船積みについて電話するだけだから、明日やれるよ……」

ノーニが指輪を回しながら、口を開いていた。「わたしがジムをエルボー・ビーチまで送るわ」

第三章

ノーニは思わず口走ってしまったが、もはや発言を撤回することはできなかった。ノーニはモーターボートの運転の仕方を知っているし、今までに何度も操縦したことがあった。エルボー・ビーチまでは真っ直ぐな直線コースでおまけに距離も短い。途中に岩場や浅瀬といったやっかいな場所はなく、初心者でも比較的難かしくない。

（なぜ申し出たのかしら？　なぜそっとしておかないの？　なぜ無意識のうちに声を出してしまったのかしら？）

ロイヤルが口を開いた。「いいだろう、ノーニ。頼めばイェーベが一緒に行ってくれるだろうけど、大丈夫そうだな。君はモーターボートを操縦できるし、コースも難かしくない。それでどうだい、ジム？　それなら……」

だが、ジムが答える前に、ロイヤルは口をつぐんだ。一台の車が私道を勢いよく、滑るようにやって来たからだ。こちらからは見えなかったが、ブレーキをかけて止まり、勢いよくドアの閉まる音が聞こえた。それを聞いて、ジムが言った。「ハーマイニーだ！」

ノーニがジムをちらっと見ると、ジムの目は灰色の氷のように冷ややかだった。

「おそらくそうだろう、ジム。ハーマイニーの運転のようだ。ほら！」そう言うと、ロイヤルは思わず背筋を伸ばした。「僕が君に飛行機代を渡したことは言わないほうがいいぞ」

「いずれわかるさ。金をどこから手に入れたのか」

「言わなければ、僕が渡したとは思わないさ」

ジムは苦笑いを浮かべた。「わかったよ」

ロイヤルが立ち上がって、ベランダから表を見つめた。「ハーマイニー！　君だと思ったよ」

ハーマイニー・ショーが階段を上がってきた。

車を止めたときの様子や、貝殻を敷き詰めた私道の歩き方からすると、ハーマイニーは落ち着いていて穏やかなようだった。だが、彼女はいつも落ち着いていて、物静かだ。そして、確固たる自分を持っている。

ぶれることがなく沈着冷静だが、夢中にさせずにはおかないような美人、というのがノーニのハーマイニーに対する印象だ。ノーニは注意深くハーマイニーを見つめた。ロイヤルやジムの話を聞いて、今までの印象を拭い去って眺めてみると、ハーマイニーの白い肌には皺がくっきりと刻まれ、鼻はきつく曲がった鉤鼻で、唇に浮かぶ笑みも冷ややかなことに気が付いた。黒い髪の毛は真ん中からきちんと分けられ、後ろですっきりと束ねられている。場違いのヘアースタイルではない。目は薄いグレーで、冷たく輝いて明るいが、すべてを見通しているかのように視線は鋭い。濃い赤の口紅を塗り、思いのほかずんぐりとした指の爪にも同じように濃い赤のマニキュアを塗っていた。この島の焼けつくような太陽の光はなぜかハーマイニーの顔や手を白っぽく見せるので、まるで若い娘のようだ。だから、ハーマイニーは美人に見える。しかし、顔には奇妙な消耗感のようなものが漂っていた。内なる激しさが美しさを消耗し、燃えかすが残っているかのように。

ハーマイニーの目や口に表れる貪欲さや渇望感は、おそらくその激しさのためだろう。だが、ハーマイニーは笑みを浮かべながら、淡々と話した。「こんにちは、ロイヤル。それにノーニ。ここにいると思ったわ、ジム」

ハーマイニーはグレーのリンネルのドレスを着ていた。光沢のあるドレスは、こざっぱりとしている。そして、トカゲの革でできたハイヒールを履いていた。ハーマイニーは思いのほか痩せていて、手の血管は浮き出ているし、紙のように白い肌のこめかみで脈打つ鼓動が聞こえてくるようだ。ロイヤルは椅子と飲み物を勧め、暑さについておしゃべりして微笑んだが、ハーマイニーが遮った。「ありがとう、ロイヤル。だけど、わたしがなぜここへ来たのかわかるでしょう。衝動に駆られてばかなことをしないように、ジムを説得してほしいの」

ロイヤルが暑くてたまらないといった表情を浮かべると、ジムが口を開いた。「ハーマイニー、僕がここを出ていくことを言っているのなら、僕はニューヨークへ戻らなければならない」

ほっそりとしたハーマイニーの顔色は、何一つ変わらなかった。ただこめかみの鼓動だけが激しくなっていた。笑みを浮かべたまま、ハーマイニーは頭をゆっくり振って言った。「若い人はこらえ性がないわね。もう少しよく考えてちょうだい。ニューヨークでの仕事がうまくいかなかったら、どうするの?」

「うまくいくよ」ジムは簡潔に答えた。

ハーマイニーの眉毛は髪の毛と同じようにすっきりしていたが、その眉毛がいくぶん吊り上がった。

「ミドル・ロード大農場へ来たのは、あなたのその仕事がうまくいかなかったからでしょう」

「僕が大農場へ来たのは……」ジムは怒気を含んだ声で話し始めてから、自制した。「なぜここへ来たのか、わかっているだろう！」

ハーマイニーの目は灰色の宝石のようだった。「わたしが来てほしいとお願いしたからって言うんでしょう？　もちろん、そのとおりよ。ここのほうがあなたにとって良いと思ったから。ごめんなさい——月並みな言い方で申し訳ないけど、あなたがうんざりしていて、不満に思っていることに気が付かなかったの。あなたには退屈かもしれないわね。砂糖農場は、砂糖農場でしかないもの。ミドル・ロード大農場も、他と同じなのよ。それに飽きてしまったのね。だけど……」

ジムは顔を紅潮させて、怒りを爆発させた。「ミドル・ロード大農場に飽きたんじゃない。ここは好きだよ……」そして、これ以上は言わないように——あるいは、ハーマイニーの言葉にどれほど傷付いたのか知られまいとしているかのように、再び口をつぐんだ。

だが、ハーマイニーはジムがあえて口を閉ざしたことに気が付いた。相変わらず笑みを浮かべていたが、目の輝きが増し、悦に入っているようだった。「それなら、なぜここを出ていくの、ジム？　気に病むことは何もないじゃない。少なくとも、あなたの給料を出し渋ったりはしないわよ。あなたは甥ですもの——できるだけのことは喜んでさせてもらうわ。あなたはわたしの力になってくれるでしょうから。大農場の力になってくれると確信しているわ」ハーマイニーは駄々っ子をなだめるように甘い声で言った。「あなたが大農場の仕事に慣れ次第、あらゆることを手伝ってもらうつもりよ」

ジムは鞄を手にして、ロイヤルを見た。「そろそろ、おいとまするよ」

ぎこちなくはなったものの、ハーマイニーは笑みを浮かべたままだった。だが突然、笑みを浮かべていた唇に、頑なで冷酷な皺が刻まれた。「お金はどうするの？　ああ、わかった。ロイヤルに借りたのね！」ハーマイニーがロイヤルのほうを少しも見なかったにもかかわらず、ロイヤルはハンカチを取り出して額を拭った。ハーマイニーはなだめるように言った。「ねえ、ジム。別に文句を言うつもりはないの。あなたを支援することにやぶさかでないのよ。あなたはわたしの力になれるもの――いろいろなことで。いいえ、あらゆることで。あなたはトランプのブリッジも得意ですものね。だけど、癇癪を起こした子どもみたいに駄々をこねるのはやめてちょうだい。ロイヤルはあなたのことをどう思うかしら？　ノーニはどう思うかしらね？」

ロイヤルが突然、口を開いた。「やめろよ、ハーマイニー……」

ジムが割って入った。蒼白な顔に、目だけが宝石のようにらんらんと輝いていた。「ハーマイニー、もしも出ていかなかったら、僕は君を殺すだろう」

ハーマイニーは笑った。ロイヤルがすばやく言った。「もう行ったほうがいい、ジム。ノーニ、君のほうは大丈夫かい？　なんなら、僕がジムを送っていくよ。わかるだろう、万が一……」

「わたしなら大丈夫よ、ロイヤル。モーターボートの操縦なら知っているわ……」ノーニは間髪を容れずに返事をした。まるで、あらかじめそう答えることを待ち構えていたかのように。そしてまたも や、言葉がひとたび発せられると、撤回することはできなかった。ジムは鞄とコートを手に、ノーニとロイヤルとともに急いでベランダを進み、階段を下りていった。

ジムは振り返らなかった。ハーマイニーはその場に立ちつくしたまま、笑みを浮かべて平然としていた。顔はまるで能面のように無表情だ。

ロイヤルは手をジムの腕に添えた。「急いだほうがいい」

三人は一言も話さずに小道を急いだが、ベランダにいる、ほっそりとして優雅なハーマイニーの気配を、かつては美しかった顔に浮かぶ笑みに隠された貪欲な不満を痛いほど感じた。

ロイヤルは砂利を敷いた小道に沿って進んだ。小道には、黄色や緑色のクロトンの生け垣が続いている。小道の終わりに狭い階段があって桟橋へと下っていき、桟橋にはモーターボート――小さな多目的クルーザー――が横付けされ、波に洗われてゆったりと揺れていた。

「ガソリンは満タンだ」と、ロイヤルが言った。「乗れよ。綱を解くから」

ジムは鞄とコートをモーターボートへ置くと、ロイヤルのほうを向いて彼の手を握り締めた。「ありがとう、ロイヤル。君には感謝している。こんなことになってしまってすまない」

「気にするな！　ハーマイニーのいつものことだ。しかたないよ。それより郵便船に遅れるなよ。元気でな……」

二人の男は少しの間、握手を交わした。ジムはモーターボートへ乗り込むとノーニへ手を差し出したが、ロイヤルがノーニをしっかりと抱きかかえて、モーターボートへ乗るのを手伝っていた。そして、天候の変化を確認するかのように穏やかな海と空をさっと眺め、安心したように頷いてノーニに微笑んだ。

「準備はいいかい？」とロイヤルが尋ねると、ノーニは席に座って答えた。「いいわよ」

ジムが大きな音を立てて、エンジンをかけた。エンジンの轟音《ごうおん》が、ベランダのハーマイニーにも聞こえたのだろう、手すりのところへやって来て眺めていた。

ロイヤルは綱を解くと、二人の後ろへ投げ入れ手を振った。エンジンは規則正しい音を響かせている。ジムが舵をゆっくりと回すと、モーターボートは桟橋を離れていった。海は太陽の光を浴びて、青色や金色に輝いている。頭上の空は青く晴れ渡り、西のほうは澄んだピンク色に染まっていた。

ノーニが後ろを振り返った。すでにビードン島は小さくなっていた。家の下にある入江は青色のグラスのようで、家は実際より高いところにあるように見える。ピンク色のサンゴ岩でできた壁や防波堤、マングローブの茂み、なだらかな緑色の芝生といったあらゆるものが絵に描いたようで、鮮やかに思えた。

ロイヤルは家へ向かっていた。ハーマイニーはロイヤルに気付くとすぐさま歩きだし、相変わらず傲慢な態度でロイヤルのほうへ向かっていった。家の窓が一カ所開いている。ベランダの上の端の窓だから、おそらくオーリーリアの部屋の窓だろう。中には、大きなビクトリア朝の収納箱や、天板が大理石でできたテーブルがあり、大きな衣装ダンスには、着られるのを待っている白いウエディングドレスが掛けられていた。

（水曜日まで――あと何時間なの？）だけど、ジムは結婚式に参列しない。ノーニにはそれがありがたかった。

（なぜエルボー・ビーチへ行くことを申し出たのだろう。なぜそんなことにこだわったのだろう。なぜロイヤルと一緒にビードン・ゲートに残らなかったのかしら。もうすぐ自分の家になるというのに！）

ノーニは家を振り返り、オーリーリアが窓の向こうの暗がりに座って、こちらを見ていないかと、一瞬、不安になった。それから、西のほうに目を凝らし、砂糖精製工場のたなびく煙や、密集した緑色の岩や、ビードン・ロックの小さな集落へ続く砂浜を見回した。集落には、白い屋根の家や木々やサンゴ岩から生えたような尖塔や、風雨にさらされたヤシの木などがある。

尖塔の一つは小さな白い教会で、オーク材の祭壇の手すりは年月を経て光っている。

モーターボートが島の反対側へ弧を描いて回り込んだとき、水しぶきがかかった。ノーニは顔から細かな水滴を拭い、髪の毛をしっかりと結んだ。モーターボートが村や桟橋や低い倉庫沿いの道路と並行して進んでいく。ジムが不意に口を開いた。「さらば、ビードン島」

ノーニはすばやくジムのほうを見た。顔から怒りは消えていたものの、体はまだ怒りに震えていて、口を真一文字に結んでいた。声もどこか投げやりだ。

「いつか戻ってくるでしょう?」

ジムは首を横に振った。「どうかな。おそらく戻ってこないな」

「だけど、あなたはハーマイニーのたった一人の身内なのよ。もし、彼女に何かあったら……」

(いずれはジムが戻ってきて、ビードン島に住み、ミドル・ロード大農場を経営することになるのだ。ロイヤルの隣人として、友人として)

ジムは首を横に振っていた。「そのときには、僕の仕事としても、人生としても、農場経営は遅すぎる。僕が農場主になるなら、今なんだ。だけど――これでミドル・ロード大農場ともお別れだ」

「だったら、どうしてハーマイニーはあなたに戻ってくるように言ったの! あなたに失礼じゃない」

「もう終わったことだ。ハーマイニーをあんなふうに怒らせるべきじゃなかったな。もちろん、すべて彼女の言ったとおりだ。僕には金がない、一文無しだ。ハーマイニーが生きている限り、すべて彼女のものだ」

「だけど、あなたにも権利が……」

「いいや、法的にはないんだ。ハーマイニーは法的な義務以上のことを僕にしてくれたよ。相続に付帯条件は付いていないから、ハーマイニーは僕に財産を譲渡する義務はないんだ。だけど、僕を学校に入れてくれたし、海軍へ入隊するまでのすべての費用を賄ってくれた。除隊してからエンジニアとして建設会社で働いていたけど、またその仕事に戻るつもりだ。大きな飛躍を夢見て。たばこを取ってくれないか、ノーニ？　コートのポケットに入っている」

ノーニは滑りやすい革のクッションに跪き、ジムの肩に片手を置いて体を支えた。波を乗り越えるたびにモーターボートは揺れてノーニがよろめくので、ジムが支えた。「しっかりつかまって……」

「ありがとう」ノーニは慌てて座席の背をつかんだ。ジムのそばにいることを思わず意識した――過剰なくらいに。力強い腕が支えてくれて、日に焼けて精悍な顔がすぐ近くにある。座席をつかんだまま、ノーニはジムのトップコートのポケットを手探りした。何か重たいものが入っていて、ポケットが垂れ下がっている。たばこ入れにしては重過ぎる。指が金属に触れると、ノーニは大きな声を出した。「なぜ銃が入っているの、ジム？」

「僕の銃だ。たばこは、もう片方のポケットだ」

ノーニがコートを引き寄せたとき、再びモーターボートと一緒にふらついた。

（島の誰もが、おそらく銃を持っているんだわ）

銃に触ったときは正直、びっくりした。冷たいものに触ったこともあるが、まさかそんなものがポケットに入っているとは思ってもいなかったからだ。ノーニはたばこを見つけて、再び座席に戻った。ノーニがたばこに火をつけると、ジムは前を向いたまたばこを受け取った。ジムの指は日焼けしていて、力強かった。

「ありがとう。ハーマイニーのような人間が他人のためを思ってすることは、どれも滑稽だね――的はずれもいいところだ。ディックは自分を抑えられないけれど、僕は抑えられる。一年前より悪くなることはないからね。それどころか、僕はついている。これからは自分の仕事に専念するよ」

（そして、あなたはビードン島へは二度と戻ってこないのね）

ノーニはそのことを残念に思っていた。少し前まではジムが戻ってくるのが嫌だったが、今はむしろ戻ってこないことがやるせなかった。

（あなたはミドル・ロード大農場へ二度と戻ってこないつもりね。島のことも、ここにいるみんなのことも忘れてしまうのね。そして、わたしのことも――わたしがあなたの友だちの妻だということを除いて、わたしのことも忘れてしまうのね）

ノーニは、そんな思いを心に持っていてはいけないと思った。

（黙っているから、つまらないことを考えてしまうんだわ！　何か話さなくちゃ。何でもいいから、とにかく話すのよ！）

水しぶきが太陽の光に輝き、エンジンの音が波間に轟いている。そして、ノーニは知らず知らずのうちに、まるで自分が二人いて、そのうちの一人が警告するかのように話しかけていた。

（この時のことを覚えておかなければ）

刺すように冷たい水しぶきが顔にかかる。風に吹かれて翻る髪の毛。エンジンの唸る音。舵を握るジムの手や、明るく輝く波に映える顔。日焼けして精悍な顔は少しいら立っている。そして、たばこを口に咥え、唇を固く結び、真っ直ぐに前を見ていた。

（ノーニ、あなたは、これらを残らず覚えておかなければいけないのよ――残らず）

ノーニは何か話そうと、必死に声を出した。つまらない妄想に、言葉で垣根を築くかのように。

「わたしはこの島に来てまだ間がないの。だから、島の人なら誰でも知っていることも知らないのよ。

ハーマイニーは、あなたのお父さんのお姉さんでしょう。だから、彼女は信託基金やミドル・ロード大農場を運用する、それだけのことなのよね」

ジムは気持ちを抑えきれないのかすぐさま答えたが、多弁で彼らしくなかった。ジムも気づまりを解消しようと、何か話さずにはいられないのだろうか。ノーニは耳を傾けて、ジムの言葉だけを聞こうとした。そして、心の中へは何も忍び込ませないようにした。

「単純なことだよ」と、ジムが言った。「家族の間では、めったに起こらないことだからね。どこの家族も、お互いを信頼し合っているだろう。そういった関係ができているからお互いを信頼できるんだ。僕の祖父は、そう考えていた。知ってのとおり、祖父は二度結婚した。ハーマイニーは、最初の奥さんとの子だ。僕の父は、二番目の奥さんとの子ども。僕がまだ小さかった頃に祖父は死んだ。ハーマイニーは、法的に僕の母と僕の面倒をみる立場にある。母は体が弱く、精神的にも脆かった……だから戦争中に死んでしまったけれど、僕はそのとき南太平洋にいたから、母が亡くなったのを知ったのは三週間後だったよ」

ノーニはひたすら聞いた。聞きたかった。知りたかった。ジムがどんな人生を送ってきたのか――そして、何を考え、何を感じてきたのか。

(いろいろ聞くには、時間が足りないわ！　聞きたいことも、知りたいことも、まだまだたくさんあるのに)そして、二人がこんなふうに会うことは、二度とないだろうから。

不意に、ジムがぶっきらぼうに言った。「祖父の遺産は信託基金へ預けられた。ミドル・ロード大農場はその一部だ。ハーマイニーはこの収益を好きなように使える。なにしろ、祖父はハーマイニーに絶大な信頼を寄せていたからね。それで、ハーマイニーは母と僕の面倒をみたんだ」

突然、ノーニの頭に、小さい頃のジムの姿が鮮明に浮かんできた。丈夫で日焼けした小さな男の子が、黒い髪の毛をくしゃくしゃにして、白い家の中や、長いベランダや、ベランダへ通じる階段を駆け回っては膝を擦りむいたりしている。そしてその家に、当時も今も、ハーマイニーが住んでいるのだ。

「ずっとミドル・ロード大農場で暮らしていたの？」

「いいや」ジムは簡潔に答えて、ノーニの想像を一掃した。「もちろん僕の家だけど、母とハーマイニーは……」ジムは再び口を固く閉ざした。だが、黙っていると、お互いに気づまりになる。それでお互いに何か話さなくてはという思いに駆られ、不用意なことを口にしてしまう。ノーニは息がつまりそうになり、当たり障りのないことを言った。「ディック・フェンビィはかわいそうね！」

冷酷な怒りのような表情が、ジムの顔に浮かんだ。「ディックはどっちにしても、あそこを離れることはできないよ。おかしなことに、彼はハーマイニーに好意を抱いているんだ。抱いていた、かな。ハーマイニーはディックなど相手にしないのに、あそこに留めている。言いなりに働かせるためさ。ハーマイニーは生まれつきのいじめっ子だ。誰とも恋をすることはないだろう。できっこないよ。ディックは離れられないけれど、僕はできる。そろそろエルボー・ビーチが見える頃だ。今、何時だい？」

ノーニは小さいけれど高価な腕時計をしていた。初めて学校へ通うようになったとき、気前のいい父親が買ってくれた腕時計だ。ノーニは時計の文字盤を見た。「四時十五分前よ」モーターボートがいきなり加速したので、ノーニは後ろ髪を抑え、エルボー・ビーチを探した。夕暮れにはまだ早い。あと二、三時間はかかるだろう。空と海の間のあらゆるものが、太陽の光に輝いている。熱帯地方の夜を伴った夕暮れが迫ってきているのがわかるのは、西のほうの空がわずかにピンク色に染まっているからだ。いまや太陽は水平線すれすれになり、きらめく海面に、モーターボートの影が長く延びている。金色にきらめくカリブ海に帆船ほど似合うものはないと、ノーニはなんとなく思った。そしてようやく、エルボー・ビーチが見えてきた。

二人の前にぼんやりと現れたエルボー・ビーチは、海の上に平らに横たわる、緑がかった灰色の影のようだ。砂場のように平らなので、実際よりも遠くに見える。

(とうとうエルボー・ビーチに着いてしまった)

ここからは見えないが、飛行場行きの郵便船が待っているはずだ。ジムは飛行機に乗ってビードン島を離れ、あと十五分もすればノーニの人生から消えてしまう。

ノーニはジムについていきたかった。

肉体的な欲求さえ伴うような、強くて激しい衝動だった。抑えることができそうになかった。が、ノーニは抑えなければならない。今すぐ、そして永遠に。まるで何かに憑かれたような衝動だった。予期できない何かに。経験したことのない何かに——そして、すぐさま克服しなければならない何かに。

(こんな衝動に屈してはいけない。ジムと一緒にエルボー・ビーチへ来るべきじゃなかった)ノーニは自分を抑えた。とらわれて抜け出せなくなる前に、呪縛を解かなければならない。そして、さっさと、短く、別れの言葉を言う。これ以上別れを引き延ばしてはいけない。ノーニはモーターボートへ戻り、弧を描いて入江を後にする。振り返って、郵便船を、そしてジムを見たりはしない。そして、ビードン島へ向かう。穏やかな青い海を突っきって、ビードン島へ、ビードン・ゲートへ戻るのだ。

ロイヤル・ビードンのもとへ戻るのだ。水曜日には結婚式なのだから。

だが、ノーニの体がざわめいた。ジムと一緒に行くように仕向けてくる。抑えようとする意志に、神経が、筋肉や血が抗うのだ。そのとき突然、ジムが言った。「僕と一緒に来てくれないか」

「一緒に――来てほしいですって……ジム」ノーニは訳のわからないことをつぶやいていることに気が付いて、慌てて口を閉じた。ジムを見ることができない。だが、目の前で見ているように、青い波間にジムの顔を鮮明に思い描くことができた。真っ直ぐな鼻や顎、黒い眉毛や頬骨、涼やかな目を。ジムが続けた。「ほら、ノーニ。僕はとんでもないことを言うだろう。気を付けなければと思ってはいるんだけど。ところで、君の結婚生活は幸せになりそうかい？」

ノーニの心は、意思や知性とは関係なかった。独自に生命があって、野生の鳥のように力強くはばたいた。

だが、ノーニはすぐにはっきりと答えなければならない。ただ一つの答えを。彼女は答えようとした。

（もちろんよ、わたしは幸せになるわよ）

そのときジムが振り返って、ノーニを見た。ノーニはまともにジムの顔を見ることになった。すると思いもよらない気持ちが、今まで認めてこなかった気持ちがあらわになって、ノーニは自分の本当の気持ちを思い知った。ノーニがぐずぐずしているので、ジムの目が暗くなった。ノーニは、こんなことはやめなければいけないと思った。目をそらさなければいけない。ジムとこんな会話をしてはいけない。

だが、すっかり自分の本心がわかってしまうと、もはや避けられない力を持ち、目をそむけることができなかった。

ジムが慌ただしく言った。今まで、あえてそのことを言わないでおいたのに、言葉が溢れてくるのを止めることができなかった。

「わかるだろう、ノーニ。この気持ちはどうしようもないんだ。君に一緒に来てもらいたい」

ノーニはすぐには答えられなかったが、しばらくして、つぶやいた。「ジム」ノーニは口ごもった。「ジム……」そして、泣きだした。泣きじゃくりはしなかったが、泣くのをやめることができなかった。頬を伝う涙をジムに見られたくなかったけれど、こらえられない。ノーニはジムを見ることができなかった。涙が水しぶきのカーテンのように広がり、周囲のすべてがかすんでしまった。それでもノーニは、ジムがすばやく自分を見てすぐに目をそらし、まっすぐ前を向いたことに気が付いた。モーターボートはエンジンの音を轟かせてエルボー・ビーチへ向かっている。ビーチは眼前に迫っていた。

ジムが言った。「今まで言わなかったけれど、君を愛しているんだ、ノーニ。でも、僕はビードン島を離れなければならない」

第四章

低く横たわる緑色と灰色のかたまりのようなエルボー・ビーチの端で、狭く小さな桟橋が陽光に照らされ、白くはっきりと見える。横付けされている郵便船も明るく輝き、出港を待っている——そう、ジムを待っているのだ。

ジムが舵を少し切った。波がうねっている。波長は今までより長くなっている。二人がうねる波を突き進むと、数秒間、エルボー・ビーチが波に隠れて見えなくなる。青い波のうねりが泡立って崩れるのを見据えながら、ジムが言った。「言うつもりはなかった。だけど、今は僕の気持ちをはっきりと伝えたい」二人は穏やかな波を上り、うねる波の頂点に達した。エルボー・ビーチが先ほどよりも近く、はっきりと見えた。

「まさに一目惚れなんだ」ジムが不意に言った。日に焼けた横顔が青い海に鮮やかに映えている。「君がロイヤルのところへやって来て三日目だったかな。ロイヤルの結婚相手の君を紹介するために、オーリーリアがハーマイニーとディックと僕を夕食に招待してくれた。僕は立ったままディックと話をしていたから、君が部屋へ入ってきたのに気が付かなかったけれど、君を紹介する声が聞こえた。『ノーニ、こちらがジム・ショーで……』振り返ると、君がいた。少し微笑みながら、僕を見ていた。そのとき、君に恋した。まさにそんな具合さ」さらに、ジムは続けた。「君は薄くて明るい色のドレスに、赤いベルトをしていて、僕をまっすぐ見つめた。それで、なぜだかわからないけれど、君に一目惚れしてしまったんだ。おかしなことだとはわかっている。夕食のとき、僕は君の隣に座った。そして、君が何か話すたびに、君の話に耳を傾けた。反対側で、誰が何を話していても関係ない。君が何かするたびに、その気配を感じていたんだ」ジムはたばこを泡立つ波間に捨てた。「おかしいだろう?」

ノーニの顔はまだ涙で濡れていた。手で涙を拭うと、素直にありのままに言った。「いいえ、少しもおかしくないわ」

ジムは息をのむようにすぐさま振り向いて、それから探るようにノーニを見つめた。エルボー・ビーチは目前だ。郵便船がジムを待っている。

(だから、今問題なのは、今大事なのは、本当の気持ちを言うこと)

そう思って、ノーニも言った。「わたしもあなたに好意を持ったの。今までそのことに気が付かなかったけど……」

「いつ?」ジムが尋ねた。「いつ気が付いたんだい?」

「今日の午後よ。結婚の報告の手紙を書いているとき。ノーナおばさまへ、わたしがいかに幸せなのか書いていたの。だけど、すぐに幸せじゃないと気が付いた。そのときよ。そのとき、わたしにとっての幸せは何なのかわかったの」

ジムは再び前を向いて、突然とても静かに話しだした。まるで自分の声だけに意識を集中させるかのように。「ノーニ、それは君も僕を愛しているってこと?」

二人の間に芽生えた本当の気持ちを、もはや否定できなかった。ノーニは自分の本当の気持ちを知ったのと同時に、自分の人生にとって何がもっとも大切なのかを知ったのだ。

「そうよ」

モーターボートは再び、ゆっくりとした青く長いうねりの底へと沈んでいき、エルボー・ビーチが見えなくなった。ジムとノーニがいて、あとは青く輝く海と空が見えるだけだ。

モーターボートの底を波が打ち、水しぶきが四方八方へと飛び散る。ノーニが髪の毛を抑えると、ジムが言った。「それがどういうことかわかっているのかい?」

「わかってる――わかっているわ」

「僕は、君の他に誰も愛さないだろう」

「わたしもよ」

「君はロイヤルと結婚することになっているんだぞ。結婚式は水曜日だ。間近に迫っている――もうすぐじゃないか」

ノーニが戻るべきビードン島は、変わらずそこにある。そして、二人の私的な恋愛感情とは関係なく、エルボー・ビーチは目の前に横たわっている。二人は束の間、一緒にいるだけだ。ジムは去り、ノーニはビードン島へ戻る。そして、ウエディングドレスが、水曜日に着ることになっているウエディングドレスがノーニを待っている。

ジムが口を開いた。「なぜもう少し待ってくれなかったんだ?」

ノーニの心は、波のように揺れていた。ノーニはジムが言っていることも、ジムがノーニの本心をわかってくれていることもはっきりと理解していた。だから、正直に答えた。「ロイヤルを愛していると思っていたわ。そうするべきだと思っていたの。そして、確かに愛しているわ――だけど、こんなふうじゃないの。あなたを愛するようには愛していないのよ」

「これが本当の愛だよ」と、ジムが言った。二人は長く、優しいうねりの頂点に辿り着いた。エルボー・ビーチが見える。まさに目の前だ。マングローブの絡み合った茂みや、緑色ののこぎりの歯のようなヤシの木がはっきりと見える。そして、白い桟橋と郵便船も見えてきた。

ジムも本当の愛を知った。そして、さらに舵を切りながら言った。「君はロイヤルとは結婚できないよ」

ノーニはまるで紐で操られた人形のように急にジムのほうを向くと、風になびく髪の毛を抑えた。

「そんな、ジム。わたしはロイヤルと結婚しなければならないの！　結婚式は水曜日なのよ。なにもかも準備は整っているわ。だから、わたしはロイヤルと……」

「君はロイヤルと結婚できないよ」日焼けしたジムの顔はこわばって、緊張していた。「僕もこんなことは言いたくない。だけど、神さまに感謝するよ。実際、君は彼とは結婚しないだろう」

「ジム、ロイヤルにそんなひどいことなんてできない……彼との結婚式を進めなくてはならないの。オーリーリアや、ロイヤルや……」

「君を手放すものか」と、ジムが言った。

幸い、二人は再び青く長いうねりの底へと沈んでいったので、ノーニはエルボー・ビーチも郵便船も見ずに済んだ。そして、二人だけの奇妙な感覚にとらわれた。ジムはノーニのほうを向くと、手を彼女の手に重ね、強く握り締めた。ジムの顔はいたって真剣だった。目は誓いを立てるかのように厳かだ。「僕も、ロイヤルのことを思うとこんなことはしたくない。ロイヤルを愛していると言った君の気持ちは、本心だったろう。だからこそ、彼には本当の気持ちを伝えなければ。口先だけの言葉は慎むべきだ。本当の気持ちを話したほうがいいと思う。する気のない結婚など、ロイヤルに失礼だ」ジムはためらい、少しの間言葉を探して続けた。「君はロイヤルを愛しているんじゃない。愛情と友情は別だ。そして、僕たちの間にあるものこそが愛情なんだ」ジムは再び口をつぐんだ。二人の間にあるものを言い表すことはできないけれど、大地や海や二人の頭上に空があるように紛れもなく存在していて、敬意を払って接するべきものだった。ジムの手は温かくて力強く、ノーニはその感触を以前から知っていて、長い間慈しんでいたかのように馴染んでいた。ノーニはジムの手を放したくなかったが、あと十分で、あと五分で、放さなければならない。そして、ロイヤルの妻になるのだ……。

「君とのことを公《おおやけ》にすることもできる」と、ジムが言った。「だが、そんなことはしたくない。それでも、君をロイヤルと結婚させたくない」

（ジムはさせないだろう）

あたかも波がモーターボートへ打ち寄せるように、ノーニはもはや抗えない気持ちに飲み込まれていった。ジムの目や顔を見て、本当の気持ちを認めてしまいたい衝動に駆られた。そして、ひとたび認めてしまうと、ノーニは不思議なほど深い満足感に包まれて心の充実を感じた。うまく表現できないけれど、男女が愛で結ばれたなら、こんな感じになるのかと思った。

ジムが手を放すと、モーターボートの速度がゆっくりになった。ジムが肩越しにノーニを見つめている。不意にノーニは、ジムがモーターボートを旋回させてエルボー・ビーチから離れようとしていることに気が付いて、大声を出した。「ジム、何をしているの？　急がないと……」

「僕たちはビードン島へ戻る」

「だめよ――そんなの、だめよ」

「ロイヤルに話す」

「ジム、だめよ。落ち着いて！　ねえ、考えましょうよ。一緒に考えましょう……ああ、わたしはどうしたらいいの」

ロイヤルは自尊心が強い。とても強い。そして、オーリーリアも同じだ。二人はノーニにとてもよくしてくれた。そして、島中が結婚式のことを知っている。島中の誰もが——ロイヤルの身内も、友人も。

「だめよ、ジム——こんなの、だめ。ロイヤルのことを考えなければ。だめよ——ちょっと待って」

ノーニは死に物狂いになって、すばやく考えた。なんとか事態をうまく収める方法を見つけようと懸命だった。「ジムお願い、聞いて。こんなのはだめよ。結婚式のことはみんなが知っているし、わたしたちのことはあまりに唐突だもの——時間が必要よ。とにかく、わたしは戻るわ。戻らなければならないの。そして、ロイヤルに話す。自分で話すわ。一度は彼との結婚を約束したんですもの。わたしがロイヤルと向き合わなければならないの」

ジムはしばらく考えていた。モーターボートは止まっているも同然で、波に揺られていた。「わかったよ」ようやくジムが口を開いた。「わかった。君の言うとおりだ。それでもやはり……」

「あなたはこのまま行ってちょうだい。あなたの計画どおりに。向こうには、あなたの仕事が待っているんでしょう。まずは、その仕事に就いて」

でもノーニには、二人が暮らしていくのに充分なお金があった。すべて二人のために使うことのできるお金だ！　だからジムの仕事は、二人にとってそれほど重要ではなかった。ノーニはあやうく言いだしそうになったが、そうするとジムがますます仕事のことに気をとられると思い、別の言葉を発した。「わたしがロイヤルに話すわ。それから、あなたのもとへ行く」

「ニューヨークへ？」

「あなたのいるところなら、どこへでも」

ジムは再びためらった。顔の表情は厳かで、考え込んでいるようだった。「やはり僕がロイヤルに話すよ」

「だめよ、ジム。ロイヤルには、今はまだ――今はまだ結婚できないというだけで、あなたのことは何も言わないつもりよ。今はまだあなたのことは言えないもの」

「僕は待つよ。そして、君を一緒に連れていく」

「ロイヤルはとても自尊心が強いの！　あなたのせいで結婚できないなんて言えないわよ。そんなことできない。島のみんなや彼の友人を前にして、そんなことできるわけないじゃない。結婚式が目前の、この時期に！」

ジムはまだ迷っているようだった。顔をしかめ、考えていた。そして、ようやく決断した。ノーニがそのことに気が付いたとき、モーターボートのエンジンが再び唸りだした。

「わかったよ。僕は自分のことだけ考える。ロイヤルのことは考えないよ。だけど、どうしたらいいんだ」少し間をおいて、ジムが言った。「もう少し時間があれば！」

確かに時間がなかった。突然、エルボー・ビーチが二人の目の前に現れた。郵便船がはっきりと見えた。船体の真鍮が陽光にきらめき、煙突から少し黒い煙が雲のようにたなびいている。ジムがモーターボートの速度を無意識のうちに上げたことに、ノーニは気が付いた。

（それでいいわ）

ノーニは島へ戻って、ロイヤルと話をする。ジムはニューヨークへ行き、仕事に就く。そしてすぐに、ノーニはジムのもとへ向かう。

モーターボートは波を蹴散らして進んだ。突然、ジムがモーターボートのエンジンの音に負けないほどの大声を出して言った。「僕とのことを真剣に考えてくれ、ノーニ。じっくりと考えてもらいたい。僕は君を愛している……ずっと君を愛し続けるよ。僕を見て」

ジムがノーニのほうを向いたときには、ノーニはすでにジムを見つめていた。ジムのことを心に刻むために。顔の皺の一本一本まで覚えておくために。モーターボートが波を突き進んでいくにつれて、ジムのまなざしがいやおうなしにノーニの心に刻まれていく。

「君を愛している――いつまでも。君と結婚したい。だから真剣に考えてもらいたい。僕たちのことは起こるべくして、起こったんだ。そうだろう、ノーニ。そして、すぐにニューヨークへ来てくれ。来てくれるだろう?」

ノーニの目は再び霞がかかったようになったが、今は幸せだった。幸せな気持ちに包まれていたので、霞がかかったままにしておいた。ジムが見つめるままにしておいた。心の中まで見てほしかった。

「もちろんよ、ジム。あなたのもとへ戻るわ」

「ノーニ、愛しい人」と、ジムが言った。

二人は桟橋に着いた。小さな島全体が桟橋のようで、郵便船が係留されていた。煙突から黒い煙がたなびき、船体の真鍮と狭いタラップがきらめいている。ヤシの木や倉庫は、もはや遠くの景色ではなかった。今や二人もそれらの景色の一部となっている。ジムが舵を切ると、モーターボートは大きく弧を描いて、ゆっくりと桟橋へ近付いていった。

現実であって、現実ではないような気がした。ジムが去っていく。実感がなかった。ジムはまだノーニのそばにいる。触ることもできるし、話しかければジムは答えるだろう。それが現実だ。ノーニがはいている白い綿のスラックスの片方の膝についた黒いしみのように、風になぶられた髪の毛が頬をいたぶるように、そして、波間に浮かぶ泡のかたまりのように。

まるで強い意思を持っているような、ずんぐりと頑丈そうな郵便船が二人のほうへ近付いてきた。ジムがモーターボートのエンジンを切ると、郵便船のエンジンがくぐもった音を響かせているにもかかわらず、突然、周囲が静かになった。モーターボートは郵便船を通り越して、桟橋に着いた。ジムが立ち上がると、モーターボートがゆっくりと静かに揺れる。ジムは綱をつかんで、郵便船をちらっと見た。

「急いで！」ノーニの声も風景の一部となったようだった。

（急いでほしくない。わたしを置いていかないで。飛行機に乗ってニューヨークへ行かないで）

ジムはかがむと、ノーニの腕をきつくしっかりと握り締めた。グレーの目は切羽詰まったように暗かった。ノーニは喉が渇いて、一言も話せない。郵便船は二度、小さく耳障りな警笛を鳴らした。ノーニが頷くと、ジムが言った。「行きたくないよ……ノーニ、ノーニ……」

出発に備えてスカートを整える貴婦人のように、郵便船はスクリューを回し、準備を整えていた。

ノーニはようやく声をふりしぼり、「ジム、急いで……」ジムはノーニを腕の中へ引き寄せると強く抱き、キスをして、二度と放さないかのように抱き締めた。

ようやくジムはノーニを放して桟橋へ跳び移り、鞄とコートを持ち上げた。ノーニはジムが鞄を取るのを手伝った。ジムは彼女の頭上から、モーターボートを見下ろしている。波間にかすかに揺れるモーターボートだけが現実だった。ジムの黒い髪の毛は風になぶられて、乱れていた。そのとき、ジムの鞄の鍵がパチンと音を立てて開き、現実に引き戻された。ノーニはジムに別れを告げなければならない。ノーニの目がジムの目と合った。ジムは別れの言葉を言おうとしていた。ノーニはジムから目をそらすことができなかった。

「気を付けて戻るように……」

「ええ、大丈夫よ、ジム」

「忘れないでおくれ……」

「郵便船に乗り遅れるわ――急いで」

「さようなら――さようなら、ノーニ」

「さようなら、ジム……」

郵便船は力強く動きだした。定刻どおりにゆっくりと、しかし無情にも出航していった。

ノーニはしばらく桟橋を走っていくジムを見守っていたが、船尾の近くで姿を見失った。タラップが外されようとしている。タラップを支えている麦わら帽子をかぶった優しそうな黒人の少年たちに向かって、ジムは声を張りあげた。まるでスローモーションを見ているかのように、しばらくの間、すべての風景の動きがゆっくりになった。ジムの走っている姿を除けば、郵便船もタラップも、すべてが止まっているようだった。そのとき突然、ジムが郵便船の甲板に現れた。ジムは少年たちに礼を言うと、手すりのところへやって来た。

タラップを外していた少年の一人が桟橋に沿ってやって来ると、ノーニに近付いて微笑んだ。

「船長が綱を解くように言っています。よろしいですか?」

「ええ、わかりました。どうぞ」

ジムは手を振って、見つめていた。ノーニも手を振った。そして、黒人の少年に頷いた。ノーニは相変わらず風景の一部のままだった。

ノーニがモーターボートのエンジンをかけると、無意識のうちに手は舵を握っていた。ノーニが顔を上げたとき、モーターボートはすでに桟橋の細い先端を離れていた。ジムの顔はこわばり、もはや微笑んではいない。二人の間の距離が次第に開いていった。

郵便船はゆっくりと向きを変えて激しくスクリューを回転させ、速度を上げて進み、あっという間に去っていった。ノーニはビードン島へ戻り始めた。モーターボートは快調に進んだ。エルボー・ビーチも、桟橋も、優しそうに微笑んでいた黒人の少年も、郵便船も、ノーニの後方へと去っていった。ノーニの唇に重ねられたジムの唇の感触や、抱き締められたときの力強く、性急なジムの腕のぬくもりがまだ残っていて、まるでジムがまだそばにいるかのように、ノーニは感じていた。そして、ジムがそばにいるという感覚がいつまでも残っていることに驚いていた。

(これが恋なんだわ!)

胸が熱くなり、鼓動が速まり、羽が生えて、ジムの腕の中へ飛び込んでいきたい気持ち。まさしく恋だった。

さっきまでの出来事が急速に甦ってきた。ジムが話したこと、彼のあらゆる表情、そばにたたずんでいたジムの気配などすべてが、鮮やかに甦ってくる。ジムが握っていた舵にも、ぬくもりが残っているようだ。ジムを思いださせるものはいろいろ残っているのに、本人はもういない。けれども、今やノーニの人生は一変した。ビードン島へやって来て、そこにジムがいた。ノーニがビードン島へやって来たのはロイヤルと結婚するためだったが、そこにジムがいたのだ。

ノーニは波を突いてビードン島へ向かった。太陽がさらに低くなり、海の濃い青色と明るい金色のまだら模様が濃くなっていく。ノーニはモーターボートを機械的に操り、標準速度でビードン島へ進んでいった。水曜日のビードン・ゲートでの結婚パーティーは、もはや開かれないだろう。もうすぐ見えてくる、小さな白い教会での結婚式も行われないだろう。

（この短い間に、どれだけのことが起こったというの？　ロイヤルには、何て言えばいいの？）

ノーニはそのことを考えなければならない。なんとしても。だが、モーターボートは無情にも波を切り裂いて進んでいき、太陽の光は波間できらめいている。モーターボートの航跡はすぐに消えるが、ノーニの心には二度と消えない跡が焼きついた。

エルボー・ビーチは、今や後方に灰色の線のように見えるだけだ。代わりに、ビードン・ロックの尖塔や屋根や木々の緑のかたまりが、みるみる迫ってきた。ビードン・ゲートの小さな栈橋が、眼前の海面で輝いている。ノーニが避けることのできない行き先だ。

モーターボートが近付いてきてノーニが栈橋へ降り立つのを、ロイヤルは見ていた。彼女の帰りを待っていたのだ。

第五章

　ジムが自分とのことを真剣に考えてくれと言ってくれたので、ノーニは後ろめたい思いなどの精神的重荷を一掃するための言い訳を考えなければならなかったが、背の高いロイヤルの、海にたばこの吸い殻を投げ捨てるしぐさを目にしてしまうと、言わなければならないことを伝える言葉も、方法もなさそうに思えた。しかし、こんなときでもノーニの頭に浮かんでくるのは、ロイヤルに伝えなければどれほどひどい事態を招くのかということよりも、ジムのことだった。

　ノーニがモーターボートを桟橋にきちんと横付けしたとき、ロイヤルが前に進み出た。ノーニはモーターボートの操縦に長けているわけではない。実際、船を操ったことはなかったが、ずいぶん昔、父親の趣味が小型ヨットやモーターボートだった時期に、ノーニも一緒に楽しんでいた。外国語の名前を付けた、しゃれたまばゆい船や、同じようにめかしこんだ操舵手は、父親の人生と共に、ノーニの人生も華やかなものにしてくれた。ロイヤルが満足そうに言った。「上手いもんだな」そして、ノーニが投げた綱を受け取ると、すばやくモーターボートを係留した。そのとき、ディックが階段を下りてきた。

　ノーニは少しほっとした。

（ディックがいなくなるまでは、ロイヤルにジムとのことを話さなくて済む。あれだけのことですも

の、二言三言では伝えられそうにないもの)

ロイヤルは、ノーニをモーターボートから引き上げようと手を差し出した。ロイヤルはいつだって、いささか古風といえるほど礼儀正しい。彼より年配で、もっと礼儀作法にうるさい年配者に対する作法や気遣いも心得ている。ロイヤルの魅力の一つであり、ノーニが惹かれた気質の一つだ。極めて誠実で正直な愛情の証《あかし》だが、ジムとの恋に目覚めた今のノーニには、その魅力がわからなくなっていた。ジムと一緒のときのときめくような感じとは、どこか違うのだ。ジムが言っていたのは、まさにこのような感情だった。ノーニがエンジンを切ると、静寂が二人を包み込んだ。

握り締めたロイヤルの手は優しいながらも力強くて、がっしりとしていた——だがノーニには、もはや親切で優しい友人の手に過ぎない。ノーニが桟橋に立つと、ロイヤルが微笑んだ。

「順調に行けたようだね。時間を計っていたんだ。ジムは郵便船に間に合ったかい?」

「ええ、間に合ったわ。でも、ぎりぎりよ。ジムが乗り込むと、すぐに出航したもの」

「こんにちは、ノーニ」二人のほうへ近付きながら、ディックが挨拶した。すぐさまノーニは、ディックがお酒を飲んでいることに気が付いた。

ディック・フェンビィ——ディック・フェンビィ少佐。第一次世界大戦後、退役——はハーマイニーの代理人で、細くて色白の男だ。爽やかなのに神経質そうな顔は無気力にも見えるが、せっかくの爽やかな顔も今ははれぼったく赤らんでいる。どんよりとした青い目にも生気がない。こんなときのディックは、ある意味で素のままだ。

(ジムはここを出ていって、正解だった!)

ノーニはディックを見て、ハーマイニーがディックにどんな人生を送らせてきたのか、どれほど無為な人生を強いてきたのかわかったような気がした。目標も目的も持たせてもらえず、働くことさえ許されない。ハーマイニーの気まぐれに翻弄され、彼女が選んで与えたものに従って生きていく。まさにハーマイニーの意思とお情けにすがる人生だ。ディックは声を荒げることもなかったに違いない。もちろん口論はあっただろう。だがハーマイニーの代理人である以上、法的な立場ではハーマイニーが優位に立つ。ハーマイニーはそのことを心得ていたし、ジムもわかっていたのだろう。

ディックが口を開いた。「ジムは出ていったのか?」

「郵便船に乗ったわ。今夜遅くにニューヨークへ着くでしょう」

三人は桟橋に沿って戻り、小道へと向かった。足音は桟橋の木の床板で弱まったが、ディックの足音だけいくぶん乱れて、ぎこちなかった。ディックがつぶやいた。「ジムは出ていった。そのことが重要なんだ。手遅れになる前に出ていったことが」

「残念だよ」と、ロイヤルが言った。「ジムは優秀な農場主になれる素質があったのに」

ディックはため息をついて、口を開いた。「ああ、そうだな。尋ねてくる質問や取り組む姿勢から、それはわかったよ。取り組もうとしていたと言うべきかな。ハーマイニーは、いつもジムを束縛していた。それが彼女のやり方なんだ……僕だって、優秀な農場主になれたんだ」

「君は優秀な農場主だよ」

「ときどき――ほんのときたま、ハーマイニーが僕のやりたいようにさせてくれたときだけだ。めったにさせてくれないけど……僕は、ハーマイニーがジムにしてきたことを知っている。あらゆるものから彼を孤立させていた――ほんの些細なことからも、絶妙にね。ジムもそのことがわかっていたとはな。手遅れになる前に、僕はここを出ていけなかったが」

「なあ、ディック」と、ロイヤルは控えめに言った。「ジムには経験がなかった。だから、ハーマイニーはあまり責任のある仕事を任せられなかったんだ」

「でも、ジムに学ばせることはできたはずだ。だけど、そうしなかった。ジムが学びたがっていることとは、君が教えることができたのに。ジムには本当に仕事をさせるべきだったんだ。ハーマイニーの使い走りや、彼女のお情けにすがるような恥ずかしい思いをする仕事ではなく、本当の仕事を。僕には、ジムがここを出ていくのがわかっていた。最近、ジムが今までの扱いに不満を募らせていることに気が付いたんだ。ハーマイニーも気が付いたのだろう。だからジムを追いかけて、必死に機嫌を取ろうとした」

「だけど、ディック……」

ディックは強い口調で言った。「ハーマイニーは、ジムに農場主になってほしくなかったんだよ。何も学ばせないままにして、農場主にさせないつもりだったんだ」ディックは一呼吸おいた。「ミドル・ロード大農場がジムのものになる頃には、彼も……」ディックはためらい、言葉を探した。「ジムも、今の僕のようになっていただろう！　ひょっとすると、もっとだめになっていたかもしれない。大農場は、ハーマイニーにとってなくてはならないものだ。なあロイヤル、ハーマイニーは何のために生きていると思う？　権力だよ。ハーマイニーにとって大農場は、小さな王国だ。あたかも本物の王国であるかのように、大農場を自分の思いのままにしたいんだ。大きさは問題じゃない、相対的なものだからね。権力こそ、ハーマイニーの最大の関心事なんだ。人を圧倒するような権力。それこそが、彼女の追い求めるものなんだ。君はハーマイニーと対等にはなれないよ、永遠に。どんな人間関係があろうと関係ない。いつだって争いが起こる。そしてハーマイニーが勝つまで続く。だから、君に争いをふっかける。そうすれば圧力をかけられるからね。いずれ君を言いなりに操って、ばかにするようになるんだ。ハーマイニーは……」

「わかったよ、ディック、もういいよ」

「少し言い過ぎたかな。だけど、すべて本当のことだ。君だってわかっているんだろう。誰もが知っていることだ……」三人が階段に着くと、ディックが見上げて言った。「やあ、リディア！」驚いて発した声には、敵意のようなものが含まれていた。「そこで何をしているんだ？」

ノーニも慌てて見上げた。リディア・バセットがベランダに座って、彼らを待っていた。リディアの赤茶けた髪の毛にはきついウェーブがかかっていて、美しさを見せびらかすように、かわいらしい顔を縁取っている。リディアは長い籐椅子にもたれかかっていた。華奢だが張りのある体の線がシフォンでできた緑色のディナードレス越しに浮かび上がり、鮮やかなドレスの色に染まったかのような緑色の目が、炎のように明るく知的に輝いている。笑みを浮かべているリディアは、ドレスを見ても、明らかに夕食を食べにやって来たのだ。

「リディア」ロイヤルが驚いたように言った。

「こんばんは」リディアは値踏みするようにディックを一瞥すると、目をそらした。「お邪魔じゃなければいいのだけれど。オーリーリアに電話して、夕食に誘ってもらったの。もうすぐあなた方二人の結婚式だし、二人が新婚旅行へ出かけてしまえば、しばらくはお邪魔できなくなるでしょう。二人に会うなら今のうちがいいと思って——新婚旅行はどれくらい行ってくるの、一カ月くらい？」

リディアの言葉も声も、そして笑みも気持ちよくて人を引きつけるけれど、ノーニはいくぶん嘲るような底意を感ぜずにはいられなかった。

「こんばんは、リディア。お会いできて嬉しいわ」と、ノーニが言った。

ロイヤルが口を開いたが、まだ驚いていた。「嬉しいよ、リディア。僕たちの結婚式のことを覚えていてくれて、嬉しいよ！」

階段を上がってきたロイヤルはノーニとディックの間へ入ると、イェーベを呼んだ。イェーベは小柄な黒人男性で、この家の執事だが、ほとんどオーリーリアの世話係だ。そして、ビードン・ゲートの客室係でもある。ロイヤルはイェーベに客人へ飲み物を持ってくるよう命じた。ロイヤルはいつでも明るく気持ちよく客をもてなすのに、リディアの訪問をなぜか歓迎していないことにノーニは気付いた。

ディックの出現で、ノーニは救われた。ロイヤルへの話を先延ばしにできた。

（夕食が終わってディックとリディアが帰り、オーリーリアが床に就いたらロイヤルと話そう。ロイヤルと二人だけで）世界中の人々がジムへの愛を応援してくれそうで、ノーニは何か良い知恵を授けてもらえる気がした。

リディアも、ロイヤルのそぶりから自分があまり歓迎されていないことに気付いた。そこで、今度は明らかにとげとげしい口調で言った。

「わたしの飲み物はラム酒をソーダで割ってね。覚えているでしょう、ロイヤル？　どうなの、わたしがいてお邪魔じゃないかしら。花嫁と二人だけになりたいのなら、遠慮するわよ。早めにおいとまするわ。あなたがわたしを家まで送る必要がないように。実は、リオーダン先生の車に乗せてもらってきたの。先生がミドル・ロード大農場へ行くついでに、わたしをここまで連れてきてくれたのよ」

「来てくれて嬉しいって言っただろう」ロイヤルはそう言って、イェーベのほうを向いた。「さて、ラム酒をソーダで割ったのをリディアへ。いつものラム酒を、僕とノーニへ。君はどうする、ディック?」

ディックはため息をつきながら、椅子へ深く腰を下ろした。「イェーベが知っているよ。僕は、ラム酒を水で割るんだ」

ラム酒は島の飲み物だ。ビードン・ゲートで作られ、ずんぐりした瓶に瓶詰められ、ビードン・ゲートのラベルが貼られている。ロイヤルがリディアに尋ねた。「大農場で誰か病人でも?」

「知らないわよ」リディアは関心がなさそうに答えた。「農作業員の誰かが怪我でもしたんじゃないの。尋ねなかったわ。ところで、ジムがハーマイニーとけんかして、島を出ていったって聞いたけど」

四人の濃い影が、静かに海へと伸びていた。沈みゆく太陽が、薄桃色の澄んだ光を空へ放っている。ノーニは立ち上がると、白いスラックスがしみで汚れているのに気が付いた。「ちょっと失礼して、着替えてきます。すぐに戻りますので……」

「ねえノーニ、エメラルドのティアラなんかかぶってこないでよ。それに、ダイヤモンドのネックレスもなしね。わたしたちは質素を心がけているんですからね。華美には慣れていないの」と、リディアが言った。

「ばかなことを言うなよ、リディア」とロイヤルが語気を強めて、ぴしゃりと言った。ノーニは顔が赤らむのを感じたが、子どものように言い返すのは控えた。学生時代にはよく言い返したものだが、こういったことが身についたのも、父親の知らず知らずのうちに見栄を張るお金の使い方のせいだった。ノーニがベランダから家へ入ろうとしたとき、ロイヤルは大きな体に似合わずすばやく立ちあがって、ノーニのためにドアを開け、さりげなく、それでいて温かく微笑んだ。ロイヤルは、ここはノーニの家だ、と言っていた。ノーニは再びそのことを思いだした。

（ここはわたしの家）ノーニはロイヤルと結婚できることをありがたいと思っていたし、彼との結婚生活は幸せな日々になると確信していた。

実感を伴った結婚生活――ノーニが少し前にノーナおばさまへの手紙に書いた――地に足のついた結婚生活だ。

だけど、真実の結婚ではない。ノーニは真実を知ってしまった。

（ジムは今頃、どの辺りにいるのだろう？　キューバのシエンフエゴスに着いたのだろうか。小さな郵便船の甲板を行ったり来たりしながら、考えたり、計画したりしているのかしら。わたしがびっくりしているように、二人の間に起こってしまったことに驚いているのかしら）でも、二人は真実を受け入れた。受け入れるしかなかった。拒否などできるはずがなかった。

廊下は広くて、かなり薄暗い。濃い栗色の壁紙は古く、浮き彫りの金メッキが施された図柄は色褪せている。床には古びた薄い絨毯が敷かれ、階段の上からシャンデリアが柔らかな光を放っていた。

ノーニは階段をゆっくりと上っていった。

（そういえば、階段を上るときは幸せな気分なのに、下りるときはなぜかそれほどでもなかったわ）

ノーニはなぜだかわかった。ジムに会ったときにわかった。手紙を書いているときに気付いた。思い描いていた幸せは、ノーニのためではなかったということに。本当の幸せではなかったことに。ジムとの愛こそが、真実なのだ。ノーニはジムが言った言葉を再び思いだした。彼の言葉はお守りであり、大義名分であり、ノーニの拠りどころだった。

ノーニは、階上の長く広い廊下へ着いた。階下の玄関ホールのように薄暗い。濃い栗色の壁紙が、使用していない寝室のほうに続いている。ノーニの部屋へ続く廊下には、熱帯地方の湿気や暑さに長年さらされ、霞がかかったようにくすんでしまった金メッキで縁取られた重そうな鏡や、肖像画があちこちに掛けられ、濃いクルミ色の小さくて硬そうな椅子と、赤いビロードの長椅子がところどころに置かれていた。

ノーニはいまだに信じられない思いだった。手紙を、ノーナおばさまへの手紙を書きかけてそのままにしたこんな短い間に、こんなにも重大なことが起こったことに。

ノーニはもう手紙を見られなかった。結婚式は来週の水曜日だ。すべての準備が整っている。ウエディングドレスはオーリーリアの大きな衣装ダンスに掛けられている。だが、ノーニは結婚式を中止すると言わなければならない。

ノーニは大きな昔風の浴室へ入った。大理石の洗面台とチーク材でできた大きな浴槽があり、大きな窓の鎧戸は閉まっている。浴槽へ急ぐと、スラックスとシャツを脱いだ。赤いサンダルを履き、匂い袋を入れたマホガニー材の引き出しからきちんとたたまれたシルクの下着を選んだ。そうしながら、エメラルドのティアラやダイヤモンドのネックレスといった、リディアの棘のある言葉について少しの間考えた。ノーニにしろ、誰にしろ、金持ちの家の子どもに生まれることが約束されているわけではない。それは偶然以外の何物でもない。だから、そのことで非難されたり、称賛されたりするいわれはない。それに、ノーニはほとんど宝石類を持っていないのだ。そのことに少しほっとした。今は手元に現金千二百ドルしかない。父親の死んだ現在、電報を打って相続できる財産の手続きを完了すれば、もっと引き出せるけれど。そのとき、ノーニはようやく現実的なことを考えた。この千二百ドルを、あるいはその一部を使うのは、ロイヤルとの話に決着がついてビードン島を去り、ニューヨークのジムのもとへと向かうときだ。

(もうすぐ、もうすぐよ)ノーニは自分に言い聞かせた。

ノーニがドレスを選んでいると、ジムと会った夜に着ていた白いドレスが目に留まった。衝動的にそれを着てみた。白くて薄い綿のドレスだ。襟ぐりがレースになっていて、肩が出る。そして、赤い柔らかなベルトが付いている。ノーニは踵の高い赤いサンダルを履くと、鮮やかな赤色の口紅をつけた。そして、化粧台の上の金メッキで縁取られた鏡に姿を映してみた。昔の肖像画のような自分がいた。肩が出ていて、首の周りをレースが縁取り、ほっそりと引き締まった腰がゆったりとした白いスカートに包まれている。

夕食へ下りていく前に、ノーニは魔よけの木に触るように、将来の幸せを手にすべく衝動的に千二百ドルを確認した。

だが、千二百ドルはなかった。

(そんなはずないわ。確かに入れておいたのに!)

ノーニは、大きなワニ革の鞄の中の札入れを探した。鞄は細心の注意を払ってニューヨークから持ってきた。小銭入れはそのままだった。銀貨といくらかの五ドル硬貨、それに一ドル札が何枚か入っていた。だが、千二百ドルが入った札入れの中は空っぽだった。

ありえなかった。

(ロイヤルの家で、オーリーリアの家で、身上の明らかな使用人たちに囲まれている中で盗まれるなんて。誰もが顔見知りの小さな島で盗まれるなんて)

だが、現実に起こったのだ。ノーニはイニシャルの付いた鞄を調べた。鞄の中はベージュ色のスエードで仕切られている。引き出しも調べてみた。でも、わかっていた。千二百ドルのお札を出して、どこかへしまった覚えはない。だから、念のための確認に過ぎなかった。ようやく鞄を置いて引き出しを閉めると、鞄を見つめたまま、しばらく呆然と立ちつくしていた。ロイヤルに報告しなければ。オーリーリアにも。二人は深く謝罪するだろう。そして、お金を戻させると言うだろう。使用人たちが問い詰められるだろう。もちろん、へんな気を起こさせるような大金を、不用意に鞄の中へしまっておくべきではなかった。ノーニの落ち度であり、責任だ。

でも、この話は待ったほうがいい。待たなくてはならない。このことよりも大事な話があるのだから。ノーニはゆっくりと階下へ下りていった。

三人はベランダにいたので、ノーニも加わった。ロイヤルも着替えていた。白いコートに黒いネクタイ、そして黒いズボンと深紅色のカマーバンド（ズボンのベルトを隠すために着用する幅広のバンド）といったロイヤルのいでたちは、いつ見てもハンサムで人目を引く。三人は飲み物を飲みながら、とりとめのない話をしていた。熱帯地方の黄昏が、海にかすかな夕闇をもたらしている。黒い雲のかたまりが南から流れてきて、海面のきらめく光を覆い隠してしまったとき、イェーベが夕食の準備ができたことを告げた。

長いテーブルの両端に、ロイヤルとノーニは向かい合って座った。テーブルには背の高いろうそくが灯り、二人の間に優雅なバリケードを築いているようだ。

（ジムはキューバのシエンフエゴスに到着しただろうか。それともまだニューヨークへ向かう機上だろうか。この短い間に、どれほどすばらしい変化があっただろう！）

何か不思議な感覚に誘われて、ノーニは周りのすべてに何か意味があるような気がして、ろうそくやテーブルやテーブルを取り巻く顔――飛行機に乗ってニューヨークへ向かっているジムの顔はなかったが――でさえもが、夢や空想を膨らませた。そして風が吹いて、家の近くのヤシの木がざわめき、鎧戸が音を立て、ろうそくが揺らめくと、夢の中へと誘われていくような気がした。

夢の中でノーニは、何度このテーブル――夕食のとき座るこのテーブルに座っただろう。この家の主人であるロイヤルと向かい合って、数え切れないほど何度も！

（でも、千二百ドルがなくなったのは夢ではない。このことはロイヤルに報告しなければ）

ノーニはイェーベを見て、彼のことを考えた。それから、明るいスカートと白いブラウスにビーズのネックレスを付けてくすくす笑っている二人の小柄な女中を、リウマチを患いながらも威厳のある年老いた黒い髪の女料理人を、優しい顔をして台所で下働きしている十四歳のアーチーのことをそれぞれ考えた。アーチーは靴を磨いたり、野菜を洗ったりするとき、古いカリブ海の歌を口ずさむのだが、どのような内容なのかはわからなかった。この人たちに千二百ドルのことを尋ねなければならないと思うと、ノーニは気が重かった。

オーリーリアは夕食を食べに下りてこなかった。頭痛がするから、とイェーベが伝えた。

「嵐になりそうだな」と、ロイヤルが言った。「気圧が下がっている。オーリーリアは嵐の前に、神経痛が起こるんだ」

リディアはロイヤルの右側に座っていた。赤茶けた髪がリディアの細い顔を縁取り、赤い口紅を塗った口はかなり大きく、高いけれどかわいらしい頬骨をしている。もっぱらロイヤルに話しかけては楽しそうに笑っていた。緑色の目がろうそくの炎できらめくと、リディアはゆっくりと二杯目の飲み物を飲み終えた。

ディックはその場にいないも同然だった。黙って座ってレースのテーブルクロスを見つめ、何も食べず、一言も話さずに、ほっそりとした手の中で空になったグラスを何度も回していた。イェーベは、ロイヤルが着るように言った新しくきれいな白のダックコートと白のズボンに、そして、イェーベが譲らなかった裸足に藁のスリッパというういでたちで、ろうそくの炎の影から出たり入ったりしている。ロイヤルはリディアと、島の昔話や共通の知人の話、島のゴシップや噂話や確執や古い冗談などを楽しそうに話していた。

リディアはロイヤルの隣であれこれと思いだしては、笑っていた。リディアの目は生き生きとしていて、ロイヤルと思い出話に興じている。一度だけリディアはノーニのほうを見た。「焼きもちを焼かないでね、ノーニ」リディアはそう言って微笑み、きらめく目でしばらくノーニを見据えてから、ロイヤルのほうへ向き直った。

ノーニは少し仲間はずれにされたような気がした。少しの間、周囲のあらゆることがノーニには関係ないように思えた。まるでロイヤルの向かいの肘掛椅子は空っぽで、妻としての居場所をすでに失ってしまったようだった。

(そうなったら、ロイヤルはなんて言うだろう？　彼はどうするかしら？)ノーニはなんとなく居心地が悪かったので、ロイヤルがようやくコーヒーを持ってくるように告げたときはほっとした。

そのとき、風で観音開きの窓が音を立て、ろうそくの炎が揺らめいた。イェーベが銀のコーヒーのトレーを持ってやって来ると、誰もがテーブルを離れ、イェーベの後について、広くて居心地のいいベランダへと再び出ていった。ベランダのろうそくはハリケーン用のガラスで保護され、揺らめきながら、煙を出していた。

ロイヤルが微笑んで頷いたので、ノーニはコーヒーを注ぎ始めた。ノーニの手は、かわいらしいが壊れやすそうなカップを前に震えていた。ロイヤルは、自分の笑みと無言の指図がこの家におけるノーニの立場をよりはっきりさせると考えていた――もうすぐ自分の妻となり、女主人の役を務めるようになると。だが、ロイヤルは相変わらずジムのことで悩んでいたし、リディアの手持ちの金が底を突きそうなことを知って顔をしかめ、黙ってしまった。ノーニも黙って、手すりの向こうの暗闇を見つめた。暗闇で見えないが、手すりの向こうでは海がその力を誇示するかのように、脅かすように大きな音を立てている。そのとき、私道の貝殻を踏みしめる音が聞こえた。ハーマイニーが予期せずやって来たのだ。ロイヤルは驚いて我に返って立ち上がり、ハーマイニーを出迎えにいった。

だが、ハーマイニーは、今度はディックに用があってやって来たのだった。

ハーマイニーは着替えていなかった。トカゲの革でできたハイヒールを耳障りな音を立てながら、ロイヤルと一緒にベランダへ上がってきた。ハーマイニーはコーヒーを断った。煙を出して揺らめいているろうそくの明かりに柔らかく照らされた顔は、美しさを取り戻していた。ハーマイニーは落ち着いていた。まるで午後の失態を克服したかのように優雅に微笑み、毅然としている。

ノーニはすぐさま、ハーマイニーがなぜやって来たのかわかった。ハーマイニーは、ディックがここにいることがわかっていたのだ。そして、ディックの車を私道で見つけた。だが、ハーマイニーはディックを無視し、濃い赤色の唇に笑みを浮かべてロイヤルに話しかけた。「ここに来れば、ディックを見つけられると思ったの。あなた方のために彼を連れて帰るわ」

ノーニはそれを聞いて喜んでいる自分が恐ろしくなった！　ハーマイニーの出現でディックの神経が高ぶっていることをノーニはわかっていたし、ディックが帰ることを望んでいた。迎えが必要なデイックに、ノーニは自分の意志の強さを、そして、彼にはそれが欠けていることを見せつけたいと思った。

ディックは前かがみになって椅子の肘掛けをつかむと、ハーマイニーを見上げた。ロイヤルが話しかけた。「座ったらどうだい、ハーマイニー？　会えて嬉しいよ……」

ハーマイニーの落ち着きは、まばゆいが脆いガラスの盾のようだった。わざとらしくロイヤルを眺めてから微笑んで、きっぱりと言った。「わたしに会えて本当に嬉しいのかしら、ロイヤル？　わたしがあなたなら、とてもそんな気分になれないわ。こんな状況で」

ロイヤルは顔を赤らめて何か言おうとしたが、ディックがロイヤルを制した。ディックは椅子に座ったままだが、目が異様に輝いていた。そして、ようやく口を開いた。「ロイヤルを責めてもしかたないよ。彼の責任じゃない！」

ハーマイニーはようやくディックの存在を認め、薄い眉毛を吊り上げた。「あなたが今のようになったのは、わたしのせいだとでも言いたいの」ハーマイニーは嫌みな態度をとろうとしたが、思いとどまった。「あなた自身に原因はないのかしら？　ねえ、ディック。あなたは大人なのよ。自分の人生は自分で……」

「違う」と、ディックが言った。「そうじゃない。運悪く好きになってしまったのは、それほど前のことじゃなかった」

ロイヤルは何か小声でつぶやいてディックを見つめたが、ディックが制した。「僕を止めないでくれ、ロイヤル。ずっと言いたかったんだ」

「言いたいなら、ぜひそうさせてあげましょうよ」と、ハーマイニーが言った。「さあディック、話してちょうだい」

「僕が愛した女性は」ディックが話し始めた。「誰も愛することができない人だ。その人には愛するための心がない。あるのは見栄っ張りで傲慢で強欲な心だけだ」

ハーマイニーの嘲るような笑みが大きくなると、ディックは前かがみになりながら、ぎらぎらした目だけをハーマイニーへ向けて続けた。「ずいぶん前にあなたを愛することをやめたんだ、ハーマイニー」

「わたしを憎むことはやめていないようね」と、ハーマイニーが言った。

ロイヤルは言葉にならない驚きの声をあげ、リディアは我に返ったように体を動かした。ディックが疲れきった小さな顔を両手で覆うと、ハーマイニーは軽蔑したように、冷ややかに言った。「酔ってるわね、ディック。おまけに役立たずだし。ずいぶん前から、わたしはミドル・ロード大農場であなたの尻拭いをしてきたのよ。もううんざりなの。当てがあるなら、どこか他で仕事を見つけてちょうだい。でも、あなたはここにいるしかないのよ」ハーマイニーは、ロイヤルとリディアのほうを見た。「ディックの面倒をみてもらえるかしら?」ハーマイニーの頼み方は、相変わらず有無を言わさない威圧的なものだった。

リディアが突然、口を開いた。「あなたは本当に悪魔みたいな人ね、ハーマイニー! ジムがあなたのもとを去ったからって、今度は……」

ガラスの盾を持つ手が震えるように、ハーマイニーの落ち着きはらった態度がいくぶん揺らぎはしたものの、すぐさま冷淡に遮った。「わたしが誰にでもけんかを売っているとでも言いたいのかしら? ずいぶんとおかしなことを言うわね。それに、あなたが今晩ここにいること自体、おかしいじゃないの！　誰が招いたの？　オーリーリアかしら？」ハーマイニーは口をつぐむと笑いだした。そして笑ったまま、ロイヤルのほうを向いた。「ディックの面倒をみてもらえないかしら？　あなたなら信頼できるわ、ロイヤル。高貴なるものは義務を負うのよ。昔、学校で習ったでしょう。あなたの言葉は、あなた方の絆と同じくらい信用できるわ。ディックの面倒をみると約束してちょうだい。そうすれば、わたしの肩の荷も軽くなるわ」

ロイヤルが怒りで顔を紅潮させた。「もちろんディックの面倒はみるよ、彼が望むならね。だけど、望んじゃいないだろう。彼が正しいと思う……」

「もういいわ」ハーマイニーが遮って、笑みを浮かべた。すっかり落ち着きを取り戻していた。「わたしが心配したのは、ディックに迎えが必要かと思っただけだから。大丈夫そうね」

ディックは動かなかった。誰も動かなかった。ハーマイニーは楽しそうに言った。「おやすみなさい。オーリーリアには会わずに帰るけど、よろしく伝えておいて」ハーマイニーは再びベランダを通り外へ向かった。わざと優雅に悠然と歩き、勝ち誇ったように出ていった。

ハーマイニーはわざとらしく車のエンジンをかけると、バックしてすばやく車の向きを変え、再び私道の貝殻を蹴散らして去っていった。エンジンの音が聞こえなくなるまで、誰一人何も話さなかった。ロイヤルがようやく口を開いた。「やれやれ」そう言うと、疲れたように腰を下ろした。「もう少しコーヒーをもらおうか、ノーニ」

「もしよければ、わたしを家まで送ってもらえるかしら、ロイヤル」リディアがカップを下に置いた。「嵐になりそうだもの」

緑色のドレスに身を包んだリディアがすくっと立ち上がった。赤茶けた髪の毛は、暗がりの中でくすんで見える。ロイヤルも立ち上がった。「送っていくよ、リディア。悪いけど、コーヒーはやめておこう、ノーニ。雨が降る前に、リディアを家まで送ったほうがよさそうだ。車は階段のところにあるから、一緒に行こう」

リディアは細いけれど、力強そうな手をノーニへ差し出した。「新婚旅行から帰ったら、遊びに来てちょうだい。庭がちょうど見頃なの。庭の手入れを好きにならなくてはだめよ。この島では、庭はほんの少ししか持てないけれど。庭いじりをしたり、トランプ遊びをしたり、テニスをしたりするの。ナイトクラブや劇場はないし、賑やかなものは何もないのよ、ノーニ。水曜日の結婚式には出席するわ。教会へお花を送るつもり。今、おめでとうと言っておきましょうか？　それとも、お気の毒にかしら?」

「おいおい、けんかはよしてくれよ」と、ロイヤルが言った。

「もちろんよ。おやすみなさい、ノーニ。おやすみ、ディック」

ディックがそっとつぶやいた。「だけど、ハーマイニーが言っていることは正しい。いつだって正しいんだ。僕はまだ彼女に囚われている。ハーマイニーを憎んでいる限り、僕は囚われたままだ……」

リディアは短く、だが親しみを込めて言った。「一杯やっていきなさいよ。それから家へ帰ったらどう、ディック……」

気を鎮めようとして、ディックは立ち上がった。ロイヤルとリディアが車で出発するのを見送ろうと、ノーニは階段の近くにいる二人のもとへ向かった。ロイヤルは背が高く、白いコートを着ていて、そばにいるリディアは緑色のスカートをなびかせている。ロイヤルの車が動きだし、ヘッドライトの光が家に当たった。ノーニは、椅子やテーブルのある明るい場所までゆっくりと退いた。ディックは家の中へ入ったようで、いなくなっていた。

（かわいそうなディック）と、ノーニは思った。ハーマイニーとの口論はいずれおさまるだろう。島の噂だと、いつものことらしいから。だが、二人の確執は決して消えることも忘れられることもなくくすぶり続け、いつ再燃するかわからない。

（ジムはここを出ていって正解だった！　今、ジムはどこにいるのかしら？）ずっと君を愛しているよ、とジムは言ったのだ。

ノーニは両手をほてった頬に当てた。

（ロイヤルが戻ってきたら、何て言えばいいのかしら？　どう言えばいいのかしら？）

揺らめくろうそくの明かりの上空はとても暗かった。硬いセンジュランや竹林やヤシの木が風に揺れ、音を立てている。イェーベが忙しそうに動き回ってコーヒーのトレーを片付けると、音を立ててドアを閉めた。イェーベは嵐に備えて、観音開きの窓も閉めるだろう。

ノーニはふと見上げて、ディックがベランダへ戻ってきていたのに驚いた。ディックがベランダにいることに、今まで気が付かなかったのだ。ディックはノーニを見下ろして、声をかけた。「帰るよ、ノーニ」

「ねえ、ディック。ロイヤルが戻ってくるまで待って」

「いや、もう帰る……おやすみ、ノーニ」ディックは弱々しく微笑むと、私道へ向かってベランダを進んでいった。私道には、彼の使い古した小さな車が止まっている。階段でよろけて手すりをつかんだが、食糧袋を落としたかのように、ディックは階段の下へ大きな音を立てて落ちてしまった。

結局、ノーニがディックを家まで送ることになった。

そうするしかなかった。ディックはロイヤルの帰りを待とうとしないし、車に乗り込んでエンジンをかけたものの、結局、ノーニに説得されて運転を代わったのだから。門を出ると、すぐにディックはうなだれて顔を胸にうずめ、目を閉じた。

ノーニは貝殻の敷き詰められた私道へ車を進め、ディックにこのことは忘れてほしいと思った。そして、ハーマイニーは正しい、としぶしぶ認めた。

嵐がかなり近付いている。エンジンの喘ぐ音が、風の唸る音でときおり掻き消される。曲がりくねった道なので、二マイルが長く感じられた。ヘッドライトの光の端に、突然、白い石の支柱がぼんやりと照らしだされたとき、ノーニはミドル・ロード大農場への入口を通り過ぎてしまったと思った。そこで、慎重に車を進めた。私道の両側には木々が連なり、小さな車のヘッドライトの向こうは漆黒の闇に覆われている。もう一度曲がれば、四角くてかわいらしい石造りの家が見えるはずだ。優雅な造りの家には螺旋階段が二つ付いていて、ベランダと窓には上品な格子が据え付けられている。窓が一つ、二つと暗闇にぼんやりと浮かび上がってきた。ベランダに明かりがついていて、そこだけが明るい。ノーニは車を螺旋階段のほうへ進めて止め、エンジンを切った。ディックが動こうとしないので、ハーマイニーを呼んでこなければならなかった。ハーマイニーは自分が正しかったことを知って、勝ち誇った態度をとるだろう。

ジムがわずか数時間前に鞄とコートを手に、この階段を下りてきたのだ。ハーマイニーから逃れるために。

ノーニは車から出て、近いほうの螺旋階段へ進むと、白い階段を上り始めた。踊り場に着く手前で、何かが横たわっているのに気が付いた。まるでどさっと投げ出されている何かは、緑と白の服を身にまとっていた。

女性用の部屋着だ。丈の長いシルクでできた派手なプリント柄の部屋着を着て横たわっていたのは、ハーマイニーだった。顔を明かりのほうへ向け、頭にはペンキのような黒い湿ったしみが飛び散っている。死んでいた。どう見ても、生きているようには見えなかった。

細部までが不思議と鮮明に見えた。衣服の襞の一つ一つ、投げ出された手、不自然な角度で硬直したように突っ張った、緑色のサンダルを履いた足までもがはっきりと見える。そして、胸から流れ出た血は、喉の近くにまで達していた。

ハーマイニーは事故に遭ったのか、あるいは自殺か、とノーニは思った。（いいえ、違うわ。彼女は殺されたのよ！　だけど、殺人だなんて！）

だが、どこからともなく、良かったと思う気持ちがノーニに湧いてきた。

ジムはすでに島を出ていってしまった。彼はハーマイニーと口論をしたけれど、もういない。今頃はニューヨークだろう。だから、ジムは安全だ。何があろうと、この恐ろしい出来事が何を意味しようと、彼は安全だ。誰も、ジムがハーマイニーを殺したとは考えないはずだ。

（殺人だなんて！）

突風がバナナやヤシの木を揺らして、明かりの向こうの暗闇は騒がしくなったが、何も動くものはなかった。しかし、周囲の木々は相変わらずざわめいていて、荒れ狂った夜の渦巻く闇の中へノーニも吹き飛ばされてしまいそうになり、思わず手すりをしっかりとつかんだ。

そのとき、明かりの中で、確かに何かが動いた。階段の向いにある家のドアが開くと、現れたのはジムだった。

ジムは出てくると足を止め、ノーニを見た。緑と白のシルクの部屋着に包まれて、もはや物と化したハーマイニーを挟んで、二人は互いに見つめ合った。

風が夜を揺さぶり、すべての色が吹き飛ばされたかのように辺りは真っ暗だった。

第六章

「ジム！　ジム！」ノーニのささやくような声は、風が暗闇へ吹き飛ばすように掻き消された。

ジムは何か話していたが、聞こえなかった。ジムはハーマイニーを通り過ぎて広く明るいベランダを進み、階段を下りてノーニのところへ駆け寄った。ノーニに腕を回し、荒れ狂う暗闇の中で強く抱き締めた。ジムの蒼白な顔がすぐそばにある。ジムの目は闇夜のように暗かった。

「ノーニ、こんなところで何をしているんだ？　こんな日に外出するなんて、どうかしているよ」

ノーニはジムの肩にもたれかかると、避難所のような温かくてがっしりとした彼の肩に顔を押しつけた。

「ロイヤルと一緒に来たのか？」

ノーニが首を横に振ったのでジムは車のほうを見やったが、ノーニは動こうとしなかった。二人に押し寄せてくる恐怖に打ち勝とうとするかのように、ノーニはジムの肩に顔をうずめたままだった。

「ロイヤルは車の中なのか？」

「いいえ、彼はいないの……」

「じゃあ、誰がいるんだ？」

「ディックよ。そんなことより、ジム。ハーマイニーは死んでいるの？」

ジムの両腕がこわばった。「家の中へ入ろう」

ジムはノーニを促しながら階段を上った。ノーニは抱きかかえられていたので、ハーマイニーを見ずに済んだ。二人は明かりのついた戸口を通り過ぎて、広い玄関ホールへ入った。そこにも明かりがついていた。ポプリと埃の匂いがして、古びた赤色のトルコ絨毯がいっぱいに敷き詰められている。

ノーニは顔にへばりついた髪の毛を掻き上げてジムを見つめながら、再び考えた。

（ジムはここにいないはずなのに！）

ジムが口を開いた。「ロイヤルはどこにいるんだ？　彼に電話したんだ。一緒に来なかったのか？」

「ディックよ。車にいるのはディックなのよ」

「ディックだって！　だったら、なぜ家へ入ってこないんだ……？」

「だって、ディックは……わたしが彼を家まで送ってきたのよ」

ジムはすぐに理解した。「なるほど、そういうことか。相変わらず世話の焼ける人だ」

しばらくの間、ジムは途方に暮れてノーニを見つめていた。黒い髪の毛が風になぶられ、蒼白の顔はこわばっている。不意に、ハーマイニーの死が現実味を帯びてきた。悪夢なんかではないことがはっきりしてきた。一人の女性が息絶えて、暗闇に横たわっているのだ。

「ジム、ハーマイニーが死んでるのは、確かなの？」

「間違いない。僕が見たところ、もはや手の施しようがない……」

「ジム」ノーニは両手で彼の肩をつかんで尋ねた。「はっきり答えて――ハーマイニーは殺されたの？」

ジムは両手をノーニの両手に重ねると、強く握った。「そうだ。ハーマイニーは殺された。撃たれたんだ」

吹きすさぶ風に煽られたヤシの木が暗闇でざわめくように、ノーニは悲鳴をあげはしなかった。だが声がうわずり、怯えているのがわかった。「誰が殺したの？」

ジムは彼女の両手をさらに強く握った。「ノーニ、落ち着いて。今はどうすることもできないよ。待つしかないんだ。僕を信じて。ハーマイニーは苦しまなかったに違いない。撃たれたことさえ、わからなかっただろう……」

「誰が撃ったの？」

「わからない。撃った奴は逃げていったから……」

「ジム、あ、あ、あなたがやったと疑われてしまうわよ！」

「ちょっと待てよ、ノーニ、落ち着けよ……」

「ジム、なぜ戻ってきたの？」

「戻らざるを得なかったんだよ。聞いてくれ、ノーニ。まず、ディックを迎えにいってくる。ここにいて……ドアを開けたままにしておくよ。大丈夫、ここなら安全だ。犯人は逃げていったから。植え込みのほうへ逃げる音を聞いたんだ。いずれにしても、この辺りにはもういないだろう。犯人は逃げていった……だから、ディックを迎えにいってくる」

ノーニがしぶしぶ両手を下ろすと、ジムは再びベランダを通り、階段を下りていった。ジムの黒い髪が少しだけ明かりに照らしだされて、見えなくなった。ノーニはハーマイニーの投げだされた手を見た。生きていたときのハーマイニーの小さな白い手は力強く握り締められていたが、今はもう握られることもなく、力なく投げだされている。

ノーニはすぐに目をそらすと、赤いトルコ絨毯越しに広い玄関ホールを見た。玄関ホールはこの家の間口いっぱいにわたっていて、並んだ籐椅子には色褪せたクッションが置いてある。玄関ホールの奥にあるハーマイニーの寝室には、簾《すだれ》がかかっていた。ここは一階だが、ある時期に建てられた熱帯地方の家の特徴で、貯蔵スペースとして利用するため、床は地面から十フィートほど高く持ち上げられていた。

ノーニは、ロイヤルやオーリーリアと一緒にここへ夕食を食べに来たときのことを思いだした。テーブルのそばのあの籐椅子に座って、コーヒーを飲んで、ジムとおしゃべりをした——テニスについてのたわいない話だったが、楽しかった。二人で話していると、なんとなく楽しい気分になれることに、お互いそのときすでに気が付いていた。ハーマイニーもテーブルについていた。丸いテーブルには緑色のシルクの襞飾りが付いていて、ハーマイニーの前にはコーヒーが置かれていた。でも、ハーマイニーは死んでしまった。シルクの部屋着に包まれ、変わり果てた姿になって。ハーマイニーはついさっきまで、それこそほんの一時間ほど前まで、ビードン・ゲートのベランダを力強く、勝ち誇ったように歩いていたのに。でも、ハーマイニーは死んでしまった。彼女の濃い赤色の唇は二度と微笑むことはなく、小さな白い手が握り締められることもない。

ハーマイニーは殺された。撃たれた。ジムはそう言った。

（誰が殺したの？）

ジムが戻ってきた。ベランダを大きな音を立てて慌ただしくやって来るジムの足音と、コートがはためく音が聞こえ、背後でドアが閉まった。

「ディックに事態をのみこませることができなかったから、車に残してきたよ」

髪の毛を掻き上げてため息をつくと、ジムは部屋の中を見回した。「いずれにしても、待つしかない。ロイヤルがもうすぐ来るはずだ。それに、シーベリーにも電話したんだ、シーベリーは判事だからね。こういった場合、どうすればいいのか心得ているはずだ」

「ロイヤルは家にいないわ。リディアのところよ。夕食のあと、家まで送っていったの」

「イェーベが電話に出たけど、ロイヤルがどこへ行ったのか知らなかったよ。ロイヤルに伝えるって言っていたけど」

ジムは再びノーニに腕を回して長い籐椅子へ促すと、自分は籐椅子の端に座って、近くのテーブルの上にあるたばこに手を伸ばした。

（今頃、ジムはニューヨークにいるはずなのに）

「ジム、なぜ戻ってきたの？　何があったの？　いつハーマイニーを見つけたの？」

ジムはたばこをノーニへ勧めてライターの火をつけてから、後のほうの質問に答えた。「銃声が聞こえたんだ。僕はディックのコテージにいた。銃声を聞いて母屋へ走り、明かりがついていたので通用口から中へ入った。それからベランダへ向かった。そっちにも明かり見えたんだ。すると、そこにハーマイニーが倒れていたんだよ。何者かが植え込みのほうへ走っていくのを見たような気がする。もちろん、大声を出した。だけど本当のところ、どうだったかよく覚えていないんだ。そいつが犯人だとしたら、逃げていったよ。ハーマイニーが撃たれたのはわかったけれど、犯人の顔も見ていなければ、声も聞いていない。今となっては、本当に何者かがいたのかさえ怪しい。単なる風や木の音だったのかもしれない」

「だったら、どうして……？」

「殺されたのはわかった。銃声を聞いたし、ハーマイニーが自殺なんかするはずがない。銃を探したけれど、見つからなかった。それで、急いでここへやって来て、ロイヤルとシーベリーに電話したんだ。そうこうしているうちに、君の車がやって来る音が聞こえた。これが、君が来る前に起こったことだよ、ノーニ。ハーマイニーは……」

ジムは身を乗りだすと、両手で顔を覆った。「今日、僕はハーマイニーと言い争ったし、殺してやろうかとさえ思った。だけど、あんなふうに死ぬなんて！」

「ジム、誰がハーマイニーを殺したの？」

ジムは顔を上げずに、首を横に振った。「わからない。誰かがハーマイニーを外から呼んで、ドアまでやって来たところで――彼女を撃った。そして、逃げていったんだ」ジムは顔を上げた。「とにかく、犯人を見つけるよ……」

ジムが立ち上がろうとすると、ノーニは彼の腕をつかんだ。「見つかりっこないわよ、こんな嵐の夜に。それに、あなた一人じゃ無理よ。身を隠せるところなんて、いくらでもあるもの――茂みにもパルメットの林にも沼地にも！」

ジムはしばらく立ったまま考えていた。風は巨大な黒い渦巻きとなって、家の周りを渦巻いている。

「使用人を呼んでも無駄だろうな」ようやくジムが口を開いた。「一人は今日の午後事故に遭って、今はベッドの中だ。もう一人が付き添っている。ディックのコテージへ行く途中で、ジョニーという料理人たちに会ったから、銃声を聞いてやって来るかもしれない。だけど怯えているだろうから、いずれにしても役には立たないだろう」

ジムは振り向いて、ベランダの明かりの向こうを見つめた。「ハーマイニーを撃ったのが誰であれ、逃げる時間は充分あった。ロイヤルが来てくれるといいんだけど。組織的に犯人を探さなければならないからね……」ジムは口を引き結んだ。「島中の人間狩りが必要だ」

「なぜ戻ってきたの？　ハーマイニーを見つけたとき、あなたは島から出ていったから大丈夫だと思っていたのに！」

ジムはノーニを真正面に見据えた。「戻ってこなければならなかった。ロイヤルに会って、きちんと話をするために。君に任せて、自分だけさっさといなくなるなんてできるわけないだろう。だから、僕は戻ってきたんだ」

ノーニに疑念が生じ、脅すように言った。「もし彼女を殺した犯人が見つからなかったらどうするつもり。そのときは……」

「君の言いたいことはわかるよ、ノーニ。僕はハーマイニーを憎んでいたし、殺したいとさえ思ったし、そう公言した。僕は一度島を出て、戻ってきた。疑われてもしかたがない。だけど、僕はハーマイニーを殺しちゃいない！」

「ジム、これからどうするつもり？　これから……」

「事実をありのままに話すだけだ。他にどうしようもない」

（だけど動機は？　状況証拠はどうなの？　ハーマイニーは撃たれたのよね？）

「おお、ジム。ハーマイニーは撃たれたのよ。そして、あなたは銃を持っているわ！」

ジムは首を横に振り、真面目な顔つきでノーニを見た。「ノーニ、僕はハーマイニーを撃ってはいない。僕の銃は手元にあるんだ。テーブルの上にあるよ」

「どこ？」ノーニは顔を上げて、見回した。本や灰皿や花瓶や雑誌に囲まれて、確かにテーブルの上に銃があった。ノーニがさっと立ち上がると、ジムが彼女の手をつかんだ。

「どこへ行くんだ?」

「あの銃を、あれを処分するのよ、早く! 見つかる前に」

「ノーニ、ノーニ」ジムは大きな声を出して彼女を抱き締め、力なく微笑むと、首を横に振った。

「落ち着けよ。あれはハーマイニーを撃った銃じゃないよ。調べればわかることだ。銃弾についた条痕を調べれば、どの銃から発射されたものかわかるんだ。ハーマイニーを殺した銃弾は僕の銃から発射されたものじゃないよ。僕の銃を見せれば、僕の潔白は証明される。身の潔白を証明する必要があればだけどね」

ノーニはジムをしばらく見つめ、再び籐椅子に腰を下ろした。「怖くて、自分でも何をしているのかわからないわ」

ジムは再び籐椅子の端に座るとノーニに寄り添い、身を乗りだして彼女の両手を握り、顔を覗き込んだ。「聞いてくれ、ノーニ。僕はハーマイニーと言い争って、殺そうとさえ思った。そして彼女が死んだ今、僕は君ほど裕福じゃないけれど、いままで手にしたことのないような大金を得るだろう。そして、何より重要なのは、ミドル・ロード大農場が手に入ることだ」

「お金のためにハーマイニーを殺したりしないわよね! 彼女を殺してないわよね!」

「当たり前じゃないか。だけど、僕は大金と大農場を手にする。ハーマイニーが死んで得をする人は、他に誰もいない。もっとつまらない理由でさえ、殺人は起こるんだ。君の言うとおり、僕は自分の潔白を証明しなければならないだろう」

車が私道をものすごい勢いでやって来ると、勢い余って横滑りしながら、ようやくドアの近くで止まった。螺旋階段の足元の明かりの輪の中に、車体が浮かんでいる。ジムがすばやく立ち上がった。

「ロイヤルだ」ジムは大きな声を出してドアへ向かい背後で閉めると、ベランダを通り抜けて再び階段を下りていった。ノーニは今度もハーマイニーを見なかった。力なく横たわったハーマイニーの小さな手を見ることができなかった。じっとして、恐怖に震える自分と格闘していた。

(ジムの言うとおりよ。事実をありのままに話すのよ……)

だがすぐさま、ジムに聞くことのできなかった疑惑がノーニの頭に浮かんできた。戻ってきたのは、ノーニとのことを一緒にロイヤルに話すためだとジムは言った。

(なぜジムは気が変わったの？　いつ変わったのかしら……？)だけど、今はそんなことはどうでもよかった。(ジムはどうやってビードン島に戻ってきたの？)

ロイヤルに結婚式はしないと話せずにいることを、ノーニはジムに言えなかった。あんなことが起こるとは思ってもいなかったから。ハーマイニーの予期せぬ死。それも、殺人という身のすくむような現実。この現実をまず受け入れなくては。それから、どう対処するかだ。ノーニは、ハーマイニーの寝室を見回した――ハーマイニーのすらりとした脚に何度も踏まれた絨毯、厳選された趣味のいい本や椅子やクッション。ノーニは殺人の現実を受け入れられなかった。ありのまま理解するのは無理だ。殺人は、見ず知らずの人間に対して起こるものではない。殺人が起こったのは、取りも直さず、いままでの信頼にほころびができ、憎しみが生じたということだ。認識を新たにしなければならない。

(ジムが殺したと思われるだろう！)動機の面でも、ジムには充分な動機がある。ジムはハーマイニーを憎んでいたと公言していた。ハーマイニーを殺すことをほのめかしてもいたし、それを隠そうともしなかった。しかもハーマイニーが死ねば、ジムは莫大な遺産と、愛するミドル・ロード大農場を相続できるのだから。

もしノーニがジムと一緒にエルボー・ビーチへ行かなかったら、彼を必要としなかったら、彼を愛さなかったら、ジムは今頃、安全だったろう。機上の人となり、何マイルも遠くにいただろう。ジムにはアリバイができたはずだ。

それが重要だ。殺人が起こった場合、とりわけアリバイが重要になる。誰もがアリバイを証明しようとする。でも、ジムは一人でミドル・ロード大農場へ戻ってきた。ハーマイニーを見つけたとき、ジムは一人だった。それに、銃を所持している。だからノーニは銃を処分しようなどと愚かなことを言ってしまった！

ノーニが指を動かすと、ロイヤルから贈られたサファイアが明かりを受けてきらめいた。

ベランダに人の声が聞こえてきたので、ノーニは振り返った。やって来たのはロイヤルではなく、シーベリーだった。防水服から突き出たすじばった首の上の顔は痩せて血色が悪く、頭は禿げあがっている。シーベリーはハーマイニーをかがんで見ていたので、瘤《こぶ》のように盛り上がった細い背中しか見えない。ジムが何か話しているが、風が強くて、唇を動かしているのが見えるだけだ。家の周りのヤシの木やパルメットが大きな音を立てているので、ジムが話すのも、シーベリーが答えるのも聞き取れなかった。ジムもシーベリーのそばにかがんでいた。シーベリーと話すジムが顔を上げたので、ノーニは明かりに照らしだされたジムの顔を見ることはできたが、話し声は風に掻き消された。そして、とうとう雨が降り始めた。

簾が揺れて風が吹き込んでくると、シーベリーの防水服がはためき、ハーマイニーの部屋着の裾が乱れ、トルコ絨毯が巻き上げられた。温かい指ですっと撫でるようにノーニの頬が風になぶられると、どこかでドアが音を立てて閉まり、野生の馬の集団のような音を立てて雨が島中に降り注いだ。

周囲は暗闇だったが、降りしきる雨は明かりを受けて銀色に輝いていた。ジムとシーベリーが銀幕を背にパントマイムでも演じているかのように、ハーマイニーを指して話している。ジムが首を横に振ると、シーベリーが立ち上がり、身振り手振りを交えて何やらわめいている。二人は離れたが、再び一緒になってハーマイニーを抱えると、ぎこちない足取りで家の中へ運び入れようとしていた。

しばらくの間ノーニは呆然と見守っていたが、不意にハーマイニーを哀れむ気持ちが起こると同時に、恐怖に襲われた。そのとき、ノーニは二人がドアのところで難儀していることに気付いた。二人はいまや物体と化したハーマイニーの体を抱えたまま、風雨が打ちつけるドアを開けようとしていた。ノーニは籐の長椅子から飛び出して、二人のためにドアを抑えた。二人はぎこちなくノーニの横を通り過ぎて、ハーマイニーをなんとか抱えながら進んだ。見るつもりはなかったが、ノーニは目をそむけることができなかった。ハーマイニーの長い皺くちゃのシルクのスカートが、床の上を引きずられていく。シーベリーが片方の手を滑らせた拍子に、ハーマイニーの緑色のサンダルの片方が脱げ落ちた。もう一方も同じように脱げたが、二人はそのまま進んでいった。ノーニは足音を聞きながら、赤い絨毯の上に落ちた二つの緑色のサンダルを見つめていた。片方は気まぐれに放り出されたかのように横倒しになっていたが、もう片方は一時的に命を授かったかのように真っ直ぐに立ち、履かれるのを待っているようだった。

雨がベランダから吹き込んできたので、ノーニはドアに肩を押し当てて閉めた。風がすでにかなり強くなっている。

ノーニはサンダルを二つとも拾った。絨毯の上のサンダルをこれ以上見ていられなかったので、ノーニは無意識に動いていた。何をしているのかわからないままに、サンダルを並べてテーブルの上に置いた。履かれていないサンダルはなんとも味気ないし、テーブルの上がいかにも殺風景な気がしたからだ。だが、ノーニは再びサンダルを手にすると、テーブルの下の、長い緑色のシルクのクロスの下に隠した。これで、もうサンダルを見ずに済む。シーベリーとジムは簾の向こうへ消えていった。寝室の明かりがつけられると、二人は話し始めた。そのとき、ノーニは別の車が家の外に止まるのを聞いた。

ノーニは急いで、再びドアのほうへ向かった。掛け金をはずすと、ドアが勝手に開いた。風雨が吹き込み、ノーニの顔を叩く。ロイヤルが階段を駆け上がってきた。顔は雨に濡れ、防水服が光っている。走ってくるロイヤルの姿や私道や雨や生い茂った木の葉や下に止まっている車が、稲妻が光るたびに暗闇の中に浮かび上がった。ノーニはふと、ディックのことを思った。

（ディックはまだ車の中にいるのかしら？　それとも、この嵐で目を覚ましたかしら？）

走ってくるロイヤルの姿に遮られて階下の様子はわからなかった。稲光はおさまった。ロイヤルはノーニが開けたドアをつかんで中へ飛び込むと、吹きすさぶ風雨を閉め出すように勢いよくドアを閉めた。嵐の騒音がいくらか弱まった。ロイヤルは立ったまま、しばらく息を整えている。防水服からはしずくが滴り落ち、顔からも水滴が落ちていた。しずくが垂れる眼鏡をはずして、ロイヤルが大声を出した。「ノーニ、無事だったかい？　何があったんだ？　イェーベはハーマイニーが殺されたって知らせてきたけど、そんなはずはないだろう……」ロイヤルはハーマイニーの寝室の簾の向こうで人の声がするのに気が付いて、そちらのほうを見た。「ジムの声じゃないか！　イェーベが、電話をしてきたのはジムだと言っていたんだ。イェーベが怯えていて、聞き間違えたのかと思っていたけど、本当にジムだったとはな！」

ノーニはぎこちなく頷いた。目には後ろめたい気持ちが浮かんでいたに違いない。ロイヤルは少しの間、疑うような、怒っているようなまなざしでノーニを見つめた。「もしハーマイニーが殺されたのが本当だとすると……ジムが殺したと、誰もが思うだろう。なぜジムは戻ってきたんだ？」と、ロイヤルが尋ねた。

第七章

（ロイヤル、ジムはわたしと――あなたに会うために戻ってきたの。あなたの友人のジムと、もうすぐあなたの妻になるはずのわたしが愛し合っていることを伝えるために、ジムは戻ってきたのよ）

だが、ノーニはまだそのことを言えなかった。そして、ハーマイニーの死は関係ない……彼女が殺されたことは関係ないはずだ。それでも、ノーニは殺人の事実を心の中に閉じ込めることはできなかった。いずれにしても、殺人は重大事件だ。他にどれほど重要なことがあっても、後回しにせざるを得ない。

ロイヤルは、ノーニの答えを期待してなかった。ロイヤルが怒ったのはジムが戻ってきていることで、ジムに容疑がかかることだった。ノーニ同様、ロイヤルもジムが疑われると考えたのだ。ロイヤルは濡れた防水服を脱いだ。

「ノーニ、なぜこんなところにいるんだ。ハーマイニーを見たか？　何があったんだ？」

「ディックを家まで送ってきたのよ……」

ロイヤルが頷いた。「イェーベから聞いた。ハーマイニーはどこにいたんだ？　誰が彼女を見つけたんだ？　誰が彼女を殺した？　そのとき、ジムはここにいたのか？」

ノーニは、すぐにすべてをロイヤルに話してしまおうと思った。

「誰が殺したのかはわからないの。ジムがハーマイニーを見つけて、そのあとわたしが着いたから。ハーマイニーは階段のところに倒れていたわ。ディックが動かないものだから、ハーマイニーを呼びにいこうと思って向かっていたら……」

「そのときハーマイニーはすでに死んでいたのか？」

「ええ……そうよ、ロイヤル！」

ロイヤルは落ち着かせようとノーニに腕を回した。「君を家まで送ろう。まずはここから離れるんだ。ちょっとジムに伝えてくるよ……」ロイヤルの顔は怒っているようにも、心配しているようにも見えた。「ジムはなぜ戻ってきたんだ？　いつ戻ってきた？」

ジムとシーベリーが簾の向こうから現れて玄関ホールへやって来たので、ロイヤルは口をつぐんだ。ジムが大きな声を出した。「ロイヤル！　君が来てくれて助かるよ」

シーベリーが心配そうに痩せた顔を曇らせた。「ロイヤル、大変なことが起こった。ハーマイニーは間違いなく殺された。撃たれて……」

「誰が撃ったんだ？　何があった？」

シーベリーは呆然として首を横に振り、ハーマイニーの寝室のほうを振り返った。「自分の目で確かめたほうがいい」

「ノーニ、二、三分だけ待っていてくれ。確かめたら、すぐに君を家へ連れて帰るから」

ロイヤルが寝室へ向かったので、ノーニは先ほどまで座っていた、ジムと慌ただしく、とりとめのない話をしていた籐の長椅子に再びゆっくりと腰を下ろした。ロイヤルとシーベリーとジムがまた寝室へ入っていった。ノーニは彼らの低い話し声を聞いていたが、それも聞こえなくなった。思いついたことを口に出しては、何か手がかりを得ようとしているようだった。

島に激しく降り注ぐ雨はこの家も打ちつけ、ドアや窓を破り、無理やり入り込もうとしている。ハーマイニーの家は、もはやジムの家だ。ジムが愛したミドル・ロード大農場は、彼の大農場になったのだ。「ジムが殺したと、誰もが考えるだろう」ロイヤルの大きな声が聞こえた。「なぜジムは戻ってきたんだ」

さっきジムとシーベリーがハーマイニーを家の中へ運び入れたときのように、三人の男たちはお互いに協力し合い、厳かな顔つきで一緒に出てきた。

シーベリーがロイヤルに状況を説明していた。「……とにかく雨が証拠をすべて洗い流してしまっただろう。もちろん、リオーダン先生に検死してもらわなければならない。しかし……」シーベリーは肩をすくめた。「ハーマイニーを、あのまま嵐の中に放置しておくわけにはいかなかった。あまりに気の毒だ。それに、われわれは証拠を損なってはいない。確認できる限り、そもそも損なわれる証拠さえなかった。あったとしても、すでに嵐が消し去ってしまっただろう。われわれはハーマイニーを移動する必要があった」

判事のシーベリー・ジェンキンズが島の法の番人であるように、リオーダン医師は島唯一の医療従事者だ。ロイヤルは、この短い時間でいくつも年をとってしまったかのように椅子に向かった。

「確かに、ハーマイニーを雨ざらしのままにしておくわけにはいかない」ロイヤルは頷きながら、絨毯を見つめた。「かわいそうなハーマイニー！　敵も多かったし、欠点もあった。だからといって、こんなことになるとは」

「これから、どうしたらいいんだ」と、ジムが尋ねた。

ロイヤルとシーベリーは無言で少しの間、ジムを見た。シーベリーの顔には、深い困惑の表情が浮かんでいた。目に見えない流れが湖面にさざ波を立てるように、シーベリーの脳裏に疑惑が生じていた。

ロイヤルが絨毯を見つめたまま、ようやく口を開いた。「自殺だ」それから、恐る恐る付け加えた。「自殺か――さもなければ、事故だよ」

シーベリーは渡りに船とばかりにその言葉に飛びつき、顔に期待をにじませてその考えに同意した。だがジムが首を横に振って、穏やかに言った。「殺人だよ、ロイヤル」

ロイヤルは絨毯を見つめたまま口を開いた。「自殺の可能性は常にある。そして、銃による事故の可能性も同様にある。女性は銃の扱いに不馴れだからな」

ジムはわずかに微笑むと、不意にロイヤルのほうへゆき、肩に手を置いた。「君がそう言ってくれるのはありがたいけれど、そうは思えない。明らかに殺人だ」

シーベリーは相変わらず困惑した顔つきだったが、腰を下ろすと背にもたれ、法の番人としての威厳を保とうとするかのように、両手を後ろで組んだ。「自殺だったかもしれないし、事故だったかもしれない。が、どちらも殺人よりは可能性が高いだろう。島では、今まで殺人など起こったことがない」

「これが最初の一件というわけです」と、ジムが言った。

ロイヤルは鋭い目つきでジロリと、ジムを見た。「まあまあ、ジム。殺人は厄介な事件だ。殺人事件の捜査には何かと手間がかかる。それでも、殺人犯が見つかるとは限らない。運よく殺人犯を見つけられるときもあるが、徒労に終わる場合もある。しかし、今回の場合は……」

ジムの手がさらに強くロイヤルの肩をつかんだ。「殺人だよ。君の気遣いには感謝するけど、僕は自分の立場をわかっているつもりだ――君が理解しているように。だけど、そもそも自殺ではあり得ないし、事故でもない。銃がここにないのだから」

「われわれはまだ銃を探していない。おそらく、どこかに……」ロイヤルが話しかけたが、ジムが遮った。「僕が探した。だけど、どこにもなかった。傷口を見たよ、ハーマイニーは自殺したんじゃない。自殺なら、衣服に銃を押しつけた焼けこげが残るだろう。殺人だよ、ロイヤル。僕はこのことから逃げるわけにはいかない」

しばらくしてロイヤルが口を開いた。「殺人犯を探したのか?」

「誰が彼女を殺したにせよ、逃げる時間はたっぷりあった」と、ジムが言った。「それに、この天気だ」

シーベリーは細長い手で禿げた頭を撫で上げた。「探しても無駄だろうけど、できるだけのことはやろう。村から何人か男手を借りよう。だけど、もしハーマイニーが言い争いで撃たれたのだとしたら、撃ったのは、ハーマイニーのために働いて彼女に恨みを持つ者で、今頃はどこかに隠れているだろう。島には、今晩のような夜に乗じてすばやく身を隠せるところはいくらでもある。そして、そのまま隠れおおせてしまう。今夜のような嵐の夜には、低木の茂みにでも逃げ込めばいいんだ」

「誰か見たのか?」と、ロイヤルが尋ねた。「ジム、何があったのか正直に話してくれないか。なぜ君は戻ってきたんだ? 今頃はニューヨークにいるものとばかり思っていたよ」

しばらくの間、ジムは突っ立ったまま、手を相変わらずロイヤルの肩に置いていた。ジムの顔にベールのようなものが下りてきた。ジムはノーニを見ていなかった。ノーニが自分の考えの断片をつなぎ合わせてなんとかまとめようとしているように、ジムもいろいろと考えているようだった。
（わたしはまだロイヤルに話すことができない。ジムは迷っている）

ノーニはまだロイヤルに話していなかった。そしてこのときノーニは、ジムも迷っていることに気が付いた。わたしを奪って妻にしようとしている男は、ロイヤルの友人なのだ。ジムは手を離すと、ロイヤルから離れた。ジムは再びたばこを手に取って火をつけ、ゆっくりと言った。「エルボー・ビーチで郵便船に乗ったけど、シエンフエゴスへは行かず、この島へ戻ることにしたんだ」

ロイヤルが口を挟んだ。「ハーマイニーと和解するために戻ってきたのか？」

シーベリーの小さな鋭い目が光った。「和解？　シエンフエゴスへ行く？　いったい何の話だ。ハーマイニーとけんかでもしたのか？」

ジムはシーベリーをちらっと見て、素っ気なく頷いた。「ハーマイニーと言い争いをしたんだ。それが原因で、僕は今日の午後、島を去った。それから僕は……さっき言ったように、戻ってくることにしたんだ」

「なぜ？」シーベリーがロイヤルの質問を繰り返した。「ハーマイニーと和解するためにか」

ジムがゆっくりと答えた。「わからない」ノーニだけが本当のことを知っている。ジムが続けた。「いつの間にか、そのような気持ちになってしまったんだろう。はっきりとはわからないんだ」

シーベリーが尋ねた。「だけど、君はハーマイニーに会うために戻ってきたんだろう？」

ロイヤルの目は怒っているようだった。「答える必要はないよ、ジム」

「いいんだ、ロイヤル。遅かれ早かれ、答えなくてはならない。僕は……」ジムはシーベリーを見た。「違う。そのために戻ってきたんじゃない」

シーベリーの目が異様に輝き、鋭く観察する目つきになった。「それじゃ、何のために」

「ハーマイニーの件とは関係ないよ」と、ジムはぶっきらぼうに言った。

「それじゃあ、答えになっていない」

「しかたがないんだ」と、ジムが言った。「僕の言うことを信じてくれ」

「警察は、もう少しまともな説明を求めるだろうけどね」

ロイヤルは怒りをあらわにした。「鎌をかけようとしているのか、シーベリー?」

「とんでもない」と、シーベリーが言った。「そんなにけんか腰にならないでくれ、ロイヤル。私だってジムを絞首刑にしたくはない。だが、遅かれ早かれ、洗いざらい話さなければならないんだ。ジム、生きているハーマイニーを見たのか?」

ロイヤルが立ち上がりかけたので、ジムはすばやく答えた。「いいんだ、ロイヤル。シーベリーの言うとおりだ。僕は、尋ねられたことすべてに答えなければならない。いいや、生きているハーマイニーは見なかった。さっき話したとおりだ」

「ハーマイニーと何について言い争ったんだ? このことについても聞かれるだろう、ジム。ハーマイニーが生きている限り、一家のお金とミドル・ロード大農場を支配し続けることは、島中の誰もが知っている。原因はお金なのか?」

ジムが語気を強めた。「聞いてくれ、シーベリー! 僕はハーマイニーを憎んでいた――彼女も僕を憎んでいた。僕には、彼女を殺す動機がいくつもある。どれ一つとっても、僕を絞首刑にするには充分だろう。でも、僕はハーマイニーを殺していない」

シーベリーはうんざりしたように言った。「怒るなよ、ジム。君が殺したとは言っていない。警察が聞くであろうことを聞いているだけだ」

「そうだな。悪かったよ、シーベリー。他には?」と、ジムが尋ねた。

「銃声を聞いたときは、どこにいたんだ」

「今ここで答える必要はないぞ!」と、ロイヤルが大きな声を出した。「弁護士に会うまで待つんだ! これだけは言っておこう、シーベリー。僕を止めようとしても無駄だぞ……ジム、自分の状況をよく考えろ。君が話すことは、すべて証拠として扱われるんだぞ、たとえ……」ロイヤルは慌てて口をつぐんだが、ジムがあとを引き取った。「たとえ口を滑らせたとしてもかい? わかっているよ」

ロイヤルは身を乗りだした。「とにかく、自分が不利な状況に陥らないようにしないと。シーベリーの考えも言うことも気にしなくていい。当然のことを聞いているだけだから。シーベリーは判事だ。友人ではあるけど、同時に判事だということを忘れちゃいけないよ」

シーベリーが疲れたように言った。「こんなことを言うべきじゃないが、ロイヤルの言うとおりだ、ジム。法律は、容疑者が有罪と決まるまではあらゆる人間を無実とみなす。このことは言っておくよ。君は友人だ。君の首に、絞首刑の縄をかけたくはないからな」

「僕はハーマイニーを殺していない! だから、僕が殺したなんて証明できるはずないんだ。誰も僕を殺人の罪で訴えることなどできないさ」

シーベリーは、あまり楽観できないというように首を横に振った。

「状況証拠という言葉を聞いたことはないか? ハーマイニーは殺された。そして、君は一人で彼女と一緒にいた……使用人たちが銃声を聞いていたとしても、彼らは家から遠く離れている。君はハーマイニーと言い争っていた。そして、誰も君が戻ってきたことを知らなかった」シーベリーは肩をすくめ、話すのをやめた。

ロイヤルが真剣に言った。「状況証拠がどうであろうと、君の無実は確かなものさ。君が自暴自棄にさえならなければ。よく考えて、慎重に振る舞うんだ……」

ジムは怒ったような口調で言った。「見ていてくれ、ロイヤル、それにシーベリー。そうさ僕には生きるべき人生がある。そして今……」ジムは身を乗りだして、灰皿へたばこの灰を慎重に落とした。

そのときノーニは、ジムの目の中に確固たる決意の表れを見たように感じた。「ハーマイニーが死んだ今、ミドル・ロード大農場は僕のものになる。だから、僕の人生はここ、すなわちこの島と共にある。その人生を送るためにも、僕は容疑を晴らさなければならない。容疑を晴らす唯一の方法は、洗いざらい事実を話すことだ」

ロイヤルが再びため息をついた。「いったい、なぜ戻ってきたりしたんだ、ジム？」

そのことだけは、少なくとも今、ジムは真実を話せないし、話しはしまい。ノーニを傷付けないためにも、それに、シーベリーの前でロイヤルの面目をつぶさず、プライドを傷付けないためにも。ジムは手短に言った。「僕は逃げも隠れもしない。そして、起こったことは包み隠さず話す」

シーベリーは少しの間、嵐の様子に注意を向けていた。雨が強まり、風が唸り声をあげている。シーベリーは優柔不断な態度で簾をちらっと見てから、ロイヤルを見た。「いずれにしても、嵐が過ぎるまでは何もできない」

ロイヤルも簾を見つめたまま、黙っていた。突然ノーニは、周囲が妙に静かなことを不思議に思った。ハーマイニーは殺されたのだ。それなのに、騒ぎも起こらなければ、パトカーのけたたましいサイレンの音も聞こえず、制服姿の警官やカメラマンの姿も見えない。熟練の捜査官もいない。何をしたら良いのか、どのようにしたら良いのかを熟知している指揮官の下で、科学機器を駆使した機能的で専門的な捜査を始めてくれたらどんなにありがたいか。頼りになる制服姿の警官の一人でも現れてくれたらどれほど心強いか！

ようやく、ロイヤルがゆっくりと口を開いた。「リオーダン先生とポート・アイルズの連中に電話しよう」

「そうだな」と、シーベリーが言った。「まずはジム、この点をはっきりさせてくれ。どうやってシエンフエゴスから戻ったんだ？」

「モーターボートを所有する男を見つけたんだ。僕を喜んで乗せてくれたよ。そして、ビードン・ロックの埠頭へ着いた……」

「それは何時だ？」

「よくわからない。もう暗くなっていた。はっきりしないが、一時間ほど前だと思う。そして、村からここまで歩いてきて……」

シーベリーが再び遮った。「途中、誰かに会ったか？」

「覚えていないが、埠頭の周辺で誰かに会ったかもしれない。幹線道路をはずれて、大農場を横ぎり、荷馬車の道に沿って歩いた。ディックのコテージで一晩泊めてもらうつもりだったんだ。中へ入ろうとしたとき、銃声が聞こえた。それで、この家に向かって走ってきたんだ……」

「どうして走ったんだい？」と、シーベリーが尋ねた。「ハーマイニーが殺されたとでも思ったのか」

「銃声が聞こえたから、とにかく走ったんだ。人はむやみに発砲したりはしないからね」

シーベリーは食い下がった。「だが、君はハーマイニーが撃たれたのかもしれないと考えたんだろう？　危険だとは思わなかったのか」

ジムはゆっくりと答えた。「そのとき何を考えていたのか忘れた。とにかく、ハーマイニーの身に何か恐ろしいことが起こったのではないかと思ったんだ。あるいは、事故かと。もしかすると、銃声を聞いていなかったのかもしれない。それについては調べてない」

「誰かを見たのか」と、シーベリーが尋ねた。

「覚えている限りでは、ハーマイニーを見ただけだ――事故にでも遭ったのかと思って、確認しようと走りだしたとき、私道の奥の植え込みで物音がした。確信はないけど。今となっては何とも言えない。風が強かったし、いろんなことがいっぺんに起こったものだから」

「道路や私道を逃げていく何者かを見ませんでしたか？」シーベリーはノーニに尋ねた。

「誰も見ませんでした。すれ違った車もありません」

「車は道路沿いの低木の茂みにでも隠せる。もうすでに、雨がタイヤの跡も洗い流してしまっただろうけど――たとえタイヤの跡が残っていたとしても」シーベリーはため息をついた。「これはディック・フェンビィの仕事だな。彼は警察署長だ」

「とにかく、われわれにできることをやるしかない」と、ジムが言った。「ポート・アイルズの警察本部長へ電話したほうがいいだろう。そして、報告するんだ。それはディックがやるだろうけど。警察本部長が、どうしたらいいか指示してくれるはずだ」

シーベリーが思いだしたように言った。「ハーマイニーを運びだす前に、医師が検死する必要がある。かわいそうなハーマイニー、こんなことになるなんて」

風が玄関ホールへ吹き込んできて、赤いトルコ絨毯の端が少しめくれた。寝室の入口にかかっている簾が、まるで手で軽く触れたかのように、まるでハーマイニーが聞き耳でも立てているかのようにかすかに揺れた。

しばらくは、誰も口を開かなかった。そのとき、ベランダのドアが再び乱暴に開いた。びしょ濡れのディックが入ってきて、ドアをつかんで力づくで閉めると、ドアを背にして立った。机の上の物にしばらく目が釘付けになったディックは、それを目がけて突進してきた。ジムの銃だ。手に取るや鼻に近付け、銃身の匂いを嗅いだ。そして、嵐の音に負けないくらいの大声で叫んだ。「何があったんだ？　この銃は発射されている。誰が何を撃ったんだ」

ディックは銃を見つめていた。「とにかく、これは誰の銃だ？　見たことのない銃だ。間違いなく三十分以内に発射されている。まだ硝煙の匂いがするからな」

ジムがディックのところへ行き、銃を手に取った。「僕の銃だ。低木の茂みに何者かが潜んでいる気配がしたから、そこへ向かって撃ったんだ」

新たに張り詰めた静寂が訪れてシーベリーが立ち上がったが、質問していたときのような神経質で緊張した様子ではなく、静かに口を開いた。「ハーマイニー・ショーは裕福な女性で、私は彼女の弁護士をやっていた。彼女のことはよく知っているし、事情も把握している。ジム、今後は職務上の立場で接することになる。君の銃を預からせてもらおう」

第八章

強風が家を揺るがすように吹き荒れ、雨が打ちつけるように降り注ぐ。シーベリーはジムから銃を受け取ると、ハンカチでくるんだ。ノーニはシーベリーの白いリンネルの服と日に焼けた細い手を見つめていたが、まだ信じられなかった。現実の出来事ではなく、映画でも観ているような気分だ。（殺人だなんて）今までの人生で、ノーニは指紋が証拠として警察に押収されるのを見たことがなかった。

そもそも、ノーニは殺人事件に遭遇したことがない。だから、恐怖とともに戸惑いも感じていた。おまけに、疑われているのはジムなのだ！　ジムがハーマイニーを殺したと疑われているのだ。（だけど、ディックもハーマイニーを憎んでいたわ！）打ちのめされたディックが、「僕はまだ束縛されたままだよ」と、力なく言っていたのを思いだした。

だが、たとえ束縛している鎖を断ち切るためであっても、ディックにハーマイニーを撃つことはできなかった。ディックにはアリバイがある。確かなものでなくていいから、ジムにもアリバイがほしい、とノーニは心から望んだ。

ロイヤルが不意に立ち上がり、ジムに言った。「これでいい。これでハーマイニーを殺した銃弾は、ジムの銃から発射されたものでないことが確かめられるだろう。君の容疑は晴れるよ、ジム」

ディックはぼんやりと、それでいて興味深いまなざしを、まだ銃に注いでいた。「何があったんだ？　僕は警察署長だ。むやみに銃を発砲させるわけにはいかない」

ジムは玄関ホールを進むと、ディックの腕をつかんだ。「とても大変なことが起こったんだ。聞いてくれ、ディック……」

「ハーマイニーはどこにいる？」と、ディックが尋ねた。「彼女なら、銃をいたずらさせたりしない。この辺りで銃を使うのはハーマイニーぐらいだ」ディックは、みんなの顔が急にこわばるのに気が付いた。「どうした？　なぜそんなふうに見るんだ？　その銃は……」ディックはシーベリーに詰め寄った。「何かあったんだな。言うんだ……ハーマイニーにか？　あれは僕の銃ではない。僕はやっていない」

犬が骨を目ざとく見つけたように、シーベリーはディックの言葉を聞き逃さなかった。「何をしなかったって、ディック？　君がしなかったこととは何だい？」

ジムがすぐに怒りの声をあげた。「今、ディックを問い詰めてもしかたないよ。何も知らないのだから……」

「君は何をしなかったんだ？」シーベリーが繰り返した。

ディックがはっきりとした口調で言った。「ハーマイニーに何かあったのか？　怪我でもしたのか？」

「ハーマイニーは死んだよ」と、ロイヤルが言った。

すぐさま、シーベリーがロイヤルのほうを向いた。「私がディックに質問しているんだ。邪魔しないでくれ」

「危ない、ディック！」ジムが叫んだ。よろめいたディックに、ジムが手を差し伸べた。ディックの顔はチョークのように白く、半ば気を失いそうになって椅子をつかんだ。ジムがディックを椅子へ座らせると、ディックは両手で顔を覆い呻くように声を震わせた。

シーベリーが手の甲で額を拭った。ディックを見て、ジムが口を開いた。「ディックにコーヒーでも飲ませよう。少しは落ち着くだろう」

「そうだな」ロイヤルはノーニのそばへ行き、彼女の手を取った。「しばらくすれば、嵐もいくらか弱まるだろう。嵐が少しおさまったら、君をここから連れだすよ、ノーニ。今はジムと一緒に台所へ行って、コーヒーを入れてきてくれないか？　僕たちなら大丈夫だから。シーベリーと僕はやるべきことをやる」

ジムはノーニをここから連れだして、ロイヤルのように守りたかった。ノーニは返事をして立ち上がると、ジムと一緒に玄関ホールを進み、奥にある天井は低いけれど広々とした台所へ通じるドアへと向かった。ノーニはジムと二人だけで話をしたかったのだが、皮肉にもロイヤル自らがその機会を与えてくれたのだ。

だが、二人だけになれたのは、ほんの短い時間だった。すぐにシーベリーの提案で、家中を探すことになったからだ。潜んでいる者はいなかった。再びシーベリーの指示に従って、寝室と、台所の隣にあるハーマイニーの小さな執務室も調べた。「強盗が入ったのかもしれない」と、シーベリーが言ったからだ。

だが、室内は荒らされていなかった。壁の小さな金庫は閉まったままだし、机の中も整然としていた。

「宝石類はどうだ？」と、シーベリーが尋ねた。

ジムが首を横に振った。「ハーマイニーは、宝石を金庫に保管している」

「ハーマイニーの他に、誰か金庫の番号を知らないか？」

「僕は知らない。おそらく、ハーマイニー以外は誰も知らないだろう」と、ジムが答えた。

入れたての温かいコーヒーの香ばしい香りが台所に漂うと、ノーニは食器棚へ行ってカップとトレーを取り出した。ロイヤルは電話をかけていた。誰もがロイヤルの話し声に耳をそばだてている。

「もしもし、リオーダン先生ですか、ロイヤルです。聞こえますか？　今、ハーマイニーの家から電話しています。彼女が撃たれたんです……」

シーベリーは玄関ホールへ戻っていった。ノーニがコーヒーポットを持ち上げようと手を伸ばしたとき、ジムがノーニのところへやって来た。「ロイヤルに話したかい？」

ノーニは首を横に振った。「話す時間がなかったの。ディックがいたし、それにリディアも」

「ロイヤルにきちんと話すんだ。あと三日しかない」

ロイヤルが出入口から声をかけた。「イエーベがもうすぐ来るよ、ノーニ。君を家まで送ってくれる」

「ここは、僕がやるよ」ノーニがカップを鳴らしながらトレーを持ち上げたとき、ジムはノーニの手からトレーを受け取った。彼女の後ろから、湯気を立てているコーヒーとともに玄関ホールへ戻ってきた。ロイヤルが言っていたように、ノーニは嵐が一時的におさまっているのに気付いた。風が互いにぶつかり合って弱まり、島が小さいため降り注ぐ雨の多くは海へ流れ出る。だが、こんな小さな島の、少ない人間の中に人を殺したいという邪悪な思いがあったことに、ノーニは驚いていた。

ジムがコーヒーを注いでいた。「飲めよ、ノーニ」と、ロイヤルが言った。「気分が良くなる。イェーベがステーションワゴンに乗って、もうすぐやって来る。先に帰っておいてくれ」ロイヤルは心配そうにシーベリーのほうを向いた。「道路はまだ走れるだろうか?」

シーベリーは素っ気なく頷いた。それに、ハーマイニーを撃ったのが何者であろうと、これほどの嵐の夜に、いまなお道路をうろついていたりはしないだろう。「イェーベが着いたようだ」ロイヤルが聞き耳を立てた。「イェーベか、リオーダン先生だろう」ロイヤルはドアへと向かった。

やって来たのはイェーベだった。色黒の顔は何かに怯えていた。イェーベが階段を上ってきたとき、ヘッドライトの光が見え、別の車が私道をものすごい勢いでやって来た。「リオーダン先生だ!」シーベリーが大きな声を出した。

「ノーニ、イェーベと一緒に帰ったほうがいい」と、ロイヤルが言った。「リオーダン先生が来たから……」殺人が起こった場合に行わなければならないさまざまな不快なことから、ロイヤルは守ろうとしてくれていると、ノーニは思った。「僕がノーニを車まで連れていくよ」と、ジムがすぐさま申し出た。「一緒に来てくれ、イェーベ」

ノーニはカップを置いて、ジムと一緒に出ていった。ノーニの脇の下に添えられたジムの手は温かく、力強かった。ノーニはジムに促されて、広い、雑然とした玄関ホールを進んだ。雨はやんでいたけれど周囲のあらゆるものが濡れていて、私道に止まっている車のヘッドライトを浴びて輝いていた。島の誰もが知っている、使い古したクーペから、慌ただしく降りてくるリオーダン医師の姿が見える。嵐の猛威にさらされたベランダには、たとえ足跡など何らかの物証になりそうな手がかりがあったとしても、すべて洗い流されてしまっただろう。

「僕はあとから帰るよ」と、ロイヤルが言った。「僕を待たなくていいからね。オーリーリアにも、そう伝えてくれ。イェーベ、ノーニを頼む」

「かしこまりました」イェーベは医師を見つめてから家を見つめ、ノーニを促して重い足取りでステーションワゴンへ向かった。イェーベに聞かれないように、ノーニはジムと一言も話す機会がなかった。歩くたびに私道に敷かれた貝殻を踏みしめる音と、熱帯地方の夜特有の湿った匂いがした。ジムがステーションワゴンのドアを開けてくれた。ノーニは運転席に滑り込むと、長く白いスカートを引っ張り上げた。ジムが覚えていた白いドレスを着ていた。

イェーベがノーニの隣に乗り込んできたので、ジムはノーニの腕から手を離した。ノーニが座り直して握ったハンドルは、冷たく湿っている。車のヘッドライトがかすかに反射しているジムの顔は蒼白でこわばり、目はとても暗かった。「うまくいくよ、ノーニ。僕を信じてくれ。運転に気を付けて。何があっても、止まっちゃだめだよ。また明日」

エンジンの始動する音が聞こえた。嵐が一時的におさまった静寂の中で、ひときわ大きく鳴り響く。ジムが後ろへ下がると、緊張した姿が車のヘッドライトの中に浮かび上がった。ノーニの運転する車はゆっくりと動きだし、道なりに進んでいく。ヘッドライトが葉っぱから滴る水滴を輝かせ、白い貝殻を敷き詰めた私道の先のほうへと、幽霊の手のような長い光を投げかけていた。

ノーニは再び私道から公道へ出た。車のヘッドライトで白く照らしだされた道は幅が狭く、海岸線に沿って曲がりくねり、村や大農場や大きな木々や放置されたままの荒れ地を文明の細いリボンのように結んでいる。巨大なフォークのような形のオークの木の角を曲がったとき、車のヘッドライトの中に一瞬浮かび上がった姿は、まるで生きているようだった。

道路の両側にあるバナナの木の濃い影が、道を曲がるたびに迫ってくる。先端の尖ったパルメットの木は避けて通った。再び曲がったとき、センジュランが影から飛び出してきて、ようやくビードン・ゲートに至ったことを示すサンゴ岩の輪郭が道路の端にぼんやりと白く見えた。車は轍《わだち》の残る、狭い道を通り過ぎていく。この道は砂糖精製工場と作業員の集落へと続いている。作業員の集落を過ぎ、家のほうへつながる大きな白い門をくぐり抜けたとき、イェーベが口を開いた。「ミス・ハーマイニーは気難しい方でした。彼女が亡くなっても、悲しまない者もいるでしょう。このカーブはゆっくりとお願いしますよ、ミス・ノーニ。滑りやすいですから」

ノーニはねじれたヤシの木立沿いを慎重に進んだ。ヘッドライトが大きな家の角を照らしだすと密集した竹林が浮かび上がり、家にくっきりと影を落とした。「悲しまない者がいるって、どういうこと？」ノーニが尋ねた。

「そういう者もいるということです」

（誰のことだろう）ノーニはすばやく頭を働かせ、論理的に考えてみようとした。いずれにしても、この島の誰かがハーマイニーを殺したのだ。

（こんなに限られた、小さな島に住む誰が殺したの）小さな島での生活は、お互いを否応なく強く結びつける。土地の所有者たちは互いに友人であり、日常的に顔を合わせ、夕食を共にし、一緒にトランプ遊びに興じたりして、多かれ少なかれ友好的な近所付き合いをしているが、そのうちの誰かなのだろうか。あるいは、島のあちこちに住んでいる農作業員や使用人やその家族といった、使用人たちの誰かなのだろうか。使用人たちは友好的だが、人付き合いを避け、自分たちのことにしか関心がない。だが、島の誰もが砂糖で生計を立てていることに変わりはない。

「ハーマイニーに恨みを持っている人に、心当たりはありますか、イェーべ？」

薄暗がりの中、イェーべは戸惑ったように身もだえした。「いいえ。私が申し上げたのは、あの方は気難しい方だったということで……皆さん、そのことはご存じだと思います。車を車庫へ入れておきましょうか？」

私道は前方で二つに分かれていた。一方は庭の後ろへ回り、今は車庫として使用している古い廏舎《きゅうしゃ》へ通じている。もう一方は途中で幅が広くなり、ベランダの端にある階段の下の貝殻を敷き詰めた楕円形の通路に通じている。歩道も、生け垣を抜ければ階段に通じていた。ノーニは車を止めた。「ええ、お願い。わたしはここで降ります」

家中の明かりがついていたので、木々の隙間から明かりが見えたが、低木に遮られ、周囲は濃い闇に覆われていた。イェーべが運転席に乗り込んだ。曲がったところで車の尾灯が見えなくなり、車庫のほうへと向かっていった。海は長いため息をつきつぶやいているようだったが、家はよそよそしく、押し黙ったように静かだった。

ノーニはあの歩道を家まで歩くのが嫌だった。

それほど距離はない。目の前の家には明かりもついている。ノーニは歩道が曲がっていることも、その先にベランダへ通じる階段があることも知っている。あっという間に、階段に辿り着くだろう。だが、重苦しい闇がノーニを包み込み、濃くなってきたような気がした。夜中に人殺しが密かに忍び寄るといった、漠然とした恐怖ではなかった。

ノーニは深く息を吸い込むと、階段のほうへ歩きだした。長く白いスカートの裾は握っていたので、よろめいたりしないだろう。だが、なぜか怖くなって走りだした。すばやく動くサンダルの音が歩道に響き渡った。

（怖い！）生い茂った生け垣の間を走り抜けたとき、突然、ノーニは今日の午後に感じた不安を思いだした。なぜか急に怖くなり、あのときはやっとの思いで逃れたのだった！

だが、ノーニが怖がる理由などない。今は何の恐怖もないはずだ。殺人が起こったのはミドル・ロード大農場で、ビードン・ゲートではないのだから。

（でも、なぜあのとき恐怖を感じたのだろう？）虫の知らせというのではなかった。

（島に何か災いがもたらされることになっていて、実際に起こったということなのかしら）サンダルが貝殻を踏みしめる音が聞こえ、膨らんだスカートが暗闇に翻った。

だが、ノーニは大丈夫だった。濃い影は空き家だったし、茂みは害を及ぼさないし、彼女の肩を優しく撫でたのは葉っぱだったのだから。それでも、ノーニがベランダの階段へ着いたとき、鼓動は速まり、波の音も大きくなったような気がした。明かりが、籐の椅子やクッション――それらは以前と同じで、何も変わっていなかった――をぼんやりと照らしていた。ノーニはベランダを走らないようにしたが、オーリーリアがノーニの急ぐ音を聞きつけて、ドアを開けてくれた。

オーリーリアは豊かなグレーの髪を三つ編みにして片方に大きく束ねていた。大柄な体は黄褐色のローブに包まれ、黒い目は不安気だった。「ノーニ！　心配したのよ。さあさあ、早く入って……ハーマイニーが亡くなったんですって？」

「そうなんです、オーリーリア。そうなんです！」

「イェーベが言っていたけど、銃で撃たれたって？」

「ええ」

「もちろん、事故よね！」だが、ノーニの目を覗き込んでいるオーリーリアの上品な黒い目は、本当のことを引き出そうと、事故であることを否定しているかのようだった。「ノーニ、事故だったんでしょう！」オーリーリアは怖くなって、大声をあげた。

「殺人のようです」

「殺人ですって！　ハーマイニーが殺されたっていうの！」

オーリーリアの顔が青ざめるのを見て、ノーニは罪の意識にさいなまれた。オーリーリアにはもっと慎重に話すべきだったと後悔した。

ノーニは慌ててオーリーリアへ手を差し出した。「オーリーリア、ごめんなさい。ハーマイニーのことは、よくご存じでしたものね」

しばらくの間、オーリーリアはノーニを見つめていたが、何も見えていないようだった。波が岸へゆっくりと打ち寄せては、再びゆっくりと引いていく。シャンデリアの光がかすかにきらめいた。ようやく、オーリーリアは気を取り直して、我に返った。「ええ、ええ、もちろんハーマイニーのことはよく知っているわ。長年お付き合いしてきたのだから……ノーニ、誰がハーマイニーを殺したのかわかっているの？」

「いいえ」

オーリーリアの目が穏やかになり、ようやくノーニのことを気にかけたようだった。「ノーニ、かわいそうに。とんでもないことに遭遇してしまったわね。イェーベから聞いたわ、あなたがディックを家まで送っていったそうね。もう休みなさい、温かいミルクを入れてあげるわ。今はもうこれ以上聞かないから」

だが、ノーニが玄関ホールの階段を上り始めたとき、オーリーリアが呼び止めた。

「何か証拠はあるの？　容疑者の見当はついているの？」

容疑者はジムだ。証拠はないけれど。「いいえ」と、ノーニは答えた。「まだ、何も」

新たな沈黙が訪れた。手すりをつかむノーニの手は汗ばみ、冷たくなってきた。シャンデリアの光で、オーリーリアの表情も目つきも思いのほか見ることができない。オーリーリアがようやく口を開いた。「さあ、もうあなたの部屋へ行ってちょうだい。あとでミルクを持っていくわ」

ノーニの部屋は安息の地だった。部屋の明かりがついていて、緑と白色のタイルは清潔で涼しげだ。ベッドは整えられ、蚊帳《かや》がテントのように広がっている。開かれた観音開きの窓から見えるのは、嵐で疲れ果て、元気のなくなった夜空だった。ノーニの白いドレッシングガウンは紐がぶら下がったままベッドの上に置かれていて、赤いミュール（甲部分だけのサンダル）がガウンの下に揃えられている。ノーニは再び不思議な感覚にとらわれた。あれだけのことが起こったのに、部屋の中は何一つ変わっていなかった。

（あの人たちは、ハーマイニーの家で何をしているのかしら）

ノーニは薄い白のドレスを脱いだ。雨に濡れて、裾の周りが皺くちゃになっていた。サンダルは濡れ、短い黒い髪も湿っている。ノーニが髪をとかしていると、オーリーリアが魔法瓶とグラスの載ったトレーを持って入って来た。

オーリーリアは湯気を立てているミルクを注いだ。「話したくなければ、今は話さなくていいのよ」

（話したいわ。すべてを話したい……）でも、すべては言えない。なぜジムが戻ってきたのかは話せない。

熱いミルクをすすりながら、ノーニはオーリーリアにかいつまんで説明した。オーリーリアは考え込んだ様子で聞いていた。ノーニが話し終わっても、オーリーリアはしばらく座ったままノーニを見つめていたが、ようやく立ち上がると観音開きの窓のところへ行き、立ったまま、またもや考え込んだ。部屋の天井の隅で、蚊が飛んでいる。虫がベッドランプの周りを飛び回っていた。庭では、無数の羽の生えた夜の小さな生き物たちが、眠気を誘うような声で鳴いている。ようやくオーリーリアが向こうをむいたまま話し始めた。「ハーマイニーはとても気難しい人だったわ。おそらく、彼女と言い争いをした作業員の誰かが撃ったのでしょう、恐ろしいわね。でも、起こってしまったことはしかたないわ。結婚式を目前に、このようなことが起こってしまって残念だけど、予定は一部変更しないと」

ノーニははっとして息をのんだので、ミルクでむせてしまった。ノーニは咳き込み、目に涙を浮かべた。オーリーリアは愛情を込めてノーニに微笑みかけた。「あらあら、急いで飲んで、むせちゃったのね。わたしも子どもの頃、よくむせたわ。そうね、予定を変更しなくてはならないわね。あまり派手なパーティーは慎むべきでしょうから――もともと派手なものは考えていないけど……でも、教会での結婚式は予定どおり行いましょう。そして、式が終わったらここへ戻ってきて、披露宴代わりのランチを食べるの」

「オーリーリア……」ノーニは話しだしたが、すぐに口をつぐんだ。

（おお、オーリーリア、違うのよ。結婚式はしないの。すべてが変更になるのよ。あなたが思っている以上に。みんなが想像している以上に）

オーリーリアは愛情を込めて言った。「結婚式は予定どおり、水曜に行わなければだめよ。そのことが、どれほどわたしを幸せな気分にすることでしょう。そして、ロイヤルも幸せにするのよ。兄はあなたをとても愛しているの。あなたはロイヤルの人生を変えるわ。そして、わたしの人生も変えるのよ」

オーリーリアは突然ノーニの頭に軽く手を乗せ、髪を後ろへなでつけた。「わたしは自分の人生を今までかなり無駄にしてきたように思うの。生まれてこのかたビードン家で暮らし、ロイヤルのためにこの家を守ってきたわ。わたしは結婚しなかったけど、ロイヤルが結婚して、この家で子どもの姿を見ることが夢だった。さあ、もうお休みなさい、ノーニ。恐ろしい出来事はできるだけ忘れるのよ。そしてロイヤルのことを、あなたの結婚式のことだけを考えなさい。あと三日しかないのよ。忘れないでね」

オーリーリアは魔法瓶からさらにミルクを注ぐと、ノーニに手渡した。ノーニはなぜか喉が乾いていた。

「他に何かほしいものはある?」

ノーニは首を振ると、オーリーリアはドアへ向かった。「わたしは起きてロイヤルを待っています。今回のことは悲惨な出来事だけど、だからといって結婚式を延ばすようなことはしません。できるだけ眠ってね。あなたは美しい花嫁になるのだから」オーリーリアが再び微笑んだ。「そして、とても幸せな奥さまになるのよ。おやすみ、ノーニ」そう言うと、オーリーリアは去っていった。

第九章

蚊帳《かや》が天蓋のようにノーニの周りを薄暗くしても、庭の虫たちが眠気を誘う静かな鳴き声を聞かせても、ノーニはオーリーリアの――幸せな奥さまになるのよ――という言葉が頭から離れず、眠れなかった。

ロイヤルの妻になれば、ビードン・ゲートに幸せで満ち足りた生活をもたらすのだ。ロイヤルもオーリーリアもそれを望んでいるし、ノーニもかつては望んでいた。岩で造られた優雅な年代物のこの家も、そのように住まわれることを望んでいるのか。空いていた部屋に火がともるような、健やかで幸せな結婚生活。それはノーニが望んでいた結婚生活だった――でも、それはロイヤルとではない。

ロイヤル同様、オーリーリアに本当のことを話すのは難しいだろう。

開いたままの観音開きの窓から、ビロードのような夜空が見えた。次第に増えてきた蛾の群れがベッドテーブルの上の明かりの周りでゆっくりと舞い、影が天井で大きく揺れている。ノーニは蚊帳から用心深く手を出して明かりを消した。きっと他の明かりに誘われて、蛾は朝までにほとんどいなくなっているだろう。

（ロイヤルたちは、ミドル・ロード大農場で何をしているのだろう）大農場は今やジムの家となり、この先何年も、ノーニとジムの二人の家になるのだ！

だが、未来を想像するのさえ心が痛むので、ノーニは迷信を恐れるかのように心の中にしまい込むと、ジムとの将来については許されるまで考えないようにした。許されるときとは、二人の前に横たわる障害が片付き、すべてが過去となったときだ。

（もしジムが殺人の罪で起訴されたら。もし裁判にかけられたら……）ノーニは不安で居ても立ってもいられなくなり、自分を落ち着けるのに一苦労だった。

（そして、もしもジムが有罪となったら……）

疾走する馬の手綱を引いて抑えるように、ノーニは急速に膨らむ不安を打ち消そうとした。（だけど、まずはジムの疑いを晴らすことが第一よ）

その前に、ロイヤルとオーリーリアに、結婚式について――水曜日の結婚式は行わないことを伝えなければ。

教会へお花を送るつもり、とリディアは言っていた。

体に合わせた白いウエディングドレスの仕立て直しは済み、いい香りのするハンガーに吊るされているが、その他のこまごまとしたこと――花の手配やスケジュールの調整、招待状のことなど――が、抵抗する群衆のように一斉に迫ってきた！

オーリーリアに言われるまで、ハーマイニーの死が結婚式を延期する口実になるとは、ノーニは思ってもみなかった。ノーニは今、ハーマイニーの死が実際に結婚式延期の理由になり得るのかどうか考えていた。小さい島なので、人々の結びつきは強い。ハーマイニーが亡くなったとなれば、喪に服すことになるに違いない。

僕はハーマイニーを憎んでいる、とジムは言っていた。そして、ディックは言葉以上に、自分の本心をあらわにした……僕は以前からハーマイニーを愛していた……だけど、僕は彼女を憎んでいる――でも、まだ惹かれている、とディックは言ったのだ。

ジムとディックはそれぞれのやり方で、そして、それぞれの理由でハーマイニーを憎んでいた。

(他にもハーマイニーを憎んでいる人はいるのかしら)

憎しみは殺人を引き起こす。憎悪、いざこざ、暴力は、いずれも殺人につながる。心の中にわだかまりができると次のわだかまりが生じ、やがて殺意を抱くまでになる……それが殺人だ。けれども率直にいって、ジムの憎悪は、警察から見ても容疑を免れないだろう。とにかく、ハーマイニーを憎んでいると公言しているのだから。

さらに、ジムはハーマイニーの甥だ。財産や信託基金を相続する。それなのに、ハーマイニーの操り人形のような立場しか認められてこなかった。そしてハーマイニーが生きている限り、ジムはそれに甘んじなければならない。動機の面でもジムは不利だが、なにより厄介なのが憎しみだ。

だが、暴力や激情や憎悪は、自己防衛の別の表れ方だ。

それなら、ディックがハーマイニーを殺したのかもしれない。ハーマイニーに活力を奪われて弱くなってしまった魂を、すなわち、いかなる手段を使っても自分自身を救うために。

だが、ディックにはハーマイニーを殺すことができなかった。殺人が起こるときには必ず物理的な条件が問題になるが、ディックにはハーマイニーを殺す機会はなかった。

ノーニはこれまで新聞記事などの報道を通じて裁判を知っているだけで、単なる言葉でしか知らなかったが、いまやその言葉の意味の重大さを改めて認識し、ショックを受けた。一つは、もちろんアリバイだ。ディックにはアリバイがある。ハーマイニーが撃たれたとき、ディックは車の中に一緒にいたのだ。まさにノーニの手が触れそうなほど近くにいたのだから、ディックにハーマイニーを殺すことはできなかった。ハーマイニーを殺せば、じわじわと責められる拷問のような毎日から解放されるとしても。

（それでは、誰がハーマイニーを殺したのだろう？）

恨みを募らせていた作業員だろうか？　ビードン島に長年ハーマイニーと一緒に暮らしてきた何百もの作業員の中で、ハーマイニーと揉めるとしたら――あるいは、揉めたことがあるのは――誰だろう？　それを突きつめていけば殺人犯の手がかりとなり、警察の役に立つかもしれない。島で暮らす人々は良くも悪くもハーマイニーと共に生活し、お互いをよく知っているのだから、それらしい人物を当たっていけば、最後には特定できるのではないか。

おそらく、作業員ではないだろう。ハーマイニーに単に恨みをもつ者か、あるいはディックやジムのように、必死に自分を守ろうとした者ではないか。

他にも誰かいるだろうか？　だが、ハーマイニーを憎むほど彼女のことをよく知る人間は多くはない。殺人はある種の親密さを示唆する。憎しみは、人間関係が濃いからこそ起こるのだ。

夜が更けて、虫の鳴き声がさらに眠気を誘うようになってきたが、今日一日、あまりにも多くの出来事が起こり、しかも大変なことばかりだったので、ノーニの頭はまだ混乱していた。

（どうやって眠りについたらいいのかしら！　あの人たちは、ミドル・ロード大農場で何をしているの？）

ノーニは目がさえていたので、車が車道を入ってくる音に気が付いた。タイヤが貝殻を踏みしめる音が聞こえ、車のヘッドライトが少しの間ノーニの部屋のバルコニーを照らすと、観音開きの窓とつる植物の垂れ下がった手すりが浮かび上がった。車は通り過ぎて、貝殻を敷き詰めた楕円形の通路で止まった。

ノーニは横になったまま、耳を澄ませた。何人かの声を聞いたような気がした。オーリーリアはまだ一階にいて、ロイヤルを待っていたようだ。ロイヤルのきびきびとした、力強い足音は聞き分けやすい。そして、オーリーリアの足音も。だが――ノーニはさらに耳を澄ませた。他にも誰かいる。

(警察がもうやって来たのだろうか？　シーベリーだろうか？)

ノーニが座り直すと、蚊帳が顔に優しく触れた。ささやくような、つぶやくような声が、階下の玄関ホールから聞こえてくる。そして、ロイヤルの重いけれど、慌ただしい足音が近付いてきた。ロイヤルはノーニの部屋の前で立ち止まり、ドアを軽く叩いた。「ノーニ！」

「起きてるわ」ノーニはベッドの明かりを手探りした。

「入ってもいいか？」

「もちろんよ、どうぞ」ノーニが明かりをつけたとき、ロイヤルがドアを開けて入ってきた。

「大丈夫か、ノーニ？」

「ええ、大丈夫。ロイヤル、何があったの？　あの人たちは何をしていたの？」

(ジムは逮捕されてしまうのだろうか)ノーニはそれを知りたくて、うずうずしていた。

ロイヤルはため息をつくと、うんざりしたようにノーニのそばの長椅子の端に腰を下ろした。「車の音が聞こえたのか？　起こすつもりはなかったんだが……」

ロイヤルは疲れているようだった。うんざりした顔をしていた。正餐用の服である、白の上着と深紅色のカマーバンドはこの場にふさわしくなかったし、コートは湿って皺くちゃになり、片方の袖には泥がこびりついていた。

「いいえ、起きていたの。眠れそうにないから」

「どうして眠れないんだ?」ロイヤルは再びため息をつくと、眼鏡をはずしてハンカチでゆっくりと拭き始めた。「恐ろしい事件だけど、今、僕たちにできることは何もないよ」

「誰がハーマイニーを殺したのかわかったの?」

ロイヤルは首を横に振った。「われわれが知り得た以上のことは、何もわからない。ポート・アイルズの警察署へ電話した。警察本部長に報告したよ。明日の朝、警察本部長自ら警官を引き連れてやって来る」ロイヤルはもう一度大きくため息をついて眼鏡をかけ直すと、安心させるようにノーニに微笑みかけた。「いずれにしても、何も心配することはないよ。警察は君が見たことをいくつか尋ねるだけだ。それだけだろう。嵐はこれから本格的になる。今晩は序の口だ。だから、警察本部長はこのビードン島にあまり長居はしないだろう。われわれは島の周辺に小さな船を係留しているけれど、島から逃げ出そうとして、一か八かの賭けに出るような真似は誰もしないだろう。こんなときの島や海がどうなるのか、みんなよくわかっているから」

「警察本部長は何て言っていたの」

「たいしたことは話さなかった。警察本部長はハーマイニーを多少は知っていたよ。ジムとシーベリーが死体を移動させたことについても了承してくれた。それから、リオーダン先生の検死を受けるように命じた。先生は島の検察医だからね。先生がすでに来ていたから、先生に電話を代わった」

「やっぱり、殺人だったの?」ノーニは、まだかすかな希望を諦めきれないでいた。結局は、自殺だったという希望を。

「そうだ。残念だけど、それは間違いない。先生が言うには、ハーマイニーは即死だったようだ。それだけが救いだよ」

「警察本部長は他には何て言っていたの」

「いずれにしても、電話のつながりが悪いんだ――嵐のときはいつもそうで、よく聞き取れなかったけれど、言っていたことはおおよそ、警察は死体を検分し、犯行現場を捜索して――われわれがすでに探したけどね――手がかりや証拠のたぐいを見つけるといったことだった。ディックとも話した。もちろん、彼も捜査に加わる。ディックなら大丈夫だろう。自分自身を取り戻しているときは、誰よりも頭が切れる。警察本部長は、ハーマイニーが強盗に襲われたのかどうかを知りたがっていたけれど、われわれが見た限り強盗ではないな。それから、ハーマイニーは誰かに脅されていたかどうかを知りたがっていた」

「脅されていたかですって！　あなたは何て答えたの？」

「ディックが話していたんだが、いいえ、と答えていたよ」

沈黙が訪れ、夜の静寂が深まった。どこか遠くで、ささやくような虫の声が聞こえる。ロイヤルはうんざりしたように額を拭うと、手を伸ばしてサイドテーブルの上にある小さなクリスタルガラスの箱からたばこを取り出した。「吸ってもかまわないかい？」

ノーニはかまわないと答え、ライターの小さな炎がロイヤルの顔を赤く染め、少しの間、ロイヤルの眼鏡と黒い目に映るのを見つめていた。

「いずれにせよ、事実はすぐに明らかになるだろう。ハーマイニーとジムが言い争っていたことは――ジムが島を出ていったことやその理由も――島の人間なら誰でも知っている。そして、ハーマイニーが今晩ここへやって来て、ディックとひと悶着あったことも」

「ハーマイニーはディックを馘にしたわ」

「わかっている。だけど、本気で馘《くび》にしたわけじゃないだろう。それにハーマイニーを殺したら、ディックは仕事に復帰できなくなる」

「それに、ディックにはアリバイがあるわ」と、ノーニがゆっくりと言った。「ハーマイニーが帰ったあとも、ここにいたもの。そして、ハーマイニーが撃たれたときは、わたしと一緒に車の中にいたのよ」

ロイヤルはうわの空で頷いた。二人の間にある蚊帳は、薄い霧かベールのようだった。「こんなときに、このようなことが起こってしまってすまない。僕たちの結婚式が間近だというのに」

（だけど、結婚式は行えないわ、ロイヤル。ごめんなさい。結婚式も、結婚生活もないの……）ノーニはそう言葉にして言うことができなかったが、危うく口からこぼれそうになり、慌てて蚊帳からぎこちなく手を差し出した。「ロイヤル、あなたに言わなければならないことがあるの――今、言わなければならないことが……」

「蚊帳に隙間をあけないほうがいいよ、ノーニ。一晩中、蚊に悩まされるから。熱帯地方の困ったところだ。おお、そこにいたのか、ジム」

ノーニが顔を上げると、ジムが出入口のところに立って彼女を見つめていた。何かを決意したような目をして。

第十章

オーリーリアがジムの後ろに立っていた。ロイヤルが立ち上がって、口を開いた。「ジムを一緒に連れてきたよ。あのままミドル・ロード大農場に泊まるわけにはいかないからね――警察の仕事が片付かないうちは無理だろう。ディックも大農場には居場所がないも同然だから、嫌がったけれど、ここへ来させるつもりだ。ビードン・ゲートが今から君の居場所だよ、ジム」

ジムは何も言わなかったし、オーリーリアも何も言わなかった。ジムは疲れていた――髪の毛は乱れ、顔は蒼白だった。

ロイヤルはノーニに近付くと、微笑んだ。「オーリーリアがわれわれみんなのベッドを用意してくれている。おやすみ、ノーニ。いろんなことがあったけれど、よい夢を見るんだ。今回の件はわれわれが関知することじゃない。だから気にせずに、ぐっすり眠るんだよ」

ロイヤルは身を乗りだして、蚊帳《かや》越しに軽くノーニにキスした。出入口のところにいたジムは一歩前へ進み出てロイヤルに何か言おうとしたが、ロイヤルに先を越されてしまった。ロイヤルはジムのほうを向くと、改まった調子で言った。「ジム、君に少し助言しておこう。必要以上にハーマイニーとの口論について警察に話す必要はない――君はすでにシーベリーに話したんだから、それでもう充分だ。いずれにしても、シーベリーや警察は真相を究明するだろう。それに、ディックはこのことをすでに知っている。だが、あの脅迫の言葉が……」

「ここに残ったらハーマイニーを殺すだろう、と言った」

「本気で言ったわけじゃないだろう──だが、警察はこうした陪審で引用できそうな言葉を見逃さない。君のあの言葉を聞いたのは、僕とノーニだけだ。二人とも、警察へ話すようなことはしない。だから自ら……」ロイヤルはジムのところへ行くと、彼の肩に手を置いた。「だから、自ら話したりなんかするなよ！」

オーリーリアが口を挟んだ。「おしゃべりはそのくらいにしたら。もう遅いわ。ジム、わたしと一緒に来てちょうだい。あなたの部屋へ案内するわ」

ジムはノーニをちらっと見たが、何も言おうとはしなかった。ロイヤルが続けた。「オーリーリアの言うとおりだ。おやすみ、ノーニ」ロイヤルはテーブルの明かりを消すと、ジムの肩に腕を回した。廊下からの明かりで二人の輪郭が浮かび上がり、ノーニは蚊帳越しに二人をぼんやりと見ていた。オーリーリアがしっかりとした足取りでジムを廊下のほうへ促すと、ロイヤルがドアを閉めた。

（本当のことを知ったら、ロイヤルはジムを歓迎したかしら？）

すぐにノーニは睡魔に襲われてぐっすりと眠り、夢は見なかった。ハーマイニーが殺された白い家の明かりのついていたベランダも、ベランダへと続く二つの螺旋階段も、そして、ジムと一緒だったモーターボートが、白い水しぶきを上げて青い海を突き進む夢さえも見なかった。

とても静かな夜明けを迎えたが、真珠のような白色の空は今にも崩れそうだった。気圧が下がっている。警察本部長と二人の警官がポート・アイルズ警察署からモーターボートに乗って、夜明けのコーヒーに間に合わせるかのように夜が明ける前に到着するだろう。殺人の報は、すでに人づてに島中に広まっているだろう。そのとき、小柄な黒人の女中がノーニを起こしにきた。

外はまだ暗かったので、女中は明かりをつけたままにしていた。温かくて濃く、香りのよいコーヒーが運ばれてきた。早朝に作物の状態を調べるのと同じように、朝のコーヒーもまた、農場主の毎朝の習慣だ。女中のかわいらしい顔からは、何事にも興味津々で好奇心が強そうなことがうかがえる。女中が蚊帳を持ち上げたとき、ほっそりとした若い首から細い鎖でぶら下がっている十字架が揺れた。興奮しているかのように、女中の光沢のある綿のプリーツスカートと白い半袖のブラウスから、衣擦れの音が聞こえる。島の他の黒人と同じように、母音を長く伸ばし子音を縮める特徴はあるものの、女中はきれいな英語を話した。イギリスからやって来た十七世紀初頭の農場主から学んだ名残だが、彼女もまた英語を元にした、仲間たちの間だけで通じる地方訛りの言葉を話す。「おはようございます、奥さま《レディ》。ご主人さまが、あなたを起こしてくるようにと。警察の方がお見えです」と、女中は言った。

ミスやマダムではなくレディと言うのは、これもまた、この島の言葉遣いの特徴だ。「いいえ、レディ」「はい、レディ」「ありがとうございます、レディ」といった具合に。農場主の一日は朝が早いことの他に、ノーニはこの言葉遣いにも慣れなければならなかった。日の出の頃には、仕事がすでに始まっている。気温が高くなり、日差しも強まる正午までの涼しい時間をいかに有効に使うかが大事なのだ。だがほとんど毎日、ノーニは遅くまで寝ていた。ロイヤルが早朝に農場の見回りに出かける前に、何度か一緒にコーヒーを飲んだことがあったが、たいがいロイヤルとのコーヒーには間に合わなかった。今でも不気味な早朝の様子には慣れていない――灰色と黒といった夜の名残を留めて、静寂に包まれている。そして、凪いだ黒っぽい海が東のほうから明るくなり始める。ノーニは起き上がり、まるで一睡もできなかったような気分で黒人の女中を見つめたが、〝警察〟という言葉を聞いて我に返った。（そうだった。ハーマイニーのこと！　ジムとのこと！）

ノーニはコーヒーカップに手を伸ばした。周囲はようやく明るくなり始めていた。

「ずいぶん早いのね」

「はい、奥さま《レディ》」

ノーニは、湯気を立てている熱いコーヒーを飲んだ。

「警察ですって？　ポート・アイルズ警察署からということ？」

「そうです、奥さま《レディ》。警察本部長がお見えです。他に二人の警官がいらっしゃっています」

「警察の方は、今どこにいらっしゃるの？」

「ベランダにいらっしゃいます」

「ミスター・ビードンが、わたしを呼んでくるように言ったのですか？」

「そうです、奥さま《レディ》。よろしければ、すぐにと。警察の方は嵐がやって来る前に、この島を離れたいようです」

「すぐに行きますすと、ミスター・ビードンに伝えてちょうだい」

「かしこまりました、奥さま《レディ》」女中はプリーツスカートを翻して部屋を出ていき、細い小さな手で静かにドアを閉めた。ノーニはコーヒーを飲み、一息つけることに感謝した。急いで飲み干すと蚊帳から抜け出して冷たい水で顔を洗い、すばやくシャツとスラックスに着替えて、赤いセーターをはおった。ノーニはもう一度鏡の前で立ち止まってしばらく鏡を見つめ、以前にも同じように見つめたときのことを思いだした。

（あのときは、ジムに会うために階下へ下りていく途中で今みたいに鏡の前で足を止め、こんなにも嬉しそうな顔をしてはいけないと思ったのよね）

（とにかく、ロイヤルに話さなければ）気持ちが急《せ》いた。もう時間がない。水曜日は二日後に迫っているのだから。

鏡に映ったノーニの顔は、不安気で蒼白だった。目の下に、小さな黒い隈ができている。急いで髪をとかし、階下へ下りていった。大きなシャンデリアと、ベランダの明かりが灯ってはいるけれど、光の届かない濃い暗がりがなんとも不気味だ。海が明かりでかろうじて見えるが、暗闇に紛れてしまうほど遠いような気がする。今にも雨が降りだしそうな、冷たく湿った匂いが次第に強くなってきていた。

ノーニはベランダへ出るドアのところへ来たが、その場で足を止めた。テーブルの周りに男たちが座っていて、テーブルの上には、早めの朝食がまだ残っていた。ロイヤルとジム、それに、見知らぬ三人の男たちがテーブルを囲んでいる。一人は針金のように細く、赤毛の髪の毛と同じように、日焼けした顔も赤い。カーキ色の半ズボンとシャツというでたちだ。あとの二人は制服を着ている。赤毛の赤く日焼けした男は、たばこを吸いながら話していた。そして、ロイヤルはその男と向き合って話を聞いている。手すりの向こうの灰色がかった暗闇に、ジムの黒い頭とまっすぐな鼻と顎が浮かび上がっているが、ジムはテーブルクロスの上にフォークで円を描きながら、同じように男の話に聞き入っていた。ノーニがドアを開けると、ロイヤルがそれを聞きつけて立ち上がった。ロイヤルの動きにつられて、ジムもすばやく振り返ると立ち上がり、ノーニのほうへ向かった。

「ノーニ」と、ロイヤルが声をかけた。「こんなに朝早く起こしてしまってすまない」ロイヤルがノーニの手を取ってテーブルのほうへ促すと、ジムが立ち止まった。ノーニがジムのほうを見ると、ジムはノーニを見つめていたが、ジムの表情からは、会話がどうであったとか、何が話されていたとか、警察本部長は殺人についてどのように考えているのかといったようなことは何も読み取れなかった。ちらっと目を合わせただけで何の意思疎通もできない、不満の残る目配せだった。ジムの顔色は悪く、疲れているようだ。ノーニが姿を現しても、ジムの張り詰めた雰囲気が和らぐことはなかった。テーブルの周りに立っている男たちに、ロイヤルがノーニを紹介した。

「……そして、われわれの地域の警察本部長であるウェルズ少佐にモリス巡査部長、それにドネガン巡査部長だ。こちらが僕の婚約者です、ウェルズ少佐。結婚式は水曜日の予定です」

ウェルズ少佐は小さな明るいハシバミ色の目から、鋭く抜け目のない視線をノーニへ送ると、おじぎをした。「おめでとう、ミスター・ビードン」と、少佐は祝福した。「君たちの結婚式が近いことは聞いていた。そのようなときに、痛ましい事件が起こってしまい、お気の毒としか言いようがない」

「ハーマイニーは長年、われわれの隣人でした」と、ロイヤルが言った。

「式の日程が変更されないことを祈っています」ウェルズ少佐は丁寧に話したが、抜け目のない目はノーニに据えられたままだった。

ロイヤルが答えた。「ええ、もちろん、変更はありません」それから、ノーニのほうを向いて続けた。「ノーニ、こちらの方々は、君が昨晩ミドル・ロード大農場へ行ったときの様子をお聞きしたいそうだ。あまり時間がない。というのも、気象予報によれば、もうすぐ嵐が来る。海が大荒れになる前に、彼らはポート・アイルズへ戻らなければならない」

ロイヤルはノーニのために椅子を引き寄せた。イェーベは藁でできたスリッパの音を立てて動き回り、ノーニの前に新たなコーヒーカップを置いた。

（ジムについては、どんな話があったのかしら？）

ウェルズ少佐は丁寧に、それでいてきぱきとノーニに質問していった。「それでは、あなたが到着したのは、ジムが銃声を聞いて、ハーマイニーが殺されているのを見つけたと主張している数分後になりますね。そのときあなたは何を見て、何をしたのか話していただけますか？」

（主張しているですって）こんな状況では、厄介な言葉だった。疑問を投げかけられたり、異議を唱えられたりするかもしれない。ノーニは再びジムをちらっと見た。ジムは椅子へ戻ると前かがみに座って頬杖をつき、たばこを吸いながら表情の読めない顔つきをしていた。

「ありのままを話せばいいんだ」ロイヤルが励ますように言った。「形式的なものなんだから。ディックが飲み過ぎたんで、君が運転して大農場へ送っていったことはすでに話してある」

（事実をありのままに話すだけだ、とジムが前の晩に言っていたっけ）ノーニは大きく息を吸い込むと、ハーマイニーを呼びにいこうとして螺旋階段を上っていく途中で彼女を見つけたこと。その後、ジムがドアのところへ現れたことを簡潔に話した。

波が押し寄せてきて、白い波がしらが黒い海から突然現れると、サンゴ岩にぶつかって砕けた。ウェルズ少佐が口を開いた。「あなたは銃声を聞きましたか？」

「いいえ」（聞いたと答えたらどうなるだろう？　ジムを巻き込むことになるのだろうか？）もし銃声を聞いたと答えたらジムの供述を追認したことになり、結果として、殺人時刻を立証することになるのではないか、とノーニは考えた。

「わたしは車の中にいましたし、エンジンの音が大きかったのでしょう、聞こえませんでした」と、ノーニは続けた。

「ちょうどビードン・ゲートを出発した頃でしょう」と、ロイヤルが口を挟んだ。「ジムはしばらくハーマイニーの様子を見てから、電話を二本かけています」ロイヤルはウェルズ少佐を見つめた。「ですから、ノーニが銃声を聞くことはなかったでしょう」

「銃は見つかりましたか?」と、ウェルズ少佐が尋ねた。

「いいえ……」事実をありのままに話すだけだ、とジムは言っていた。「ジムの銃だけがありました。玄関ホールのテーブルの上です」

ノーニはしばらく固唾をのんで見ていたが、ウェルズ少佐が頷いた。少佐はジムの銃のことは承知していて、納得していたようだ。

(警察は、ハーマイニーの死体から銃弾を取り出したのだろうか? その銃弾はジムの銃から発射されたものではないと証明する、時間や道具や検査機器はあるのだろうか?)だが、彼らは着いたばかりで、あるはずがなかった。

「周辺で誰かを見かけませんでしたか? もちろん、ジム以外の人物です。あるいは、道路や私道で」

「いいえ、誰も」

ウェルズ少佐の目は小さな短剣のように鋭かったが、無表情だった。

「他に何か証拠になりそうなものはありませんか?」しばらくして、少佐は口を開いた。

ノーニは首を横に振った。「ありません」

ロイヤルが口を挟んだ。「急《せ》かせたくはありませんが、少佐。海がだいぶうねってきました」

「わかっています」警察本部長は立ち上がると、近くのテーブルの上に置いた日よけヘルメットを手に取った。

「ミドル・ロード大農場へ行き、そこを調べたほうがよさそうだ。準備はいいかな、ジム？」

（ジムに話すときの警察本部長の声や話し方がいくぶん違うように感じるのは、気のせいかしら）ノーニはすぐに気が付いた。そして、他の人たちも気付いているようだった。それというのも、無表情なのに、よそよそしい空気が漂っていた。

「車の用意はできています」と、ロイヤルが言った。それから、ノーニのほうを向いた。「君を呼びに行かせたりして悪かったよ。だけど、連中がずいぶんと急いでいるものだから。今回の嵐は……」

ノーニはロイヤルに話さなければならないのだが、今は無理だった。まさに激流にのまれて否応なしに流されていくかのようになす術《すべ》がない。ノーニはロイヤルが出ていくのを見送るしかなかった。

ジムはすでにこの場を離れていた。赤毛で、針金のように細い小柄な警察本部長は膝も骨ばっていたが、ロイヤルが頭上にそそり立つと、一緒に重たい足音を響かせて、ベランダを戸口のほうへと歩いていった。車のライトはすでについていて、低木の影を黒々と浮かび上がらせている。空はまだ暗く、家にくっつきそうなほど低い。海だけが東の水平線から明るくなり始めていた。

ノーニが明かりのともった、散らかっているテーブルにゆっくり座ると、ジムが階段を駆け上がって戻ってきた。「日よけヘルメットを忘れたよ。なんだ、ここにあった」そして、ノーニに向かって言った。「大丈夫だよ。切り抜けなければならないけど、なんとかなるさ」

ノーニはジムにしがみついて尋ねた。ジムの力強い言葉を聞いて、安心したかった。「本当に大丈夫なの？」

「大丈夫さ」

「ウェルズ少佐があなたと話すときだけ、なんとなく棘があるような気がするんだけど」

ジムはすばやくノーニから目をそらすと、半分ほど明るくなった海を見て、すぐさま返事をした。

「僕を尋問するのは当然だよ。だけど、僕を殺人容疑で起訴することはないだろう。それに、もし少佐が……」

「ジム、本当のことを言ってちょうだい。あなたは逮捕されたの？　それとも、これからされるの？」

ジムは振り返って、真っ直ぐにノーニを見た。「まずは、取り調べのために僕を拘留するつもりだろう。正式に罪を訴えられるかどうか判断するために。だけど、大丈夫だ。約束するよ、ノーニ。僕を信じてくれ。とにかくロイヤルとの結婚式の件だ。結婚式を中止させなければ」

「まだロイヤルに話せていないの。話す時間がないのよ」

「二人で一緒に話そう。今はとにかく警察と行かなければならない。僕の日よけヘルメットは？　これだこれだ」ジムは椅子からヘルメットを拾い上げた。「僕が言ったことを忘れないでくれよ」

（心配ないわ、大丈夫よ。ジムが殺人容疑で訴えられることも、裁判にかけられることもない――だから、有罪の判決を受けることもない――なぜなら、ジムはハーマイニーを殺していないのだから）

ノーニはジムがベランダを走り去るのを見ていた。ジムの黒い頭が階段の下へと消えていく。

車が出ていった。私道を走り抜けるとエンジンの音が小さくなり、分厚い生け垣にさらに遮られて聞こえなくなった。車は公道へ出ていった。

ジムたちが去ってしまうと、とても静かになった。静かなうえに、まだ暗い。夜明けがゆっくりと訪れている。ノーニはしばらく座っていた。熱いコーヒーを飲みながら、夜がまるでこの島へ避難しようとしているかのように、水平線のほうからゆっくりと後退していくのを見つめていた。オーリーリアはまだ起きてこない。使用人たちがそろそろ起きだす頃だ。家のはずれの台所に、明かりが見える。だが長い間、鳥のさえずりと波の音の他は何も聞こえなかった。

おそらく、ノーニは思った以上に長く座っていたのだろう。昼でもなく夜でもない奇妙な世界に捕えられ、混乱していた。ノーニは、大農場が目を覚ましていることにようやく気が付いた。遠くで、機械の動く音や荷馬車の走る音や人の声が聞こえる。だが、ノーニはあえて波の音だけを聞いていた。こちらからは見えないが、海岸線に沿って、できては崩れる白い波がしらの音が次第に大きく、荒々しくなっていくのが気になった。

ノーニが立ち上がってベランダを進み階段を下りると、海は朝日を浴びて輝いていたが、陸のほうは相変わらず灰色に覆われていて、生け垣の下も暗いままだ。葉っぱさえも動かない。

(嵐の前兆かしら?)そう思いながら、ハイビスカスとアメリカカラマツの生い茂った、濡れた生け垣の間の白い貝殻を敷き詰めた小道を歩いていった。大きな竹林がかすかに音を立てている。ノーニはコーヒーですっかり目が覚め、近付いてくる嵐に神経を尖らせながらも、庭へ引き返してもう一度寝ることにした。

(あの人たちは、ミドル・ロード大農場で何をするつもりだろう? 警察はジムを逮捕するつもりかしら?)

生け垣が暗い葉のトンネルを作っていた。ノーニの足が小道に敷き詰められた小さな白い貝殻をそっと踏みしめる。

（夕べ、この小道を走ったときは、なんて怖かったのだろう！）恐怖に駆られ、スカートを翻して死に物狂いで走った。今そっと踏みしめている貝殻の音でさえ、昨晩の乱れた足音の残響のようだ。嵐はちぎれた葉っぱや折れた枝を小道に散乱させていた。ノーニは折れたブーゲンビリアの花を拾い上げた。

ノーニが立ち止まった。それでも、柔らかな足音の残響が変わらずに続いていた。残響ではなかった。何者かが足音を忍ばせ、静かに生い茂った生け垣の反対側を歩いていた。

第十一章

ノーニの中に、別の自分が現れた。もう一人の自分は心の奥底で叫び声をあげ、警告していた。ノーニは貝殻に足をとられながら走った。両側の生け垣は高く生い茂り、向こうの様子はわからない。おまけに貝殻に足をとられ、急いでいるのに夢の中を走っているようでもどかしかった。ノーニはようやく階段へ辿り着いた。明かりがついたままのテーブルや、あちこちに散らばったままの椅子や、男たちが放置したナプキンを走り抜け、家の中へ入るまで足を止めなかった。そして、栗色の壁際に置かれた大きなテーブルに寄りかかると、苦しそうに喘いだ。

食堂にいたイェーベが、喘ぎ声を聞きつけてやって来た。誰かが庭にいて、足音を忍ばせ、生け垣の反対側をつけてきたとノーニが告げると、イェーベは半信半疑でぶつぶつ言いながら、オーリーリアを呼びにいった。オーリーリアはすぐにやって来た。疲れたような顔をして、眉間に皺を寄せている。オーリーリアはイェーベに庭を探すように命じた。

オーリーリアに命じられるまでイェーベは鷹揚に構えていて懐疑的だったが、しぶしぶ命令に従い、台所で働くアーチーを連れて庭を見にいった。

オーリーリアは、ノーニに困惑のまなざしを向けた。

「あなたの思い過ごしじゃないの、ノーニ？」

「生け垣の向こうに、誰かいたんです」

「あんなところに、誰かいるっていうの？」

「見えなかったんです。生け垣が高く生い茂っているので」

オーリーリアはしばらくその場にいたが、食堂へ行って、自分の分のコーヒーを入れて戻ってきた。

オーリーリアはため息をつきながらノーニと向かい合って座り、外を見渡した。夜は明けていたが、太陽はまだ顔を出しておらず、空は気味の悪い真珠色に輝いていた。

「ロイヤルはどこなの？　ジムはどこ？」

「警察本部長がポート・アイルズからやって来て、みんなでミドル・ロード大農場へいらっしゃいました」と、ノーニが答えた。

オーリーリアはコーヒーに口をつけ、ローブの胸元を掻き合わせた。

「ノーニ、誰かの足音を聞いたのに間違いはないの？　あなたは夕べ怖い思いをしたから、神経が高ぶっていてもおかしくはないわ……」

「確かにいたんです」だが、それもいまやあやふやで、怖がったことが恥ずかしかった。「使用人の誰かだったのかもしれません。でも、なんだか……」――ノーニは言葉を探した――「こそこそしていて、まるで見つからないようにしているみたいで。まるで……」

（まるでわたしをつけ回して、危害を加える機会をうかがっているようだった）でも、そのことはオーリーリアには言わなかった。あまりにもばかげていて、子どもじみている。

オーリーリアは顔をしかめ、さらにコーヒーを飲んだ。「使用人の誰かだとは思うけど」

ノーニは固く握り締めた手を白いスラックスのポケットに突っ込んでいたので、オーリーリアに手の震えを見られずに済んだ。

オーリーリアは重そうなグレーの三つ編みを後ろへ払いのけ、ため息をついた。「警察本部長は、この件をどう考えているの？」

「わかりません」

「ジムは警察と一緒にミドル・ロード大農場へ行ったのね」

「ええ」

「夕べ、ジムが島へ戻ってきたのは気の毒だったわね。間が悪いというか」物音がしたので、オーリーリアは口をつぐんだ。話し声や驚く声や走り回る足音が、家の奥のほうから聞こえてきた。

「どうしたの？」オーリーリアは大きな声を出しながら台所のほうへ急ぎ、ノーニが後に続いた。

オーリーリアの姿を見て、ざわめきが静まった。イェーベが、女中や料理人やアーチーたちに囲まれて立っていた。イェーベの手元をみんなが見つめている。不審者は見つからなかったが、庭に誰かいたことは間違いないようだ。イェーベとアーチーが、鉈《なた》を見つけていた。

恐怖で震えるイェーベの手に握られているのは、幅の広い刃のついた、カットラス（船乗りが好んで使った、厚くて重い反り身の片刃の短剣）のような長い鉈だった。

イェーベが落ちていた鉈を生け垣のそばで見つけた。が、長い間そこにあったのではなさそうだ。草の上に鉈の跡はなかったし、柄は濡れておらず、刃もさびていない。

オーリーリアは庭で働く使用人を呼びにいかせ、イェーベ、アーチー、料理人、そして女中たちを問いただした。

たとえ鉈のことを知っている者がいたとしても、知らないと隠しとおせるだろう。鉈は大農場でよく使う道具の一つなので、しまい忘れたなどのたわいない理由で地面にあってもおかしくはないが、隠そうとすることが悪事を物語ることになる。オーリーリアは農場監督のスミッソンを呼びにいかせた。

農場監督はすぐにやって来た。大柄で、ゆっくりとしゃべり、ぼうっとした風貌の男で、作業を中断されたことに腹を立てていた。先の尖った白い麦わら帽子を脱ぎながら、荷役作業中だったとオーリーリアに告げた。オーリーリアはてきぱきと、的を射た質問をした。

「夕べの殺人事件のことはご存じですね、スミッソンさん」

「ええ、存じています、ミス・ビードン」

「誰かが庭に潜んでいたようで、ノーニが怖くなって家の中へ逃げ込んできました。庭で不審者は見つからなかったようですが、イェーべがこんなものを見つけました」

農場監督は鉈を見たが、何も言わなかった。

「鉈はなくなっていませんか?」

農場監督は肩をすくめた。「お答えすることは不可能です、ミス・ビードン」

「わかっています。でも……」オーリーリアはためらった。「島の男たちについてはどうですか? 今朝、誰かがこの家へやって来ませんでしたか?」

農場監督はじっくりと一人ずつ作業員の顔を思い浮かべているようだったが、とうとう首を横に振った。「そのような者はおりません、ミス・ビードン。持ち場から離れた者は一人もおりませんし、全員の居場所を把握しています。さっきまで、荷役作業をしていたところです」

「あなたは優秀な農場監督です、スミッソンさん」と、オーリーリアが言った。「見落とすようなことはないでしょう」

「そのように努めています、ミス・ビードン」

「さて」困ったように、オーリーリアは再びためらった。「よくわかりました、ありがとう。あまり長くお引き止めするわけにもいきませんものね」

農場監督はもう一度鉈をじっくりと見た。「この島の人間なら、誰でも鉈を持っています」農場監督はイェーベをちらっと見た。「見つけたのは、これだけですか？」

イェーベは不安そうに頷いた。スミッソンにはどこか威厳があり、誰もが一目置いていた。農場監督はオーリーリアのほうを向いた。「私なら、この件をミスター・ビードンへ報告しますが」

「ええ、おっしゃるとおりです、スミッソン。兄は今、ミドル・ロード大農場へ行っていて忙しいでしょうから。でも……そうですね、知らせたほうがいいでしょう。ありがとう」

農場監督は短いながらも重々しくおじぎをして、去っていった。白いシャツが、幅の広い筋肉質な背中にべったりと貼りついている。青いジーンズは太陽にさらされ、その上何度も洗濯を繰り返して色が褪せ、白っぽくなっていた。

「ロイヤルに電話します」と、オーリーリアが言った。「もっと早くにするべきだったわ。でも、思いつかなくて……とにかく、鉈の件は急を要しますから……」食器室の壁に据え付けられている古めかしい電話を使って、オーリーリアは自ら電話した。電話はとても高いところに据え付けられているので、ノーニは爪先立ちしなければ届かない。そして、これがこの家にある唯一の電話だった。

ノーニにもロイヤルの驚く声が聞こえた。ロイヤルは矢継ぎ早にいくつか問いただすと、少しの間、電話の周りにいる人たちに鉈の件を伝えていた。ロイヤルが再び電話口に戻ってくると、すぐさまオーリーリアがノーニのほうを向いた。「ロイヤルがあなたと話したいそうよ」

ノーニは、オーリーリアの手から受話器を受け取った。「わたしです……」

「ノーニ、大丈夫かい?」

「ええ……大丈夫よ……」

「いいかい、家から出るんじゃないよ。すぐに戻る。オーリーリアへ伝えてくれ、スミッソンに隅から隅まで探すようにと」

「スミッソンはサトウキビの荷役作業中なの」

「糖《とう》なんて、ほうっておけばいいんだ。ノーニ、怪我はないか?」

「ないわ。本当に誰も見なかったの。ただ足音を聞いただけ……」

「だけど、確かに誰かいたんだろ。そいつを探しだしてやる。すぐに戻るよ……」

(もしも妄想だったら? 怪しい足音を聞いたような気がしただけだったとしたら?)

「ロイヤル、鉈が偶然そこに置いてあったということはないのかしら?」

ロイヤルはすぐさまノーニの疑念を否定すると、続けた。「どこの誰だか、すぐに見つけだしてやるさ。もう一度オーリーリアに代わってくれ」

ノーニはオーリーリアに電話を代わった。ロイヤルはわざと声を押し殺して話しているのが、オーリーリアの表情で見てとれた。ノーニはオーリーリアが受話器を置くなり大きな声で尋ねた。「どうしたの、オーリーリア? 何があったの?」

オーリーリアはしばらく困惑したままだった。「ジムが逮捕されるかもしれないって」

ノーニは、巨大な手で心臓をわしづかみにされたような気がした。

（こんなにもすぐに。ジムはやっていないのに！）

オーリーリアがゆっくりと言った。「子どもの頃から、ジムのことは知っているわ。大農場にいつもいたわけじゃないけれど、お互いを知るには充分だったもの。もしジムがハーマイニーを撃ったのだとしたら、追い詰められていたからでしょうね」

「ジムはハーマイニーを殺していないわ！」

オーリーリアはロイヤルに似た大きく見開かれた目で、ノーニをしげしげと見つめた。「ノーニ、あなたが心配することなどないのよ。ジムを助けるために、ロイヤルがあらゆる手を尽くすわ。ロイヤルはここではちょっとした有力者なのよ。さあ、あなたは夜明け前から起きていたのだから、二階へ行って、少し休んだほうがいいわ。わたしは、手を尽くして庭を探すようスミッソンに伝えます」

「もしジムが逮捕されたら！」ノーニは大きな声を出した。「もしもロイヤルがジムを助けることができなければ。もし……」

「さあ、さあ」オーリーリアは慰めるようにノーニの肩に腕を回して、促した。「何があっても、結婚式は滞りなく行うわ。あなたの晴れの日ですものね。そしてロイヤルの。それにわたしにとっても、この上ない日なのよ」

ノーニは急いで階段を上がっていった――オーリーリアの慰め、安心させ、説得しようとする言葉から逃れたかった。そして何よりも、ロイヤルと結婚するために小さな教会の通路を静かに歩く自分自身を想像することから逃れたかった。ジムは逮捕され、別の島へ連れ去られ、罪状認否の手続きをとられ、殺人の罪で裁判にかけられるかもしれないのに。もはや後戻りするには遅すぎるのだろうが、流れの速い川に漂う葉が自分の力ではどうすることもできないような虚しさに、ノーニは再び襲われた。

（そんなことないわ）ノーニは抗い、半ばやけになって自分に言い聞かせた。たとえジムが逮捕されたとしても、たとえジムが連れ去られたとしても、殺人の罪に問う裁判が開かれたとしても、ノーニはジムを愛し、待つことができる。

（だけど、もし十二人の陪審員が、ジムに有罪の判決を下したとしたら！）

不安が、心の奥底から獣のように襲ってくる。必死に退けようとしても、生い茂ったやぶに潜んで待ち伏せしている獣のように、油断すれば襲いかかってくるのだ。

小柄な女中が、ノーニの部屋を整えてくれていた。ノーニはバルコニーへ出て、熱帯地方特有の変わった色や形の木々や植物が生い茂る庭を眺めた。そして、先ほど逃げてきた、高く生い茂った生け垣を見た。

（向こう側にいたのは誰だったのかしら？――しかも、獣のように足音を忍ばせて）だが、その獣は逃げるとき、人間が作りだした武器を残していった。

嵐で葉っぱや小枝があちこちに散らばっていることを除けば、庭はいつもどおりだった。濃い緑色が、気味の悪い真珠色の光の中でひときわ映える。赤や黄や紫色の熱帯の花々は、それぞれの色が一段と鮮やかだ。砂糖精製工場の煙は低く垂れ込めた黒い雲のように、ほとんど動かなかった。

鉈《なた》はうっかり、誤って忘れられたのに違いない――あのときは、殺人事件のことを知った使用人の誰かが怖くなって、あるいはもっともな理由があっても言いだせなかったのだろう。

何者かがノーニに危害を加えるために、鉈を手にして忍び寄る理由などないのだから。

木々に隠れたあちこちの家から騒がしい声が聞こえてきたが、そのとき車が幹線道路をものすごい勢いで走ってきて、門のほうへ曲がるのが見えた。

ロイヤルがウェルズ少佐と巡査部長の一人を連れて、階段を駆け上がってきた。「ノーニ……」

スミッソンの命令で、男たちが不審者を見つけるために集まってきていた。ノーニは男たちの騒ぐ声を聞き、動き回る姿を見ていたが、すぐにロイヤルのもとに向かった。ロイヤルはノーニを抱き締めた。「ノーニ、どうしたんだ？　誰かが君に悪さをしたら、そいつを島の一番高い木のてっぺんに吊るしてやる」

ロイヤルが優しく抱き締めてくれたので、ノーニは少し落ち着いた。ロイヤルの腕は温かく気分が安らいだが、それは友人としての抱擁だった。戸口に立っていたウェルズ少佐が言った。「ノーニに質問してもかまいませんか、ミスター・ビードン？」

ロイヤルが振り返った。「ええ、もちろんかまいません、少佐。ノーニ、かまわないね？」ロイヤルが見つめた。「いずれにしても、君はとても怖い思いをしたんだ。今はまだ話したくないなら、それでもいい。少佐は待ってくれるよ」

「申し訳ないが、それはお約束できません、ミスター・ビードン」ウェルズ少佐は穏やかだが、間髪を容れずに言った。「もし本当にこちらの……ノーニに何かが起ころうとしていたのでしたら、あまり悠長なことは言っておられません。おわかりでしょうが……」

「よろしいですか、少佐」と、ロイヤルが言った。「もしノーニが誰かいたと言えば、何者かがいたのです！」

「ええ、もちろんそうでしょう。私が申し上げているのは――何があったのか、ノーニにもう少し詳しくお話ししていただけたらと思ったものですから……」

そして結局――ノーニは足音と鉈のことだけを話した。

ウェルズ少佐はじっと耳を傾けていたが、赤ら顔は狐につままれたようにきょとんとして、明るい小さな目でノーニの顔を穴のあくほど見つめていた。ノーニが話し終わったとき、少佐は何も言わず、しばらくじっと座ったままだった。庭を探し回っている人々の立てる音が、バルコニー越しに聞こえてくる。ロイヤルもその音を聞いたり、庭の様子を眺めたりしていた。

とうとう、ウェルズ少佐がため息をついた。「あなたの話を疑っているわけではありません。そして、鉈の件は確かに厄介です。正直に申しましてノーニ、あなたの妄想だったということはありませんか？　昨晩、ハーマイニーのあのような姿を見たあとですから、神経がおかしくなっていても不思議ではありません」

首を横に振ったときのノーニの目を見て、ノーニが妄想ではなく確信していることを悟った少佐は、再びため息をつくとロイヤルのほうを向いた。「仮に誰かが庭にいたとしましょう――そのことを議論するつもりはありません――しかし、その者はノーニに危害を加えるつもりはなかったと思われます」

「ですが、実際に鉈が落ちていたのですよ」と、ロイヤルが食い下がった。「気が進まないが、そいつを捕まえなければ」

「お気持ちはわかります、ミスター・ビードン。しかしこの件について、われわれは理性的に対処しなければなりません。お聞きしたお話は、すべてノーニの感じ方でしかありません。言い換えれば、ノーニの言う恐怖はあくまで彼女の印象です。誰かの足音にしても、鉈にしても。鉈については、誰でも簡単に置いておくことができたでしょう」

「だが少佐、もしもそうではなかったとしたら、どうしますか？　なぜなら――島で殺人犯が野放しになっているのをご存じないのですか？」

ウェルズ少佐が唇を引き結んだ。「ですから、私がここにいるのです。ですから、ジムを逮捕しなければならないのです」

「しかし、僕はあなたに……」

「ミスター・ビードン、個人的にはあなたのご意見を支持したいと思っています。しかし、無実の証拠として、それを重視することはできません。ジムはハーマイニーと口論したことを認めています。昨晩、シーベリー判事に話していますし、先ほど私も確認しました。かなり激しい口論だったようです。ジムは島を去りましたが、夜になって戻り、誰にも会わなかったようです。おまけに、戻ってきた理由をきちんと説明できません。ジムはハーマイニーの相続人です。膨大な信託基金を相続することになります。ジムは……」

「ちょっと待ってください、少佐」と、ロイヤルが大きな声を出した。「おわかりにならないのですか？　野放しになっているハーマイニーを殺した殺人犯が、雑木林の中や丘をうろつき回り、今朝、その鉈でノーニを襲ったのだとしたら、ジムではありませんよ。その件が起こったとき、ジムはあなたと一緒にいたのですから。あなたがジムに尋問していたときです」

ノーニは、口から心臓が飛び出しそうになった。

（どうしてそのことに気が付かなかったのかしら？　アリバイとまではいかなくても、ジムの容疑を晴らしてくれる助けになるかもしれないじゃない！）

そのとき、ウェルズ少佐の抜け目のない目がさらに鋭く輝いて、ノーニの顔を食い入るように見つめた。「どうやら、ノーニもそのことに気付いたようですね」と、少佐が言った。

第十二章

考えとは危険なものだ。考えは一種の言葉だから話された言葉のようにはっきりと表れるし、むしろ話された言葉より危険だ。話された言葉は、ごまかしや言い逃れのために上辺を取り繕って選ばれたものなのだから。

考えは危険なものではあるけれど、否定することはできる。ノーニに危害を加えようとする意志が仮にジムにあったとしても、そのときジムは警察本部長であるウェルズ少佐と一緒にいたのだ。ノーニはそのことがジムに有利に働くと考えたが、そのために足音の話や鉈の件を持ち出したわけではない。ノーニが言おうとしたとき、ロイヤルが怒りで顔を紅潮させた。

「ノーニの言うことが疑わしいとおっしゃりたいのですか、ウェルズ少佐？」ロイヤルが語気を荒げた。

「まあ、まあ、ミスター・ビードン……」

「ノーニが、あなたに嘘をついているとでも？」

「ミスター・ビードン、これは殺人事件の捜査です。ノーニが嘘をついていると非難しているわけではありません。つまりですね、もしノーニの話した出来事が彼女に危害を加えるためのものだったと立証できるなら、鉈の件についてはジムの容疑を晴らすのに有利でしょう。しかしながら、ハーマイニー殺害の容疑に関しては、島の人々や警察の心象はともかくとして、鉈の件はいまのところ、証拠になるともならないとも判断できません。鉈については、ジムの友人が協力して仕組んだのかもしれません」

「しかし、僕が言っているのは――わかりました――ご自由にどうぞ。ノーニは別にジムの容疑を晴らそうとしているわけではありません。彼女は……」

ウェルズ少佐が再び遮った。「あなたはジムをよくご存じですか？」少佐はノーニに直接尋ねた。

（知っているも何も、ジムを愛しているし、信じている。どうすれば、どのように話せばジムを救えるのかわかれば、嘘だってつくかもしれない）言葉が出かかったそのとき、ロイヤルが再び口を挟んだ。

「ジムはわれわれの家にいました。一緒に夕食を食べたんです。もちろん、ノーニはジムを擁護するでしょう。ジムのことを知っている誰もがそうします。ですが、ノーニにそれ以上の思いはありません。あなたが言っていることは、ばかげています……」

「あなたがジムをエルボー・ビーチまでモーターボートで送っていったのですね、ノーニ。そのとき、ジムは戻ってくると言っていましたか？」

（この質問には答えても大丈夫ね）「いいえ」と、ノーニは答えた。

ウェルズ少佐はロイヤルのほうを向いて、顔をしかめた。「そうなると、この質問はジムに答えてもらわなくてはなりませんな、なぜ戻ってきたのか」

「その気になれば、ジムはいくらでも理由をでっちあげることができるでしょう」

「いかにも」と、ウェルズ少佐が言った。「しかし、ガールフレンドについてはどうですか？　ジムは年頃の若者です。ガールフレンドがいたとしてもおかしくありません。それがハーマイニーとの口論の本当の理由だったとしたら！　ジムはその女性と結婚して妻に迎えるつもりでいたが、ハーマイニーがそれを拒んだとすれば充分な動機になります……」

「今のような状況のジムに持ち出す話として適切ではありませんが、少佐、そのような女性はいません！　僕の言うことを信じてください。島にいる女性は、僕の婚約者だけです」

ウェルズ少佐が再び口を開くまで、ノーニには少し長く感じられた。少佐は何かを感じとったのか、冷ややかにこう言った。「ガールフレンドは、何もこの島にいるとは限りませんよ」

ロイヤルが反論した。「ジムにガールフレンドはいません。それに、忘れないでください。鉈を持って何者かがうろついていたと思われる頃、ジムはあなたと一緒でした……」ロイヤルは口をつぐみ、ハンカチで額を拭った。「このことが何を意味するかおわかりでしょう、ウェルズ少佐！」

ウェルズ少佐は考え込んだ様子で頷いた。「よくわかっています。そのことを考慮していないわけではありません。ところで、この作業をどのように進めるつもりですか？　男たちに庭を探させ、後で各自に問いただすのでしょうが、道路に沿って逃げたり、パルメットヤシを通り抜けていったとしたらどうでしょう――不審者がここや、あるいはミドル・ロード大農場に隠れていれば、誰かが見つけるかもしれませんが」

「鉈には指紋が付いていましたか？」

ウェルズ少佐は肩をすくめた。「おそらく、今となっては多くの人間があの鉈に触ったでしょう。そして実際、あの鉈がノーニの命を狙ったものだったとしても、ジムのハーマイニー殺害の容疑は晴れません」

ロイヤルは少佐を見つめて、思わず吹きだした。「ウェルズ少佐、僕は物心がつく頃からずっとこの島で生活しています。平和で穏やかな島です。ハーマイニーが撃たれ、殺人犯は逃げました。ですが、殺人犯が二人もこの島で野放しになっているとは思えません。陪審員もそのようなことは信じないでしょう、ばかげています」

「しかし、理論的にはあり得ます。そうです、確かに可能性は低いでしょう。個人的には、あなたの考えに同意したいと思っています。ノーニ、あなたに話しておきたいのですが、人が殺人を犯したとき、それが怒りに任せた衝動的なものであっても、前もって充分に計画したものであっても、いずれにしても、殺人犯は背筋が寒くなるほど怯えるものです。何か手がかりを残さなかったか。何かへまをしなかったか。そして、自分自身に問いかけるのです。取るに足りないことであっても、誰かに見られたり聞かれたりはしなかったかと。そういった些細なことから、自分が犯人だと疑われはしまいか、自分に辿り着きはしまいかと、疑心暗鬼に陥ることもあります。そのため、自分には辿り着けないように、再び殺人を犯すことがあります。しばしば起こることではありませんが、ひとたび起こると、続けて起こる場合があります。あなたは誰がハーマイニーを殺したのか知っているのではありませんか?」

「いいえ!」ノーニは大声をあげた。「知りません!」

「そうですか。それでは、慎重に考えてみましょう――あなたの心の中と記憶を探るのです。証拠となるような何かをご存じではないですか?」

「いいえ、何もありません!」

「あなたの存在が、誰かの脅威となるようなことはありませんか……」

ロイヤルが口を挟んだ。「ウェルズ少佐、もしもハーマイニーの殺害とノーニに危害を加えようとしたことが、関係ないとしたらどうでしょう。もしも何者かの気がふれて、突然、殺人狂のようになってしまったとしたらどうでしょう?」

「確かに、その可能性はありますが」と、ウェルズ少佐は同意した。「そのことも考慮しなければなりません」少佐は立ち上がったが、考え込んだ様子でしばらく立ったままだった。「ミスター・ビードン」と、少佐は不意に口を開いた。「ディック・フェンビィについて、あなたはどう思われますか?」

「ディックは信頼できる男ですし、正直者です。ハーマイニーを殺すようなことはないでしょう。それに、僕の家にいましたし、彼にはアリバイがあります」

「お尋ねしているのは、警察署長としての彼の能力についてです。本件を彼に任せて大丈夫でしょうか?」

「ええ、もちろん!」

ウェルズ少佐が穏やかに言った。「彼はだいぶまいっているように見えますが、実際のところどうなのですか?」

「それについては、話せば長くなります。ディックは第一次世界大戦後この島へやってきて、ハーマイニーの下で働き、彼女に惚れてしまいました。ですが、ハーマイニーのほうはディックを相手にしませんでした。それでもディックは一縷の望みを抱いていましたが、もうずいぶん昔のことです。二人はよく言い争っていて、ハーマイニーはときおりディックを解雇しましたが、それでも二人は丸く収まっていました。ディックがハーマイニーを撃ったと考えておられるのなら、見当違いです。彼はここにいたのですから……」

「わかっています。他の人たちについてはどうですか？　他に誰か、ハーマイニーとひどい言い争いをした人はいませんか？」

ロイヤルは肩をすくめた。「それについては、なかなかお答えするのが難しいですね、少佐。文字どおりに解釈すれば、ハーマイニーはこの島のほとんどの人間の気持ちを逆なでにしていたかもしれません。しかし、彼女がそうしていたとして、実際に誰が、なぜ彼女を殺したのかとなると、僕にはわかりません」

ウェルズ少佐はしばらく何も言わなかったが、観音開きの窓辺に行って外を眺めながら言った。

「嵐がだいぶ近付いてきたようですね。今すぐにでも、ポート・アイルズへ戻らなければなりません。できることはもうないようです。ディックには、最善を尽くしてハーマイニーを殺した銃を見つけてもらいたい。そして、銃弾と照合するために、すべての銃を集めさせておいてください。定型的な業務というものは、実のところ単調で面倒くさく、時間がかかります。だからこそ重要なのです。私のほうは、リオーダン先生にできるだけ早く銃弾を取り出してもらうようにします。シーベリー判事には、ハーマイニーの書類を調べてもらいましょう。ハーマイニーの弁護士でしたから、彼女の事業の状況を把握しておく必要があります。そして、尋問というもう一つの定型業務が残っていますが、現在、私はほとんど手いっぱいですのでディックに任せようと思うのですが、彼はその任務を遂行できそうですか？」

「あなたの助けなしでは難しいかもしれませんが、型どおりの尋問であれば大丈夫でしょう。われわれも協力します」

「あなたのほうが私よりうまくやれるでしょう」ウェルズ少佐は突然、敵意を和らげるように打ち解けた様子で話した。「あなたはこの島の人たちの心をつかんでいます。私が尋ねて答えてくれないことでも、あなたが尋ねれば答えてくれるかもしれない。もし彼らが何か知っていれば——誰かが何かを知っているはずですが——私よりもあなたのほうが聞き出しやすいでしょう」少佐は決心したようだった。「われわれはミドル・ロード大農場へ戻り、そこでやるべきことをやり、できるだけ早く検視官による検視の手配をします」少佐はためらってから、ノーニのほうを向いた。「あなたの身に起こった先ほどの恐怖は、あなたの妄想ではないと言いきれますか?」

「鉈が落ちていたではありませんか」と、ロイヤルが言った。

「わかっています。しかし、あの鉈は、たまたまあそこにあったのに違いありません。あなたの意見をお聞きしたいのです、ノーニ」

「確かに、誰かいました。それで怖くなりましたが、わたしに危害を加えるつもりはなかったように思います」と、ノーニが答えた。

少佐は鋭いまなざしでノーニをじっと見つめ、しばらく黙っていたが、ようやく短く返事をした。「わかりました」少佐はロイヤルのほうを向いた。「ジムの逮捕について、性急なことをするつもりはありません。また、ノーニの恐怖の体験については、入念に調査するべきでしょう。ただし、ジムが島を離れることは許可できません」

ロイヤルの顔が気色ばんだ。「僕の言うことを信じてください、少佐。ジムは殺人など犯す人間ではありません。あなたは、僕の言っていることが正しいといずれわかるでしょう。どうぞ大農場へお戻りください。ノーニ……」ロイヤルは手を差し出し、ノーニの肩を優しく抱いた。「君を診てもらうために、リオーダン先生に来てもらうことにした。先生から鎮静剤をもらうといい。用意はいいですか、少佐?」ロイヤルは身を乗りだして、ノーニの頬に軽くキスした。針金のように細く、赤毛で小柄な少佐はドアのところでロイヤルを待ち、一緒に出ていった。

一同は私道に沿って歩いていたが、スミッソンと話をするため、途中で足を止めた。ひそひそ話す声が、ノーニの耳にも届いた。どうやら、スミッソンも他の男たちも何も見つけられず、一人の不審者もいなかったようだ。車が門を走り抜けて、ジムがいるミドル・ロード大農場へ戻っていくのを、ノーニは見守っていた。

(少佐はわたしの話を信じてくれたかしら?)先ほどの話を少佐に信じてもらえないにしても、少なくとも、作り話ではないとわかってほしかった。そして奇妙なことに、少佐の質問がノーニの確信を揺るがすよりも、むしろ強固にした。家まで走ったのは妄想ではなく、間違いなく恐怖を感じたからだ。ノーニは、ハーマイニーの殺人犯について何も知らない。だから、そのことでノーニの命を狙う必要などない。だがロイヤルが言ったように、気がふれてしまった何者かが理由もなく殺人を犯してしまったのだとしたら。殺人を犯してしまった何者かは、今はさらに危険なのではないか。やってしまったことを自覚しているとしたら。そして、島中をくまなく捜索されていると知ったら。

血なまぐさい事件や不慮の事故は、昔からこの島にもあった。また、復讐と思われるような残虐な行為もあった。そしてノーニは、このような復讐劇は、冷静で無慈悲な人物によって遂行されるような気がした。捜索が理に適っていない稚拙なものだったら、このように冷徹な人物なら簡単に逃げおおせるだろう。たとえ、敷地の境界に花を植えている静かな村の家々、丘のあちこちにある小屋、森や森の中に点在している所有地、生い茂った雑木林や洞窟、丘の藪などを探したとしても!

ノーニはバルコニーへ出て、ミドル・ロード大農場のほうを見た。もちろん、緑の木々のてっぺんが見えるだけだ。空が手で触れそうなほど低く垂れ込めている。そして、異様なほど静かだった。葉っぱ一枚動かず、鳥もさえずっていない。いつもはうるさいくらい鳴いている虫の声も聞こえなかった。嵐が近付いていることにすべての生き物が気付いていて、息を潜めているようだ。

農場の幅の広いバナナの葉や、あるいは先の尖ったパルメットヤシの下や、あるいは光沢のある緑のマングローブに身を隠しながら、家に忍び寄ることなど造作もないことだ！

ノーニはオーリーリアが言ったように休もうと思った。とにかく、眠ろうとした。

三時間ほど経って、オーリーリアはノーニの部屋のドアへ静かにやって来ると、名前を呼んだ。ノーニは低い灰色の空と、その空に浮き彫りになっているヤシの葉がそよとも動かないのを見つめて、ずっと起きたままだった。オーリーリアがリオーダン医師を連れてきた。医師は慌ただしく部屋へ入ってきた。

「ロイヤルから聞きましたが、たいそう怖い思いをされたとか」と、医師が言った。「あなたを診るように言われています」

リオーダン医師はどちらかといえば若いほうだが、茶色がかった細い顔で、疲れた目をしていた。働き過ぎに加えて軽いマラリアにかかっていて、事務所と診療所と研究所を兼ねた家に一人で暮らしている。気晴らしにトランプのブリッジに興じ、どんな診察でも断ることはなかった。医師は心配のあまり緊張しながら、ノーニの脈をはかった。

「怖かっただけです」と、ノーニが言った。

医師は顔を曇らせた。「それだけであってほしいものです。若い女性特有のヒステリーの症状は見られないようですが」

「ノーニは、若い女性のようにヒステリーなど起こしません！」と、オーリーリアが言った。オーリーリアは着替えていた。ベージュ色のシルクのドレスに身を包むと、グレーの髪をきれいに巻いて、耳には真珠のイヤリング、指にはザクロ石の指輪をはめ、落ち着きはらって威厳さえあった。「これはゆゆしき事態です」

医師が軽く頷くと、オーリーリアが言った。「警察の人たちはミドル・ロード大農場で、何をしているのですか？」

「わかりません。往診の依頼がいくつかあって、そちらにかかりっきりだったものですから」医師はノーニの手を放すと、鞄を開けた。

オーリーリアが唇を湿らせた。「先生は――ハーマイニーに必要な手当てをなさったの？」

医師は鞄を開ける手を止めると、オーリーリアをちらっと見た。「銃弾を取り出しましたが、あなたがおっしゃっているのはそういうことでしょうか」

「銃弾ですって？　ええ、そう、銃弾です。先生が取り出したのは……どんな銃の銃弾でしたの？」

「わかりません。私は銃の専門家ではありませんので。さてノーニ、あなたに鎮静剤を出しておきましょう」

「銃弾を警察本部長へ渡されましたか？」と、オーリーリアが尋ねた。

「まだです。回診の途中で少佐に会いました。できるだけ早く診療所へ戻って、銃弾を取り出しました。それから、こちらへ伺ったのです」医師は疲れたように、ため息をついた。「もちろん、問題は、その銃弾を発射した銃を見つけられるかどうかでしょう」

「先生はハーマイニーを診察しましたよね？　確かに殺されたのですか？　自殺ということは考えられませんか？」

医師はきっぱりと首を横に振った。「自殺の傷ではありませんでした。それに、ハーマイニーが自殺をする人間とは思えません。昨日の午後、会ったときはすこぶる元気で、まったくいつもと変わりありませんでした」

「ハ、ハーマイニーに会ったですって！」オーリーリアは大きな声をあげた。

医師はテーブルの上に鎮静剤の入った小さな封筒を置いて、鞄を閉じた。「ええ、確かに会いました。それから、村でリディアを車に乗せ、こちらの門で降ろしたのです」

「ハーマイニーは病気だったのかしら？」

「いいえ、使用人の具合が悪くなって」医師は口をつぐみ、何か不都合なことでもあるのか、うろたえたまなざしで床を見つめたが、すぐに立ち直った。「倒れて、軽い脳震盪《のうしんとう》を起こしたのです。大事には至りませんでしたが、回復するまでに時間がかかりました。ノーニ、鎮静剤を今すぐ一錠お飲みください。次は夕食のあとにでも」医師は手を差し出して、言った。「あの鉈《なた》が誰かの命を狙ったものだったとしたら、あなたはとても運がいい。あなたは殺されていたかもしれませんよ」

ノーニはこの恐ろしい出来事が自分を狙ったものではないと考えていたので、医師の冷たい手を握り締めて訴えた。「でも、理由がありません——何のために、わたしを殺そうとするのでしょう？」

（ばかげている）

リオーダン医師は顔をしかめた。「時として、理由は必要ありません。肝心なことは、不条理なものです——理由がなくても起こります……」医師は話すのをやめて、耳を澄ませた。

車が私道を走ってくる音が聞こえた。「ロイヤルが帰ってきたようです」と、医師が言った。

オーリーリアがバルコニーへ出た。「ロイヤルだわ」見届けると、部屋の中へ戻ってきた。「ポート・アイルズの警察の方たちも一緒です。わたしは下へまいります。あの人たちは、まだお昼を食べていないでしょうから」

オーリーリアが出ていくと、医師はため息をついて鞄に鍵をかけた。「銃弾は今、私の鞄の中にあります」と、医師は切なそうに言った。「実を言うと、銃弾を処分したいと思っています。人の命がこれに委ねられ、陪審の際の証拠になります。動かぬ証拠ですからね」

誰かが階段を駆け上がってきた。入る前に、ノーニにはジムだとわかった。

ノーニはジムに会うために、ドアへ向かった。医師は彼女のそばに立っていた。手には鞄が握られている。すぐに、ノーニは外の様子が今までとは違うことに気付いた。なんとなく気配が違っている。生暖かくて強い風が、部屋の中へ吹き込んできた。明かりも変だ——暗くなり、気味が悪い。ものがゆがみ、今までとは違って見える。

ジムはドアのところに立っていたが、急に暗くなった廊下を背に、顔は蒼白だった。医師は慌てて振り向くと、バルコニーのほうをすばやく見た。ヤシの木が音を立てて揺れている。医師がつぶやいた。「いよいよ嵐が迫ってきたようです！」

第十三章

ジムが慌てて部屋へ飛び込んできた。「ノーニ、何があったんだ？　さっき聞いたけど……」

「ノーニは大丈夫です」と、リオーダン医師が言った。「怖かっただけですから」

ジムは医師を見なかった。「だけど、銃が……」

医師が再びすぐに答えた。「偶然置いてあったのでしょう。殺人を意図したものか、何か他に理由があったのかはわかりません。いずれにしても、ノーニは危機を逃れたのです」

またもや、熱気を帯びた強い風が音を立ててヤシの木を揺すり、観音開きの窓から部屋の中へ吹き込んできた。それでも、ジムは微動だにせずにいた。先ほどまでの悪夢や恐怖や生け垣での不気味な足音など入り込む余地がないと思えるほど、現実の世界にいるジムの存在はノーニにとって心強かった。今朝のなんともいえない恐怖は何だったのかを尋ねるには、またとない相手だった。

ノーニの口から思わず言葉がこぼれた。「それで、わたしはばかみたいに走ったの。立ち止まって、周りを見もしないで……」

ジムの目が険しくなり、語気を荒げて言った。「君の今までの人生で、もっとも賢明な行動だったよ」

リオーダン医師が口を開いた。「ですが、悪いことばかりではありません。もし仮に、本来そこにいるべきではなかった作業員がいたり、あるいはハーマイニーを撃った殺人犯がいたのだとすれば、あなたにとって有利になります、ジム。その者が何か悪さをしようとしていた可能性がある限り、あなたのハーマイニー殺しの容疑は晴れるでしょう」

ジムは医師をちらっと見たが、緊張したまなざしを医師の顔からそらした。「ありがとう、先生。容疑者に挙げられるのは、気分のよいものではありません。取り調べをなんとか切り抜けなければなりませんが、運がよければハーマイニーの殺人犯を見つけられるでしょう。いずれにしても、僕はこの島で生きていかなければなりません」

医師のほっそりとした顔がこわばり、片方の黒くて細い眉毛が吊り上がった。「あなたは生きなければなりません！　それが第一です。実際にハーマイニーを撃った犯人が見つかればあなたの容疑は晴れるでしょうから、私があなただとしても、容疑を晴らすことよりも、まずは自分自身の命を守ることを第一に考えます。そして、それが……」医師はさらに険しい顔になって続けた。「私がまさに言いたかったことです」

「銃弾が、僕の容疑を晴らしてくれるでしょう」と、ジムが言った。

医師は相変わらず険しい顔つきで、陰気な表情を浮かべていた。「銃弾があなたの銃から発射されたものではないことの証明にはなるでしょうが、銃弾が発射された銃をあなたが握っていなかったことの証明にはなりません」

「証明できるかもしれません」と、ジムが言った。「発射した銃が見つかれば」

「でも、銃はまだ見つかっていないのでしょう？」

ジムは疲れたように肩をすくめた。「銃を処分するのはたやすいことです。でも、捜索は始まったばかりです。どこかで見つかるかもしれません」

ジムはノーニを安心させようとしてそう言ったが、医師は懐疑的だった。「あまり当てにしないほうがいいでしょう、ジム。もし私が銃を処分するとしたら、海か沼へ投げ込みます。マングローブの茂みへ放り投げるかもしれません。それでも銃は見つかるでしょうか？」

「誰かの銃がなくなっていないかどうかは調べられます」

医師はしばらくの間じっくりと考えてから、首を横に振った。「なるほど。運が良ければわかるかもしれませんね。しかし、たとえ銃が見つかったとしても、その銃を誰が握っていたのかを突き止めなければなりません」

ジムは頷くと、ノーニに微笑んだ。「何か手がかりはあるよ。どこかに何かがあるはずだ。ないはずがない」

ノーニも微笑んだ。ジムに勇気を与えられるように。自分の心の恐怖を打ち消すように。医師が簡潔に言った。「ジム、あなたのために、私もそう願っています。銃弾を見ますか？　ウェルズ少佐へ渡さなければなりませんので……」

「あなたは銃弾を今、持っているのですか？　あなたには銃弾を取り出す時間がなかったと、少佐は思っていたようですが。少佐は……ああ、もう行ってしまった！」

「行ってしまったですって！　こんなに早く？」

「たった今、ポート・アイルズへ戻りました。嵐を避けるためです。僕が階段を駆け上がってきたとき、少佐はここを去ろうとしていました。追いかけて、止めたほうがいいでしょう。まだ間に合うかもしれません。少佐には、その銃弾が必要でしょうから！」

ジムはすぐさま玄関ホールへ向かった。リオーダン医師は面食らったような表情を浮かべたが、ジムの後に続いた。ジムはすぐに出入口のところへ戻ってきたが、医師はそのまま追いかけた。医師が階段を駆け下りていく音が聞こえる。ジムがノーニの手をつかんだ。「ノ、ノーニ、大丈夫かい？」

「ええ、大丈夫――大丈夫よ！　あの銃弾がすべてを解決してくれるかもしれないわ。少佐を捕まえないと……」

「僕と一緒に来るんだ……」

しかし、遅かった。ジムとノーニがベランダに着くと、医師は手すりのところに立って、埠頭を見下ろしていた。「少佐は行ってしまいました」と、医師が言った。「あそこです……」

ジムとノーニが医師に近付いた。

巨大なインク壺からインクがこぼれるように、海は黒かった。波が次から次へと崩れ、岩に打ち砕かれて白い泡となり、マングローブの茂みの中へと消えていく。埠頭に立つロイヤルの姿が明かりに照らされて、くっきりと浮かび上がっていた。少佐を乗せたモーターボートは波を突っきってビードン・ロックへ向かい、はるかポート・アイルズを目指している。海はすでにかなり荒れていた。

「少佐はボートをうまく操れているようだ」と、医師がモーターボートを見つめながら言った。

風と波の砕ける音に掻き消され、もはやモーターボートのエンジン音は聞こえなかった。少佐と二人の巡査部長の姿も、次第にぼやけてかすんでいく。彼らの姿が小さくなるにつれて、大きな波のうねりがモーターボートを木の葉のように上下させた。

ロイヤルが階段を上り始めた。

「銃弾はどこですか？」強い風に負けないように前のめりになって、背の高いロイヤルを見つめながらジムが尋ねると、医師が鞄のほうへ向かった。「ここにあります」

「どのような銃弾ですか？　何口径ですか？」

「わかりません。しかし、銃弾はこの一発だけです。ハーマイニーは即死だったのでしょう。かなりの至近距離から撃たれています」医師は顔を曇らせた。「少佐はこれを持っていくべきでした」

「今となっては、どうしようもない」

「どうしようもありません。しかし……」と、医師はため息をついた。「私が持っていても、何の役にも立ちません。ディックも、何もできないでしょう。条痕の照合には、それなりの設備が必要ですから」

「でも、保管しておくことはできるでしょう」と、ジムが言った。「今のところ、それが唯一の物証です」

玄関ホールのほうで大きな音を立ててドアが閉まり、波の砕ける音やヤシの木が揺れる音に混じって、慌ただしく走ってくる音が聞こえた。オーリーリアがベランダを抜けて、三人のもとへやって来た。「ロイヤルはどこなの？　ウェルズ少佐は行ってしまったの？」オーリーリアは取り乱していた。無造作に髪の毛を掻き上げたとき、幅の広いクロトンの葉や、色の濃い艶やかなマングローブの茂みをざわめかせている生暖かくて強い風が、またもやどこからともなく吹き込んできて渦巻いた。ロイヤルがベランダの階段を上ると、オーリーリアがすぐさま尋ねた。「ロイヤル、少佐は島を出ていったの？」

「少佐はポート・アイルズへ戻ったよ。だからありがたいことに、われわれとしては一息つける」ロイヤルは椅子に深々と腰を下ろすと、四方八方から吹いてくる風からライターの小さな炎を守りながら、たばこに火をつけた。イェーベが鎧戸を閉め、さらに丈夫なかんぬきをしっかりとかけた。鎧戸やかんぬきは、ハリケーンに備えたものだ。風の音に混じり、どこかで窓に板を打ちつける金槌の慌ただしい規則的な音が聞こえる。もはや何か話そうとすれば、風や波の音に負けないように声を張り上げなければならなかった。

オーリーリアが心配そうに言った。「どういうことなの、ロイヤル？　少佐はどうしようというの？　いつ戻るのかしら？」

「嵐がおさまり次第、戻ってくるよ。今のところ、少佐にできることはあまりないんだ。検視は来週行われることになった。もちろん、状況次第だけど。少佐はディックに命じていったよ……」

「命じた？」医師が鋭く尋ねた。「何をですか？」

「あの晩の全員の供述を確認すること。聞き込みを行うこと。銃を見つけること。そして、われわれ全員が協力することだ。実際、これはわれわれの事件だ」ロイヤルは天候を心配するように海や空を見ながら、立ち上がった。「スミッソンを見てくるよ。嵐が直撃する。間違いない。季節外れの強風が吹き荒れ、何が起こるかわからない」

「私もおいとましよう」リオーダン医師が階段へ向かった。「嵐がひどくなる前に、いくつか往診を済ませておきたいので」

「皆さん、まずは腹ごしらえをなさったらいかが」と、オーリーリアがきっぱりとした口調で言った。「テーブルの上に、用意してあります。冷めていますけど。こんな状況では、あまりたいしたものはできませんし。でも、いずれ食べなくてはなりませんでしょう……」

すでに何時何分という時間の感覚はなくなっていた。次第に高まる波のうねりや砕け散る波しぶき、そして、外は昼なのに薄暗いので時間の感覚が失われてしまった。まるで別世界へ連れ去られたかのようだ。そこには時計などで時を刻むことのできない、何物にも束縛されない、その世界独自の時間の流れがあるかのようで、島全体が、茂みも岩も沼も生い茂った緑の丘も、何もかもが急速にいつもの光景から、暗くて形のはっきりしない世界へ一掃されてしまったようだった。

昼食時なのに、いつもの食堂の中でさえ辺りがぼんやりとして、暗闇の中を手探りしなければならなかった。

正確にいえば、昼食ではなかった。かといって、夕食でもない。次第に暗くなる中で、時間の感覚がないまま食事をした。揺らめくろうそくの明かりを頼りに、ハリケーンに備えて閉めきった鎧戸の中での食事だった。周囲は、黄昏と呼ぶにはまだ早過ぎる暗がりに覆われていた。誰もが急いで食べ、またもや、いつもとは違う時間の感覚にとらわれた。イェーベが冷めた食べ物の大皿を運び続けている。ノーニはもう何時間も座っているような気がした。大皿には、冷めた肉や、冷めたチョウセンアザミが盛られている。ノーニの知らない金色や紫色や赤い色をした果物が、山のように盛られていた。会話は早口で口数は少なく、もっぱら嵐のことや、島の生活に慣れていないノーニが嵐に備えて行うべき注意ばかりだったが、言葉が途切れ途切れにしか聞こえず、肝心なことはよくわからなかった。だが嵐の襲来によって、先ほどまでの重大問題であったハーマイニー殺害の件はすっかり影を潜めてしまった。今やこの事件は、単なる個人の問題となってしまったかのようだ。

それでも、嵐が過ぎ去れば、再びこの問題が取り上げられる。オーリーリアの優しい言葉や、ロイヤルのまなざしなどの一つ一つがノーニにこの家での立場を思いださせる——今となっては、偽りの立場だが。

（わたしの本当の気持ちを知ったら、二人は何と言うだろうか？　どうするだろうか？　二人が親身になって温かく迎えてくれたことや、優しい気配りや愛を裏切ろうとしていることを知ったら？）

ジムはオーリーリアの左側に座って、ほとんど話していなかった。ロイヤルはテーブルの上座に座っていて、揺らめく明かりの中で、壁に掛かる金メッキを施した額縁の中から出てきた先祖が農場主のカーキ色のシャツを着ているようだった。リオーダン医師は天候について淡々と話していた。

「……このことは、ゆゆしき事態です」と、医師が言った。「人間は規則を作り、計画を立て、さらに対策を講じます。しかるに、どこかで発生した一陣の風が次第に大きくなって勢力を強め、一瞬にしてすべてを奪い去っていく。それに対して、われわれはなす術《すべ》もない。相変わらず、自然に支配されているのです。数百年という時間をかけて、文明と呼ばれるものを築いてきたにもかかわらず、いまだに自然の脅威に怯えている。さて、往診に行かなければなりません。ありがとう、オーリーリア。これで腹ごしらえができました」

ロイヤルも立ち上がった。「もうすでに、かなり荒れている」

「なんとかなるでしょう」

「もし診療所へ戻る途中、ここで一晩過ごしたほうがよいようだったら、遠慮なく寄ってください。ビードン・ロックへ通じる海岸道路はかなり危険になるでしょうから……」

「ありがとうロイヤル。そのときは、そうさせてもらいます」

オーリーリアが口を開いた。「この時期の嵐は、それほど長くは続かないはずよ。すぐに消えてなくなるわよ。そうでしょう、ロイヤル？　水曜日には、すっきりと晴れてほしいわ」

ロイヤルはリオーダン医師をいたわるようにドアへ向かっていたので、オーリーリアの話を聞いていなかった。ジムも立ち上がってノーニのほうをちらっと見ると、ノーニの目が今、ロイヤルに話したほうがいいと訴えていた。

　ノーニもすぐさま立ち上がった。そのときのことを思うと、心臓が口から飛び出しそうだったが、不思議と気持ちは落ち着いていた。まさに最悪の時を迎えようとしている。あと少しで、もっとも辛い瞬間が訪れる。取り返しのつかないことを話すのだ。オーリーリアは変わることのない計画に余念がない。オーリーリアにとっては、たとえ嵐が来ようと殺人が起ころうと不変なのだ。オーリーリアは心配そうに言った。「村に電話したのよ、ノーニ。今朝は、郵便船が来なかったの。嵐で欠航になったのね。それで、あなたの荷物が届いていないのよ」

（荷物ですって）ノーニはぼんやりとオーリーリアを見た。するとオーリーリアが微笑みながら言った。「ノーニ、あなたの宝石よ。結婚式のとき、あなたが付けることになっている、あなたのお母さまの真珠よ。もっと前に届いていなくちゃいけなかったのに」

　母の真珠。純白のウェディングドレスと帽子はオーリーリアの大きな衣装ダンスの中で、ノーニに着飾りのことだ。ウェディングドレスとベールの付いた柔らかい帽子に合わせて付ける、真珠の首られるのを待っている。ノーニの静かで無表情な顔には、悔恨の思いが深く刻まれていたに違いない。オーリーリアの小さな笑みには優しそうな愛情が込められ、今や顔中に広がっていた。

「夕べ起こった恐ろしいことは気にしなくていいのよ、ノーニ。何事もなかったものとして進めるから。それに、嵐だっていつものことです。もちろん、あなたにとっては何もかもが初めてで恐ろしいかもしれないけれど、わたしたちはこれよりもひどい嵐を何度も経験しているわ。大丈夫よ、ノーニ。この島では、誰もが経験することだから。怖いことなんか何もないの」

オーリーリアは励ますようにノーニの腕を軽く叩くと、イェーベにいくつか用事を指示した。ノーニはジムの後に続いて玄関ホールへ向かった。家中の明かりがついている。それでも、鎧戸が閉められ、かんぬきまでかけられた家の中の薄暗さを払拭することはできない。こんなに早い時刻に明かりを煌々と灯していることが、この島の異常な状況をさらに際立たせていた。シャンデリアが鈍く輝き、くすんでいるようだ。古い栗色の壁紙がさらに色褪せて見える。岩や家の下のマングローブの茂みに砕かれる波の音が、次第に大きくなってきた。まだ、ロイヤルに話すべきではない。ディックが玄関ホールで息を切らせながら防水服を脱ごうと格闘していたが、リオーダン医師が鞄を手にしてやって来たので、ディックは脇によけた。医師は大きなドアを開けて、深く息を吸い込むと、騒ぎ立てるように荒れ狂う風の中へ出ていった。

医師が出ていってドアが音を立てて閉まると、リディアが髪の毛を整えて書斎から出てきた。どうやら書斎でレインコートを脱いできたようだ。リディアの赤茶けた髪は風に吹かれて激しく乱れ、緑色のドレスは異様なほど鮮やかだった。

「リディア！」と、ロイヤルが大きな声を出した。「どうやってここへやって来たんだ？」

「僕が連れてきたんだよ」と、ディックが言った。「雨はまだ降っていないけど、降り始めたら土砂降りになるだろう。今のところ、嵐の中心からは外れているようだ。僕の予想では、嵐は島を直撃するだろう」

リディアは叩いたりなでつけたりして、きついウェーブがかかった髪の毛を整えると、緑色のベルトを締め直した。

「歓迎されているといいんだけど、ロイヤル。少し前に電話しようと思ったけれど、ディックがやって来るのが見えたから呼び止めたの。嵐が過ぎ去るまで、ここにいてもかまわないかしら？　オーリーリアが嫌がるかしら……」

「大歓迎だよ！」と、ロイヤルが言った。「大歓迎だ。思いついていたら、もちろん君にここへ来るように言っただろう。こんな状況で、一人で家にいるべきじゃない。嵐は最大級かもしれないが、季節外れの強風と考えて間違いないだろう。おまけにハーマイニーを撃った奴を捕まえるまで、この島にはどこにも安全な場所などないんだ。ここへ来て正解だったよ」

リディアはノーニのほうをちらっと見て、微笑んだ。

「どうなの？　結婚式は。式の予定を変更するようなことにならなければいいけど」

「どうして変更する必要があるんだ？」と、ロイヤルがすぐさま尋ねた。腹をすかせた野獣の咆哮のように風が荒々しく家に吹きつけると、古い壁が揺さぶられ、ロイヤルは耳をそばだてた。その場の誰もが息をのんだ。しばらくして、ロイヤルが口を開いた。「最大級のがやって来るな。スミッソンの様子を見にいったほうがよさそうだ……」

ジムがすばやく言った。「僕も一緒に行こう……」

オーリーリアが食堂のドアで、大きな声をあげた。「リディア！」驚いたような声だった。

リディアの緑色の目が輝いた。「ロイヤルがここに泊まっていいって言ってくれたのよ、オーリーリア。そう言ってもらえて、助かったわ。正直いって、夕べのようなことがあった後じゃ、一人でいるのが怖いから」

「そうなの。この嵐で今ここにいるということは、泊まるしかないわね」平静を装ってはいるものの、あまり歓迎していない冷ややかな響きを、ノーニはオーリーリアの声に感じた。

リディアの目がさらに輝き、何か言いかけたが、ロイヤルが口を挟んだ。「まあまあ、二人ともそれくらいにしておこう。さて、一緒に行こうか、ジム」

二人は防水服を身に付けるやいなや、慌ただしく出ていった。ジムは生暖かい強風にさからって、ドアを開けた。ジムはノーニを見なかった。海のうねりと波しぶきの音がさらに大きくなっている。風が吹き込んできて、家が揺れた。ジムはノーニを見なかった。外へ出たとき、風でジムのシャツが体に貼り付き、シャンデリアの明かりが大きく揺れ、リディアは再び髪の毛を抑えた。「あなたはたいした神経の持ち主ね、オーリーリア。こんな日に一人でいるなんて、考えただけでも恐ろしいわ」

「バッグは持ってきたの？」と、オーリーリアが尋ねた。

「ここにあるよ」ディックが書斎へ行き、茶色い子牛革のバッグを手にした。笑みを浮かべたリディアの目は、生き生きとしていた。「お察しのとおり、泊まる用意をしてきたの」

「あなたの部屋へ案内するわ」と、オーリーリアがぎこちなく言った。「ついてきて……」

オーリーリアが階段を上り始めたが、リディアは少しの間その場に留まっていた。唇には笑みが浮かんでいたものの、目には怒りが表れていた。それから肩をすくめると、オーリーリアの後に続いた。ディックは食堂のほうをちらっと見た。

「お腹がすいたよ」と言い、ディックはため息をついた。「ノーニ、いまさらだけど、夕べはすまなかった」

「いいのよ、ディック。そのことは忘れましょう。まだテーブルに食べ物が残っているはずよ。何か召し上がって……」

「僕は役立たずだな。ハーマイニーの言うとおりだ」

「イェーベ！」執事の白いコートが食器室の中へ消えようとしたとき、ノーニが呼び止めた。「ディックに何か食べ物を持ってきてあげて……」

再び、時間の感覚がなくなった。ノーニは慣れなければならない食堂に座ったが、慣れそうになかった。じっと座って、ヤシの木のざわめきと鎧戸の軋む音を聞いていた。ディックはやっとの思いで口や手を動かして黙々と食べ、何も話さなかった。ディックが食べ終えようとしたときにロイヤルとジムが戻ってきて、ロイヤルは食堂へ向かった。ジムは、まだロイヤルにノーニとのことを話していなかった。

ノーニは一目見て、ジムがまだ話していないことがわかった。艶のある髪の毛が風に煽られて乱れ、眼鏡を手に持ったまま、ロイヤルは優しく愛情にあふれた顔つきで満足そうに言った。「君が食事をしているのを見て安心したよ、ディック。今日はなかなかしんどい一日だったからな。だけど、ちょうど嵐がやって来て助かった。ウェルズ少佐をこの島から追い出せたからね。われわれの問題は、自分たちで解決しようじゃないか。ここはわれわれの島だ」

ディックが頷いた。ノーニは深く息を吸い込んで立ち上がると、ロイヤルのもとへ行った。どうしたらいいのか、どこへ行けばいいのか、どのように動いて、どのように話せばいいのか指示されたかのように。

「ご一緒にあなたの書斎へ行きません？　ロイヤル」と、ノーニが言った。

ロイヤルはノーニの様子や言葉に何かを感じ取り、すばやく彼女を見た。「もちろん」とロイヤルはすぐさま答えると、書斎へ向かった。ジムが書斎で待っていた。

ロイヤルは顔をこわばらせて困惑し、ジムとノーニを見た。

「どうしたんだ？　二人して、何か言いたいことがあるのか？　何が言いたいんだ……」

ロイヤルの目つきが鋭くなった。「そうか、昨晩、二人は何か見たんだな。証拠となるようなものを——手がかりを……」

ノーニが深く息を吸い込んだ。「ロイヤル、話があるの。ごめんなさい……あなたと結婚の約束をしたとき、わたしにはわからなかったの——理解できていなかったの——だけど昨日、ようやくわかったの……」ノーニは必死に言葉を探した。

「どうしたんだ、ノーニ？　実家から、何か悪い知らせでもあったのかい？　何があったんだ？」と、ロイヤルが尋ねた。

「違うのよ、違うの、ロイヤル。わたしたちの結婚についてなの」

「僕たちの結婚についてだって！　何の話をしているんだ？」ロイヤルははっとジムを見て、尋ねた。「ジムがそのことに関係しているのか？」

ジムが前へ進み出た。そして、意を決した顔つきで、ロイヤルの机の上に手を置いた。「僕はノーニを愛している。僕が彼女と結婚したいんだ」

重苦しい沈黙のあと、ロイヤルがゆっくりと口を開いた。「それで、君は戻ってきたというわけか。ウェルズ少佐が、女が絡んでいるはずだと言っていたっけ」

「ロイヤル、聞いてくれ。僕たちの話を聞いてくれ……」

「ちょっと待て」ロイヤルは眼鏡をはずして、額を拭った。「それで、君は戻ってきたんだな」と、再び言った。

第十四章

荒れ狂った風と波が島を襲い、家が揺さぶられているにもかかわらず、書斎の中は静まりかえっていた。古くて暗い部屋だ。チーク材の化粧板が貼られた壁には、年代物の革装の本がぎっしりと詰まった本棚が並び、マホガニー材の書き物机の上には、緑色のかさのランプが置かれている。ずいぶんと時間が経ってから、ロイヤルは回転椅子に腰を下ろすと、擦り切れて黒くなった肘掛けに肘を乗せた。ロイヤルはジムもノーニも見ずに座ったまま少し前かがみになって、机を見ていた。

ジムが口を開いた。「何かの拍子に、こうなったわけじゃないんだ。信じてくれ、ロイヤル。もともと、僕は島を出ていくつもりだった。そして、戻ってくるつもりはなかった。だけど、ノーニが僕を愛してくれていると知ったとき、すべてが変わったんだ」

風がジムの後ろの鎧戸に吹きつけた。まるで人間が作った囲いを不快に思い、取り払って家の中へ、この部屋の中へ押し入ろうとしているようだ。

ロイヤルが机を見つめたまま、ようやく重い口を開いた。「ノーニが望まないなら、僕は無理やり彼女と結婚するつもりはないよ」

「僕は今の自分の立場をわかっているつもりだ」と、ジムが言った。「だけど、僕は無実だ。容疑を晴らさなければならないし、それから……」

「殺人は絞首刑だぞ」

「僕はハーマイニーを殺していない」

ロイヤルはジムの言うことを聞いていないかのように机を見つめていたが、厳かに口を開いた。

「法を執行するための仕組みはゆっくりと遂行されるんだ。もちろん、この島でも遂行される――まずはディックとシーベリーによって。二人はそういう立場の人間だ。ある意味では、僕なのかもしれない。僕はこの島の有力者だから。だが最後は、裁判の判決次第だ。君を脅すつもりはないよ、ジム。ハーマイニー殺しで、君を絞首刑にしようなんて思っちゃいない。たとえ君が彼女を撃ったとしても、そんなことは望んでいない。ハーマイニーは死んだ。もう戻ってはこない。だが、君はハーマイニーに悪感情を持っていた……」

「僕はハーマイニーを殺してなんかいない」ジムは繰り返した。

「わかった。君の言い分を信じよう。だけど――ノーニ――まさか、こんなことになるとはな。今はこのことについて話さずにおこう――君たちのどちらも、軽はずみなことはしないと信じている。いずれにしても――後で話し合おう」

ジムは唇を湿らせると、絶望的なまなざしをノーニのほうへ向けて言った。「だが、結婚式は……」

「もちろん、式は予定どおり行います」彼らの後ろに立っていたオーリーリアが、口を挟んだ。

オーリーリアが口を開くまで、誰も彼女がそこにいたことに気が付かなかった。ノーニは振り返って声のするほうを見た。オーリーリアは書斎に入っていた。背が高く、堂々としていたが、部屋の隅はランプの明かりがかろうじて届く程度なので、ベージュ色のシルクのドレスを着たオーリーリアは青白い顔をした幽霊のようで、目だけが燃えるように輝いていた。

「あなたを信じていたわ、ジム。あなたのことは子どもの頃から知っているから。だから、あなたにハーマイニーを殺せるわけがないと言ったの。だけど、親友のロイヤルにこんな仕打ちができるのなら、あなたは何でもやりかねないわね、ジム。ノーニのためにも、そしてロイヤルのためにも、式は予定どおり行います！」

　ジムがオーリーリアのほうへ行きかけたが、オーリーリアは憎悪をあらわにして拒んだ。「あなたはもうわたしの友人じゃないわ、ジム。ロイヤルの友人でもない。兄はあなたのことを何かと気にかけてきた。わたしもそう。あなたはわたしたちの友情と、ロイヤルがいつもあなたを快く迎え入れた好意につけこんだ。ノーニが若くて幼く、この島に不慣れなことにつけこんだ。あなたは許しがたいことをしたのよ、ジム。わたしはあなたを許さない。つまり……」オーリーリアはすぐさま言い直した。「あなたはロイヤルとノーニの結婚式をだめにするために、友人の妻となる人を奪おうとした。だけど、そんなことはさせないわ」

　ジムがゆっくりと言った。「君がノーニを誰かと結婚させようとしても、ノーニにその気がなければ無理だよ。僕は何と言われようとかまわない。甘んじて受けよう。だけど、ノーニと僕は愛し合っているんだ……」

「愛し合っているですって！」オーリーリアは蔑んだように声を荒げた。「こんな裏切りをしておいて、愛の何たるかを語る資格なんてないでしょう！」オーリーリアがノーニのほうを向くと、目は怒りで再び燃え上がっていた。「ジムに言ってやりなさい、ノーニ。あなたはロイヤルと結婚すると。そして、この家でロイヤルの幸せな妻になると、ジムに言いなさい。二度と彼には――金輪際ジムには会わないと誓いなさい」オーリーリアはヒステリックに叫んだ。「ジムには殺人の容疑がかかっているのよ！　不誠実な友人なのよ！　おまけに嘘つきで詐欺師で、なにより人殺しなのよ！」

「違うんだ、オーリーリア……」ジムが話し始めたが、オーリーリアはジムを見つめ、怒りを爆発させた。

「あなたはハーマイニーを殺すと脅していたじゃない！　あの晩、わたしはすべて聞いていたのよ。ハーマイニーを殺してから、身を隠すためにこの家へ来たんでしょう。あなたはハーマイニーを殺すと息巻いていた。すべてノーニとロイヤルが聞いていたのだから。警察に話すわ」

（警察！　ウェルズ少佐は、ガールフレンドが絡んでいるに違いないと言っていた。ジムに結婚したいと思っている女がいたとわかれば、ジムの容疑はますます強まる）ノーニが金切り声をあげた。

「違うわ、違うのよ、オーリーリア！　警察に話すだなんて！　オーリーリア、ごめんなさい！　わたしは……」

「ごめんなさい、ですって！」オーリーリアが言った。「謝ってもらっても、どうにもならないわ」しかし、オーリーリアは黙ってしばらく考えてから、おもむろに口を開いた。「兄さん、こんなことを黙って許しておくの。ノーニの子どもじみた考えや、いっときの感情の高ぶりや、現実離れした夢物語に惑わされて、兄さんやノーニの生活をだめにしてもいいの。ノーニはきっと乗り越えられるわよ。兄さんが彼女をいたわってあげれば、大丈夫よ」オーリーリアは敵意に満ちたまなざしをジムに向けて、言った。「もしもあなたが本当にノーニを愛しているのなら、ずいぶんとおめでたいわね。絞首刑になるかもしれないというのに、よくも求婚なんかできたものね！」オーリーリアは息を乱しながら、まくしたてた。「あなたはハーマイニーを脅迫していた！　殺すとも言っていた。だから、戻ってきたんでしょう……」

ロイヤルが回転椅子を後ろへ押しやって、立ち上がった。「もういい、オーリーリア！　やめろ！」彼の声はぎこちなかった。ロイヤルとオーリーリアは怒りを収められずに、少しの間お互いに見つめ合っていた。「オーリーリアの言うことは、もっともだと思う。でも、警察には言わないでおこう。そうするべきじゃない」

「それじゃあ、どうするつもりなの？」と、オーリーリアが尋ねた。「何もせずに、ただ眺めているだけなの。兄さんの結婚式はなしにしてしまうの？　殺人の罪で裁判にかけられそうな男へ、ノーニの気持ちを向かせたままにしておくつもり？　島中の笑い者になるわよ、兄さん。結婚式まで、あと二日しかないというのに……」

「どうしたらいいかわからないんだ。こんなことになるとは、思ってもいなかったから。とにかく、ノーニのために何が最善なのかを考えるよ。その結果、ジムが絞首刑を免れることになっても、やらなければならない」と、ロイヤルが言った。

「お人好しにもほどがあるわ」オーリーリアが語気を荒げて言った。

ノーニがすぐさまロイヤルのそばへ行って彼の手を取ると、ロイヤルはその手を見つめた。ノーニの左手には、青いサファイアが輝いていた。

オーリーリアは息を乱したまま、言った。「どういう意味よ、兄さん？　何をするつもりなの？」

ロイヤルがオーリーリアを再び見ると、彼のまなざしがオーリーリアの怒りを和らげた。「まだわからない。考えなければ。そして、すぐに殺人について調べなければならない」

オーリーリアは腹立たしげに両手を投げだした。「わたしは遠慮するわ。いまさら調べてなんになるの。ノーニはあなたの妻も同然だし、ジムは殺人の罪で裁判にかけられるのが目に見えているのよ……」

「それだよ」と、ロイヤルが言った。「われわれが防がなければならないことは。それから……」ロイヤルが口を閉じ耳を澄ませたので、みんなも耳を傾けた。そして、今や嵐が非常に危険な状態になっていることに気が付いた。嵐は人間がいかに無力であるかを思い知らせようとするかのように、荒れ狂っていた。

オーリーリアは嵐の猛威で落ち着きを取り戻し、先ほどとは打って変わって静かに言った。「ディックがあなたと話したがっているわ、ロイヤル。わたしはそれを伝えに来たの。シーベリーも一緒よ。彼はハーマイニーの記録や書類を調べていたようね」

周囲が暗くなり、家の中の闇も濃くなっていた。時計が示す、人間が作りだした時間など関係ないかのようだ。

「ジム、ノーニとのことはしばらくお預けだ。まずは、やるべきことをやろう」と、ロイヤルが言った。

ノーニ同様、ジムもロイヤルの言葉がありがたかった。ジムがロイヤルのもとへやって来ると、ロイヤルは思いがけず先に手を差し出し、二人は握手を交わした――一言も言葉を交わさないおざなりの握手だったが。ロイヤルがオーリーリアに言った。「ディックに、すぐに行くと伝えてくれ」

だがオーリーリアは梃子《てこ》でも動かないというつもりなのか、出入口でしばらく頑なに突っ立っていた。

「どうしてわたしを困らせるの」と、オーリーリアが言った。「ディックは警察署長なのよ。わたしがディックに事実を話したら、ジムはどうなるかしら？　なぜわたしにそんなことをさせるの？」

「おまえは、ジムがハーマイニーを脅迫するのを聞いていない」と、ロイヤルが言った。「おまえは僕たちの話を聞いただけだ！　警察は伝聞の証言は採用しないよ……」

「そんなのただの屁理屈よ」と、オーリーリアがすかさずロイヤルの言葉をはねつけた。「兄さんはジムがハーマイニーを殺すかもしれないと言ったのを聞いているし、ノーニも聞いているのよ。証人席に立てば、そう証言せざるを得ないわ」

ジムがオーリーリアのところへ近付き、再び静かに、ささやいた。「そんなことにはならないよ、オーリーリア。僕が自分でなんとかするよ。ハーマイニーを撃った奴を見つけて、この事件を解決しなければならない。僕の容疑を晴らすために。確かに、事態は複雑だ。だけど、僕はハーマイニーを殺していない……」

「でも、あなたはノーニと結婚できないわよ。わたしがそんなこと許さないもの」

ディックが玄関ホールからやって来て、オーリーリアの肩越しに言った。「シーベリーも来ているよ、ロイヤル」

（最初にやるべきことをやるのよ。まずは、殺人事件を片付けなければ）ノーニはすばやくジムの目を見たが、問いかけてくるだけで、何も語ってはいなかった。

オーリーリアが一同の先頭に立って出ていったが、収まりきらない怒りや決意を体中にみなぎらせていた。

シーベリーは玄関ホールの向こうのはずれにある、古めかしいうえにむさくるしい応接室で待っていた。おそらくこの家が建てられてから、一度も改装されていないだろう。紫檀《したん》の肘掛椅子には、擦り切れたピンク色の波紋織りのクッションが置かれ、金メッキ加工の小さな飾り棚は、貝殻や文鎮や陶磁器や細密画で溢れている。房飾りの付いた足載せ台や、紫檀の硬い長椅子や、天板が大理石の丸いテーブルが備えられ、肘掛椅子に座っていたリディアの赤茶けた髪と目が、ひときわ輝いていた。

そして、ディックはおぼつかない手つきで書類の束を持ち、疲れたような小さな顔に、すまなそうな表情を浮かべていた。

「警察本部長が調べるように命じていったんだ」と、ディックが言った。「ばかげているさ。だが、やらなければならない」

「警察本部長が調べるように何を言ったの?」オーリーリアがきつい口調で尋ねた。ディックが答えると、オーリーリアは冷ややかで、怒りに満ちたまなざしをディックに向けた。話せる範囲で明らかにされたのは、ディックが持っていた書類の束は警察本部長からの指示で、ハーマイニーにもっとも近い人たちや、最後に彼女に会った人たち、彼女と揉めていた人たち、あるいは、殺人犯発見につながる情報を提供してくれそうな人たちについて、昨晩の行動を調べるようにとのことだった。

ディックは続けたが、威厳などなかった。「本件についてはあまり詳しくないが、警察署長である以上、僕なりに最善を尽くすつもりだ」

大理石の丸いテーブルにロイヤルが座ると、その場がいくぶん厳かな雰囲気になった。「続けてくれ」と、ロイヤルが言った。

長くなるかと思われたディックの話は短く、すでにわかっていることばかりだったが、彼の短い話が現実を突きつけた。明かされた事実によって、さらに詳しい調査が必要なことは明らかだった。もちろん断片的につなぎ合わされて、事件の概要は把握されている。ハーマイニーが午後、ビードン・ゲートを訪れたことや、その目的。さらに、ハーマイニーはその日の夜にもやって来て、ディックにミドル・ロード大農場へ戻るように促したことも。

「誰がウェルズ少佐に話したの？」と、オーリーリアが尋ねた。

「僕が話した」と、ディックが言った。「僕は事実を話しただけだ」

「ハーマイニーがあなたを馘にしたことは話したの？」

「もちろん、話したよ」ディックは少しいら立ちながら頭を振って、オーリーリアを見た。「僕はハーマイニーを殺していない。ジムが言うように、われわれはとにかく事実だけを話さなければならない――事実だけを」

「そうね」と、オーリーリアが相変わらず腹立たしそうに言った。「わたしはもう何も言うことはないわ。夕食を食べずにずっと自分の部屋にいて、ハーマイニーには会ってもいないのよ。わたしは関係ないわ」

「わかっているよ」と、ディックが言った。「話を続けていいかい？」

一同は再び耳を傾けた。風が家の周りを唸りながら渦巻いている。ハーマイニー殺しの説明は衝撃的だったが、ノーニには、自分とは関わりのない出来事のように思えた。ジムは一度島を去ったけれど戻ってきて、ハーマイニーの死体を見つけた。ジムは銃声を聞き、電話で助けを求めた。ロイヤルはリディアの家にいた……。

リディアがそこで口を挟んだ。「わたしがロイヤルを引きとめたの。投資の変更について話を聞きたかったから」

「そうだ」ディックが同意して、話を続けた。スリッパを履いたリディアの足がそわそわしているように揺れ、緑色の目は不安そうに輝いていた。シーベリーは考え込むように禿げあがった頭をなでた。

「ロイヤルは家に着いてから、事件を耳にしてすぐにミドル・ロード大農場へやって来た。その間に、死体が動かされた……」

今度はジムが口を挟んだ。「ハーマイニーの死体は動かさなければならなかったんだ」

「そのことは、僕がウェルズ少佐に説明しておいたよ」と、ロイヤルが言った。「ハーマイニーの死体をそのままにしておくわけにはいかなかったと説明した——部屋着とサンダルを身に付けただけで、何の覆いもなく、雨ざらしにしておくわけにはいかないからな。続けてくれ、ディック」

ディックは声の調子も表情も変えずに続けた。誰もが耳を傾けて、彼の疲れてかすれた声に集中していた。最初にやるべきことをやろうとロイヤルが言ったので、他のことはすべて後回しにされた。殺人が最大の重大事であり、殺人そのものが恐怖を支配していた。

シーベリーが話し始めて、ノーニはようやくディックの話が終わったことに気付いた。シーベリーは具合が悪そうで、何やら動揺していた。なめし革のように日焼けした肌はくすんでいて、ノーニはすぐさまシーベリーは本当に具合が悪いのだと思った。おそらく、シーベリーが打ちひしがれ半ば怯えているのは、殺人の衝撃が今頃になって襲ってきたためだろう。加えて、疲れているのだろう——シーベリーはほとんど一睡もせずに、ミドル・ロード大農場を捜査したり、ハーマイニーの書類を調べていたはずだ。

ノーニも興味があったが、シーベリーはハーマイニーとの交友関係を聞かれると、思いがけない質問に浮き足立ったかのように、突然、声が甲高くなった。

（シーベリーもディックと同じように、若くて美しいハーマイニーを愛していたのかしら？　だけど、もしそうなら、誰もがそのことを知っているだろうし、誰かがそのことをほのめかしそうなものだけ

ど)

シーベリーはみんなの目を避けるように絨毯を見つめたまま、何かに気をとられているのか、ぎくしゃくと信託基金や大農場の遺言について話したが、それはここにいる誰もが知っていた。だが、ハーマイニー個人の財産もジムへ譲渡されることに言及したとき、ジムが驚いたように声をあげた。

「個人的な財産だって！　ハーマイニーが個人資産を持っていたとは知らなかった」

「宝石かしら？」リディアが興味深そうに尋ねた。

シーベリーが絨毯を見つめたまま、首を横に振った。「現金だ。それにしても、銀行残高が……」シーベリーはためらいがちに続けた。「思っていた以上に少ない。もっとも、ハーマイニーは収入の大半を大農場へつぎ込んでいたようだが――必ずしも熟慮のうえの決断ではなかったようだが。妙に安物買いの銭失いみたいなところがあったから、そのあたりを調べなければならない――調べられたらだが。ハーマイニーはとにかく秘密主義だったし、私が知る限りでは帳簿をつけていない。記憶力に自信があったのだろう。調べるのがかなり困難なのは、ハーマイニーが現金で取り引きしていたからだ――率直にいって、現金が好きだった。可能な限り、現金で支払っていた。ハーマイニーの風変わりな点の一つだ」

みながシーベリーを見つめていたが、彼のほうは相変わらず絨毯を見つめたままだった。

ようやく、ロイヤルが口を開いた。「銀行残高はどれくらいなんだ？」

シーベリーは肩をすくめた。「少なくないのかもしれない。誰にもわからない。私が勝手に、もっとあっていいはずだと思っているだけだ。別に、ハーマイニーが破産しそうだったわけじゃない。税金の支払い状況を調べれば、何かわかるかもしれない。節税対策をやっていたのかもしれないからね。税ハーマイニーの現金の流れを調べたところで真実に到達できるかどうかわからないけれど、やってみるよ。遺言については、こんなところだ」

そのとき、ノーニは突然、自分の現金のことを思いだした。ワニ革の鞄に入れておいた千二百ドルがなくなったのだ。消えてしまったのだ。

ノーニは、そのことをロイヤルにもオーリーリアにもまだ話していなかった。殺人事件のせいで、日常のあらゆる平凡で普通の営みが滞ってしまい、悪夢のように異常な状況へ突き進んでいた。だが、二階のノーニの部屋の、茶色いワニ革の鞄の中の千二百ドルの束は、ハーマイニーの殺人とは関係ないはずだ。突然、オーリーリアがこの集まりに終わりを告げた。

「夕食にしましょう。用意ができているわ。書類を片付けてちょうだい、ディック。いずれにしても、今晩は何もできないでしょう」そう言って、オーリーリアが風の音に耳を傾けると、一同も耳を澄ませた。「今晩はここに泊まるしかないわね、シーベリー。この様子じゃ、村まで戻れないでしょう」

まさしく、今となってはどうすることもできない。夕食はお昼の残りものだった。嵐は一段と激しさを増し、手がつけられないほど荒れ狂ってきたので、またしても殺人事件より優先されることになった。リオーダン医師が嵐のただ中をずぶぬれになり、疲れきった様子で戻って来た。

「あちこちで木が倒れている」と、医師が言った。「最大級の嵐だ。さしつかえなければ、君の招待に甘えさせてもらうよ、ロイヤル。ビードン・ロックへの道路が封鎖されている」

オーリーリアは、テーブルに医師の席を設けた。波が土台に激しく打ちつけているかのように家が震え、そのたびに誰もが息をのんだ。オーリーリアは黒い目に相変わらず怒りと強い決意をみなぎらせていたが、再び主導権を握り、みんなをそれぞれの寝室へ促した。

「今晩は、もう何もできないでしょう」オーリーリアは繰り返し、それから険しい顔をして付け加えた。「この風だと、朝までにわたしたちは海まで吹き飛ばされているかもしれないわね」

鎧戸の下から染み込んでくる雨で、窓の下にはすでに小さな水たまりができていた。雨や風が激しく打ちつけ、気でも違ったかのように低木はちぎれんばかりに揺れ、外は真っ暗な荒野と化していた。嵐はまだ最大勢力には達していなかったが、誰もが麻痺したように呆然としていた。

ノーニが、ジムと二人だけで話をする機会はなかった。ロイヤルはいつもの優しさでノーニにおやすみを言うと、ジムのことや二人のことには触れなかった。オーリーリアはバルコニーの鎧戸がきちんと閉まっているかどうか確かめにノーニの部屋へやって来たが、いつもと変わらない態度だった。ノーニとオーリーリアとの人間関係に亀裂は生じていないようだ。「おやすみなさい、ノーニ」と、オーリーリアは穏やかに言った。「嵐を怖がらなくていいのよ……」

家は大海の中の小舟のように、あらゆる方向へ揺れた。中にいる人間は、音や恐怖で心身ともに疲れ、感覚が麻痺していた。おそらく誰もが眠れるとは思っていないものの、疲労からくる眠気に抗えそうもなかった。

しかし、このような状況下でも感覚の麻痺から免れ、眠らずに行動を起こした者がいた。夜中に、しかもこの嵐の中を、ミドル・ロード大農場からビードン・ゲートへ忍び込んできたのだ。

夜中に、食器室の電話が鳴りだした。

部屋が階段にもっとも近いところだったので、ノーニは電話が鳴っているのに気付き、受話器へ向かった。

おそらく寝ぼけまなこで無意識のうちに、電話の執拗な呼び出し音に反応してしまったのだろう。

電話がしつこく鳴り続けていることだけははっきりと覚えていたが、あとのこと——薄暗い廊下や階段を下りたこと、階下の誰もいない、広い玄関ホールは覚えていなかったに違いない。電話は、鋭く突き刺すような一本調子で鳴り続けている。食堂を半分ほど通り過ぎたところで、ノーニは不意に足を止めた。食器室に明かりがついていたからだ。

（わたしの他にも、誰か電話の音を聞いたようね！　それなら、どうして電話に出ないのかしら？こんなに鳴り続けているのに）

ノーニは食器室の開いているドアへゆっくりと近付いていき、再び足を止めた。今度は夢遊病者が危険な状態の瀬戸際で目覚めたかのように。

ノーニが手にした真鍮のドアの取っ手は、汗をかいているように濡れていて、冷たかった。ノーニの軽いシルクのローブが脚の辺りで翻ったが、鮮やかな赤いミュールを履いた足はその場でじっとしていた。窓ががたがたと音を立てて軋み、海は貪り食う獣のように暗闇で荒れ狂っている。だが、獣はすでにこの家の中へ入り込んでいた。獣はミドル・ロード大農場からビードン・ゲートへすでにやって来ていたのだ。食器室にいるシーベリーが電話に出ないのは、電話の下でうずくまっていたからだ。顔は腕に隠れて見えなかったが、シーベリーは間違いなく殺されていた。触れそうなほどすぐそばに、鉈が落ちていた。

電話はしばらく鳴り続けていたものの、やがて静かになった。

第十五章

ノーニは夢遊病者のように、白いスカートを翻して駆けだした。

玄関ホールの鏡に映しだされた顔は蒼白で、目は恐怖に怯えている。嵐が無理やり押し入ろうとするようにドアをこじ開けた。入り込む風が玄関ホールを吹き抜け、きらめくシャンデリアを揺らし、ノーニの後を追って二階へと上がってくる。ノーニはドアを、何者かに追われているかのように死に物狂いで叩いた。後ろを振り返ってみたが、ノーニの後を追って、翻るスカートをつかもうとする者などいなかった。

すぐに、ロイヤルが廊下へ飛び出してきた。ジムも現れた。みなが廊下へ顔を出した。ロイヤルは、赤いバスローブの前を搔き合わせていた。ジムはスラックスをはいていたが、日に焼けた上半身は裸のままだ。ディックも、リオーダン医師も、そしてリディアも姿を現した。赤茶けた髪を乱したまま、リディアは黒いシルクのローブをかわいらしい体にまとっていた。緑色の目が輝いている。ノーニはわれを忘れる瀬戸際でなんとか踏みとどまっていたが、どうやってここまでやって来たのかわからなかった。

どこにも安全な場所などないかのようにその場の空気は張り詰め、疑惑と驚きが渦巻き、言葉にならないつぶやきが聞こえた。突然、男たちが階段を駆け下りていき、ノーニとリディアだけが階上に残された。今は、いたるところに明かりがつけられている。嵐に掻き消されたり遠のいたりして、階下の足音や人の声が聞こえなくなった。

「下へ行くのが怖いわ」と、リディアがささやいた。「ねえ――シーベリーが死んでいたの？　ノーニ」

ノーニは返事をしなければと思ったが、大きく息を吸い込み過ぎていたので、押し殺したような喘ぎ声になってしまった。そのとき、廊下のはずれの暗がりから、オーリーリアが慌ただしく現れた。見開かれた黒い目は輝き、顔は紅潮している。大きなグレーの三つ編みが肩のところで揺れていた。

「オーリーリア、シーベリーが殺されたの！」と、リディアが叫んだ。

「わかっています、あなたたちの話が聞こえたから」

「ノーニが見つけたのよ。電話が鳴っていたんですって……」

「下を見てくるわ」

リディアがオーリーリアの腕にしがみついた。「よしなさいよ、オーリーリア……」

オーリーリアの黒い目がリディアを蔑むように見た。「わたしが怖がるとでも思っているの？」オーリーリアはリディアの手を振りほどくと、日焼けした手で力強く手すりをつかみ、急いで階段を下りていった。

ノーニとリディアはオーリーリアが階段を下りるのを見つめていたが、オーリーリアのグレーの三つ編みと幅広の肩が手すりを支える柱に隠れて見えなくなると、リディアはすすり泣き、その場にしゃがみ込んで黒いローブを膝に巻きつけ、耳をそばだてた。ノーニも聞き耳を立てたが、荒れ狂う嵐の音しか聞こえない。俯いているリディアのふさふさした赤茶けた髪が艶やかに輝いている。このときのリディアの顔は捕食動物か何かのように鋭く、緑色の目は廊下の先をじっと見据え、まるでネズミの巣穴を狙うネコのようにうずくまったままじっとしていた。（ばかみたい）ノーニは滑稽な妄想にあきれた。（こんなときに、なんてことを考えているの！）ノーニはリディアのそばに座った。

かなりの時間が経ったが、相変わらず何の物音も聞こえてこなかった。とうとう、リディアがわずかに膝を崩した。

「もはや他人事ではないわね」リディアの声はかすれていた。リディアはノーニに鋭い視線を投げかけた。「誰がシーベリーを殺したの？」

ノーニは首を横に振り、リディアとともに廊下の先を見つめ、耳をそばだててじっとしていた。

「誰も見なかったの？」と、リディアが尋ねた。

「見なかったわ……」

「シーベリーが殺されて、どれくらい経っていたのかしら？」

ノーニは寒気を感じた。家の中はひんやりとして、湿っぽい。今、リディアと一緒に耳をそばだてているのと同じように、昨日、家が聞き耳を立てているように感じたことを、ノーニは思いだした。（ばかばかしいわ）嵐に備えた壁の厚いこの家で何か恐ろしいことが起こると、家が前もって知っていたなんてことはあり得ない。

ノーニは思いだしはしたものの、すぐに頭から追いだした。

だが、リディアは簡単には引き下がらなかった。険しい顔でノーニに食い下がった。「シーベリーが殺されて、どのくらい経ったと思う？　近くには誰もいなかったの？　何か物音はしなかった？

誰の仕業だと思う？」

ノーニは唇が冷たくなっていくぶん麻痺していたが、なんとか答えた。「電話が鳴っていたから出ようとしたけど、まだ頭がぼんやりとしていたの。食器室の明かりがついていたから、行ってみると、中でシーベリーが倒れていたのよ。他には、誰も見なかったわ」

この長い夜が明けるまでに、ノーニはこの話を何度も繰り返すことになるだろう。きっと、記憶の中を何度も探し回るのだろう。記憶の片隅に眠る些細なことを見つけだして事実をつかみ、真実を明らかにするのだ。

リディアは何も言わなかった。何かが起こりでもしない限り、自ら問いかけでもしない限り、沈黙がこのまま続くように思えた。ノーニが急にリディアのほうを向くと、リディアも物思いにふけった目でノーニを見ていた。触れそうなほど近くで、お互いに身じろぎもせず、しばらくの間見つめ合った。

（リディアは何を言おうとしているのだろう？　何が言いたいのだろう？　彼女の目に表れているのは何だろう？）と、ノーニは考えた。

しばらくして、リディアが唇を舌で湿らせた。

「わたしは起きていたの。こんな夜に眠れると思う？　だけど、わたしには電話の鳴る音は聞こえなかった。あなたは電話の鳴る音が聞こえたと言ったわよね？」

「ええ、聞こえたわ」

「そして、電話に出ようと思って、下へ行ったのね？」

「そうよ……」

「よくそんなことをしようと思ったわね、暗がりなのに。ハーマイニーが殺されたというのに。それに、鉈の件があなたの言うとおりなら、あなたは今朝、恐ろしい目に遭ったばかりでしょ。怖くはなかったの？」

何かがリディアの目の中で揺れている気がした——壁の後ろにうずくまる小動物が、目を輝かせて現れたり引っ込んだりするかのように。ノーニはリディアを見つめたまま、ゆっくりと言った。「わからないわ。半分寝ぼけていたから。そうね、目が覚めたとたん、怖くなったわ」

「だけど、あなたは目が覚めていたはずよ——ローブを着て、ミュールを履いているじゃない……」

リディアは明るい目でローブとミュールを見てから、ノーニの顔を見た。「あなたは実際に階下へ下りていったのよ。夢の中の出来事じゃないわ！」そう言って、リディアは小さな笑い声をあげた。

ノーニもそう思っていた。自分の行動については、半ば自覚していた。電話が執拗に鳴り続けていたけれど、家も、家の中のあらゆるものもいつもどおりだと思って電話に出ようとしたのだ。いつもとは違う恐ろしいことが待ちかまえていようとは、法の支配が及ばない、恐ろしい世界へ迷い込むことになろうとは思ってもいなかった。

「怖いとは思わなかったわ。人が殺されているなんて考えもしなかったから……」

リディアが息をしようとして、喘ぐように小さく笑うと、小さく鋭い歯が再び覗いた。〝捕食動物〟という言葉が、またもやノーニの脳裏に浮かんだ。

「怖くないなんて、おかしいわね。おかしいといえば、あなたはハーマイニーが撃たれたときにも彼女を見つけたのよね。そして、今度はシーベリーが殺されたときも、あなたが……」

おかしいといわれても、一連の出来事は偶然に起こったことで、仕組まれたものであるはずがない。

ノーニは、偶然が重なっただけと思っていた。ハーマイニーの家へ行ったのはディックを送り届けるためだったし、電話に出ようとしたのは、執拗に鳴り続けていたからだ。ノーニは決して恐怖に慣れているわけではない。誰が殺人などという恐ろしい出来事に慣れたりするだろうか！

リディアの目の中の疑惑が、いまやはっきりしてきた。「おかしいというだけでは、片付けられないかもしれないわね」リディアは憎悪をあらわにして、ノーニの顔を覗き込んだ。

（リディアはわたしを憎んでいる！　だけど、どうして？　わたしが彼女に何をしたっていうの？）

だが、リディアの目には、憎しみしかない。憎悪というほどではないかもしれないが、ノーニは、リディアの目に浮かんだものを妄想として片付けることができなかった。

「どういう意味、リディア？　何が言いたいの？」

リディアの目が瞬いた。「何も言うつもりはないわ、ノーニ。あなたがハーマイニーを殺したとは思えないもの。そんな訳ないでしょう？　シーベリーも同じよ——たとえハーマイニーの死について、何か見つけたとしても」

「それなら、そんな言い方はやめてください、リディア」

「わたしがいろいろ考えたり、言いたいことを言うのを、快く思っていない人がいるのかしら？　ロイヤルがあなたを守ってくれると思っているの？」

まるで子どものけんかだ。二人は言い争いをする女子学生のようだった。

「ねえリディア、もうやめて。こんなふうに二人で言い争っても、何にもならないわ。あなたはわたしがハーマイニーを殺したなんて思っていないし、わたしもあなたが殺したとは思っていないわ」

「ハーマイニーを殺した人は絞首刑になるのよ！　そうでしょう？　そして、もし間違った人を絞首刑にしたら、殺人じゃない！」リディアは息を荒げ、両手をきつく握り締めた。嵐が相変わらず家を揺さぶっている。男たちが戻ってきた。ノーニは、階下の玄関ホールでジムとロイヤルが話す声を聞いた。

意識をはっきりさせて集中しなければ、再び夢の中へ迷い込んでしまいそうだった。

ノーニとリディアは階下へ下りていったが、おそらく二人とも自分たちが動いていることを意識していなかっただろう。男たちが話していた。オーリーリアも話に加わっていた。誰もが話している。動き回っている。そして、誰かが何か話すとすぐさま否定されるといったことの繰り返しはとても現実離れしていて、大きな肘掛椅子に座って俯いたままのオーリーリアの大きな黒い目が何も見ていないことぐらいが現実だった。ジムは二階へ上がって、セーターを羽織って下りてきた。リオーダン医師は大き過ぎるロイヤルのパジャマを着ていたが、すっかり着替えて下りてきた。ロイヤルの赤いバスローブには、濡れたしみが付いている。ディックの濃い髪は濡れてくしゃくしゃになり、顔は蒼白で、体を包んだ防水服が雨に濡れて光っていた。村へ運ぶまでの間、家から遠ざけて安置しておくために、シーベリーの死体は大農場の離れへ移された。以前、ハーマイニーの死体を苦労して彼女の家の中へ運び入れたように、シーベリーの死体も嵐の中で悪戦苦闘しながら移動した。シーベリーは、殺意を持って鉈で一撃されたのは明らかだった。おそらく、電話のそばに立っていたところを、背後から襲われたのだろう。嵐で殺人犯が近付いてきたのに気が付かなかったのだ。ほとんど即死だった。殺人犯は鉈以外の証拠も手がかりも残さずに姿をくらまし、おそらく鉈からは、何の手がかりも得られないだろう。だが、もう一つの考えが頭をよぎり、それを口にしたのはロイヤルだった。

「悪魔の所業だ」ロイヤルはそう言うと、回転椅子にどさりと座り、両手で顔を覆った。

「悪魔の所業としか言いようがない！　裏口が開いていた。シーベリーを殺した犯人はそこから悠々と入ってきて、出ていったんだ。だが、みんなここにいる――家にいた全員がここにいる。そして、ここにいる誰もがハーマイニーとも、シーベリーとも、浅からぬ関係だ」ロイヤルはため息をついて、顎をこすった。「やっかいなことになってきたな」

オーリーリアは黒い目を大きく見開いてロイヤルを見たが、再び下を向いた。リディアが甲高い声をあげた。「やっかいなことですって！　まさか、ロイヤル！　わたしたちの誰かがシーベリーを殺したって言うの。シーベリーは何かを知っていたって言いたいの！　誰がハーマイニーを殺したのか知っていたって言いたいの！」

リオーダン医師がリディアを見て、厳かに言った。「おそらく、シーベリーは知っていたのでしょう」

リディアの顔が蒼白になったが、すぐさま怒りで赤くなった。「それって、わたしたちの誰かがシーベリーを殺したってことじゃない！」

医師はショックを受けて、誰も見ずに沈んだ声で言った。「シーベリーは自分の殻に閉じこもりやすいほうです。彼のことはよく知っているのでわかります。シーベリーは判事であると同時に、ハーマイニーの弁護士です。誰よりも彼女の事業の実態を把握していたでしょう。シーベリーの殺害は、明らかにハーマイニーの殺害と関係があります」

ロイヤルは耐えられなくなって、顔を上げた。「シーベリーはおそらく何も知らなかったんだと思う。何か知っていたら、今晩、われわれに話したはずだ。知っているのに、胸に秘めておくようなことはしないはずだよ……」

「胸に秘めておこうとしたんですよ」と、医師が言った。「きっと、自分一人の胸にしまっておこうとしたんです。警察本部長にだけ知らせようとして」

「でも、あの電話の呼び出し音は、何の意味もない」と、ロイヤルは強固に言い張った。

ジムの黒い髪の毛も濡れて貼りついていたが、青色のプルオーバーを引っ張ってたばこに火をつけると、落ち着いた口調で話した。

「現実を直視したほうがよさそうだ。電話局の交換手は嘘などつかないだろう。シーベリーはポート・アイルズのウェルズ少佐と連絡をとろうとしていた。どうしても少佐に知らせたい何か重要なことがあったんだ。シーベリーは島のことをよく知っている。嵐が吹き荒れているときは、電話がつながりにくいことも。ということは、ひょっとしたらつながるかもしれないと期待してまで知らせたい、急を要する大事なことがあったんだ。もしそうなら……」と、ジムが険しい顔をして言った。「手遅れになるかもしれない。シーベリーが電話局の交換手に頼んで電話をつないでもらうよう待っている間、ハーマイニーの殺人犯にとってはやめさせなければ手遅れになるかもしれない。だから、ウェルズ少佐に話す前に、なんとしてもやめさせなければならなかった——そして、やめさせた。そこにある鋭を使って」

オーリーリアがジムを見た。「まるで知ってるみたいに話すわね。まるでそのときの様子を見ていたみたい」

ジムが手短に言った。「シーベリー殺しを、もっとも合理的に説明しただけだよ。他にもどうにでも説明はできるだろう。だけど、これが僕にはもっともありそうなことに思える」

オーリーリアの黒い目が見開かれて室内を見回し、本棚に寄りかかっているディックを見据えた。

ディックは両手をポケットに突っ込み、足を交差させ、小さな顔を不機嫌そうにしかめていた。

「ディック、あなたは警察署長なのよ。どうするつもりなの？」と、オーリーリアが言った。

一同はロイヤルの書斎へ移動していた。古い本や、銅板彫刻や、エリザベス女王時代の皺の入った漆喰の胸像などに見守られていた。真っ暗な海では波が絶えず砕け散り、二つの長窓の鎧戸が風に揺さぶられている。ふと、ノーニはみんなが声を張りあげていることに気が付いた。嵐が近付いてきていて、お互いの声が聞こえにくくなっていた。ディックは困ったように顔をしかめ、不安そうに体を動かし、オーリーリアから目をそむけていた。

「あなたはどうするつもりなの？」と、オーリーリアが再び尋ねた。

「わからないよ」と、ディックが答えた。

書斎の中は、嵐の音しか聞こえなかった。おそらく誰もがどうするのか聞きたかったのだろうが、いくら繰り返しても、ディックは同じことしか答えられなかっただろう。

ディックは絨毯をにらみつけ、再び足を交差させて言った。「どうしたらいいのかわからない。電話交換手は嘘をついていないと思う。交換手はかなり几帳面だし、おそらく島のこともよく知っている」

「交換手が？　電話交換手なのよ、本気で言ってるの？」リディアが赤茶けた髪の頭をぐいっと持ち上げた。

ディックは頷いたが、顔は上げなかった。「交換手はシーベリーがポート・アイルズへの電話を申し込んだと言っているし、シーベリーの声も知っていた。なにより、シーベリーは名前も居場所もきちんと告げて、警察本部長と連絡をとりたいと言ったんだ。至急、伝えたいことがあるからと。交換手は、うまくいかないかもしれないから、電話がつながったらシーベリーへ連絡すると伝えていた。交換手は三十分ほどねばったがつながらなかったので、シーベリーに伝えるために、何度も呼び出し音を鳴らしたそうだ。ノーニが聞いたのはその音だろう」

またもや沈黙が訪れた――疑惑や、やり場のないいら立ちが渦巻いていた。とうとうリディアが我慢できずに、険しい目でロイヤルを見つめて言った。「ノーニの他に、誰もその電話の音を聞いていないというのはおかしいじゃない」

ロイヤルはゆっくりと顔を上げて、リディアを見た。他のみんなも彼女を見た。

(何を怒っているの?)と、ノーニは思った。(リディアは何を怒っているの?)「どういう意味だ、リディア」と、ジムが尋ねた。

リディアは肩をすくめた。かわいらしい肩が揺れたので、黒のサテン地のローブが小さく波打ち光った。

「特別な意味はないわよ。そんなふうにわたしを見ないでちょうだい。別にノーニがハーマイニーを撃って、それから――それから、シーベリーを殺したなんて言ってないんだから。ただ、二人ともノーニが第一発見者だと言っているだけよ」

ジムの目にも、怒りの炎が灯った。「だから、何だ?」

「何でもないわ、何でもないわよ!」と、リディアが大声をあげた。「ノーニが二人を殺したなんて言ってないでしょう……」

「女にシーベリーは殺せないよ! 彼の死体を見なかったのか。背後から鈍器で一撃だ。頭を……」

「やめて!」オーリーリアが呻くように言った。

「悪かった」と、ジムが言った。「だけど、リディアの言い方は気に入らない」

「わたしは、ノーニ以外誰も電話の音を聞いていないのは奇妙だと言っただけよ。さっきもノーニに言ったけど、よく一人で階下へ下りていけたもんだわ。わたしだったらとてもじゃないけど、怖くて……」

「ノーニの部屋がもっとも階段に近い」と、ロイヤルが言った。「そして陸側だから、海からは離れている。それで、ノーニには電話の音が聞こえたんだろう。彼女がそう言っているんだから」

「そうね」と、リディアが言った。「きっと、そうね」リディアは椅子に座ると再び前かがみになり、そばにあった小さなテーブルの上のココアの木箱からたばこを取り出し、震える手で火をつけた。

ジムはリディアを見ながら、ゆっくりと口を開いた。そして、再び理性的に話した。「ディックがさっき説明してくれたけど、これ以上どうしたらいいのかわからない。だけど、お互いに非難していても、どうにもならないだろう。シーベリーは、警察本部長へ伝えるべきなんらかの証拠を見つけたようだ。そして、それは重要な証拠だったに違いない。おそらく、誰がハーマイニーを殺したのかがわかって、そのことを伝えようとしたんだろう。そして……」ジムは口を閉ざし、少し考えてから話しだした。「シーベリーは、殺人犯が誰なのかわかっていたんだ」

「殺人犯がわかっていたですって？」オーリーリアが訝しげに繰り返した。「何を言いだすの」

しかし、確かにシーベリーは殺人犯が誰なのかわかっていたのを、ノーニはすぐさま思いだした。病人のような顔つきや人目を避けるようなしぐさは、何か恐ろしい、驚愕の事実を知ってしまったからに違いない。

（シーベリーは何を知ったの？　どうやって知ったのかしら？）

ディックが不意に口を開いた。「ジム、君はこの件に詳しいだろ。シーベリーを殺した犯人に心当たりはないのか?」

「心当たりがあれば、教えるよ」と、ジムは冷静に答えた。

オーリーリアが言った。「あなたを守るつもりよ、ジム。たとえあなたがハーマイニーを殺したのだとしても。あなたをそうまで追いつめたんですもの。だけど、シーベリーは誰も傷付けなかったわ」

ジムの顔がゆっくりと紅潮し、オーリーリアに向かって言った。「僕はシーベリーを殺してないよ、オーリーリア。口ではなんとでも言えると思っているかもしれないけど、事実だ」

「でも、立証できないでしょう」オーリーリアが陰気な目でジムを見ながら言った。

「立証してみせるさ」と、ジムが応じた。

そのとき、招かざる客が強引に押し入ろうとするかのように突風が吹き、家を荒々しく揺さぶったので、この家を、そして島全体を支配している強大な力を改めて思い知らされた。嵐は刻一刻と近付いている。観音開きの窓の下にできた小さな水たまりが次第に大きくなっていくのを、ぼんやりと見ていたオーリーリアが言った。「イェーベにモップを持ってくるように言わなくちゃ」

ロイヤルが椅子から立ち上がった。「ジムの言うとおりだ。ジムはシーベリーを殺していないことを立証しなければならない。だからこそ、われわれは誰がやったのか突き止めなければならない。見たところ、誰かが鉈を持って、この家に忍び込んだようだ——シーベリーを恐れる誰かが。この島の誰もが、彼が判事であることを知っている。この島の人間なら誰でも、シーベリーから警察本部長への電話が何を意味するのか理解できるだろう。今はまだ誰がやったのかわからないけれど、いずれにしても、鉈の一撃から推測すると、すさまじい怒りを抱えていたようだ。ハーマイニーに虐げられ、恨みを抱く何者かだ……」

リオーダン医師が頭を振って、寄りかかっていたテーブルからすくっと立ち上がった。医師はほっそりしていて、ひどく疲れているように見えるが、どこか自分の話を聞くように命じる威厳があった。

「ちょっといいですか、ロイヤル。見過ごすわけにはいかないものですから。ハーマイニーを殺した銃弾が、私の鞄からなくなっているんです。これは、気がふれた作業員でも、殺人狂でも、怒り狂って正気を失った使用人の仕業でもないですね」

第十六章

新たな気まずい雰囲気が、古いながらも厳かな書斎の中に生じた。おそらく、ずっと以前から密かに芽生えていたにもかかわらず、今まで気付かれずに済んでいたのだが、もはや誰も気付かぬふりをすることはできない。気まずい雰囲気は、窓を打ちすえる嵐のせいでも、悪天候の暗闇の中をミドル・ロード大農場からビードン・ゲートへやって来た不審者のせいでもない。一同の不信が、はっきりしたのだ。

稲妻の電流が空間をあっという間に伝わるように、相互不信が磁力に引き寄せられるかのように、瞬く間に一同に広まった。不満を募らせたハーマイニーの元社員か元使用人か農作業員が酒を飲み過ぎて逆上し、腹立ちまぎれに彼女を撃ったのか——ノーニをつけ回したのも、ノーニに見られたと思い込んだためか——さらにシーベリーの頭にも鈍で致命的な一撃を加えたのか。ロイヤルが言うように、島では誰もがシーベリーの力を知っているし、恐れない者はいないのだから。だが、存在するかどうかもわからない謎の人物についてはひとまず置いておくとするなら、残された可能性は一つしかなかった。

膝の上の手が震えて、ノーニはリオーダン医師を見ることができなかった。ディックもロイヤルもオーリーリアもリディアも、ジムさえも見られなかった。それでも、見ずにはいられなかった。そして、みなが自分と同じ疑念を抱いていることを知った。お互いにちらっと目配せしては、気まずそうに目をそらす。当てはまる人間はそれほど多くない。この家の中にいて、銃弾のことを知っていて、それを盗むことのできる機会があった人物の名前が次々にノーニの頭に浮かんだ。ディック、ロイヤル、オーリーリア、リディア、ジム――そして、ノーニ。他の人たちと同じように、自分の名前も加える必要がある。部屋が揺れ動いていて、薄くて古い絨毯が横滑りしているようだ。ノーニは肘掛けを握ったが、しっかりとした手応えがなく、指が椅子に食い込んでいく。そして、ジムがノーニを見て微笑むと、当惑したように頭を振った。

だが、部屋は平静を保ち、自信と信頼を回復した。

おそらく、みなが忍び寄ってきた疑惑を退けたのだろう。今まで停滞していた部屋の空気が動きだした。リディアは持っていたたばこを消すと、別のたばこに火をつけた。オーリーリアは深く息を吸い込んで、椅子に再び座った。ディックは交差させていた足をほどいてポケットから両手を出したが、また突っ込んだ。ロイヤルが回転椅子にもたれかかると、椅子が音を立てた。ロイヤルが口を開いた。

「先生、銃弾がなくなったというのは間違いないですか?」

リオーダン医師は身じろぎもせずに答えた。「間違いありません」

「銃弾を取り出していたんですか?」

医師は少し間を置いてから、力強く頷いた。

「いつですか?」

「午後早くに」

ロイヤルは顔をしかめた。「あなたはウェルズ少佐に、そんなに早くは取り出せないだろうと言ってましたよ」

「確かに。先に往診を済ませなければなりませんでしたから。だが、思ったより早く、往診が片付いたんでね」と、医師は肩をすくめた。「何か問題でも?」

「どうして銃弾をウェルズ少佐に渡さなかったのですか」

「渡そうとしたのです。しかし、ウェルズ少佐が、あれほどすぐに島を去ってしまうとは思っていなかったので」

「銃弾を少佐に渡すべきでした」

医師は少しいらいらしていた。

ジムが口を開いた。「先生にはどうすることもできなかった。問題は、銃弾がなくなったことだ。そして、僕にはその銃弾が必要だ。重要じゃないかもしれない。何の立証にもならないかもしれない。それでも、僕の銃から発射された銃弾でないことははっきりするはずだ。そしてうまくいけば、どの銃から発射されたのかがわかるかもしれない――銃が見つかればだけど」

「あなたの銃から発射されたのかもしれないじゃない」と、オーリーリアが言った。「そうだとは言っていないけど、もしそうなら、あなたは銃弾を処分しているでしょうね」

確かにそうだが、ジムは辛抱強くオーリーリアに応対した。「僕を信じてくれ、オーリーリア。銃弾を見つけてみせるよ」

ロイヤルが真面目な口調で言った。「ジムを責めるなよ、オーリーリア。もし彼がハーマイニーを撃ったのだとしたら、銃を処分しただろう」

「どうやって?」オーリーリアがきつく言い返した。「銃は焼却できないわよ!」

「銃を茂みの中へ投げ入れても、海の中へ放り込んでもいい。だけど、なくなった銃弾は重要だ。証拠としては不十分かもしれないけど、ないよりはましだ。ジム、銃弾があれば、君の銃から発射されたものでないことが明らかになるだろう――あるいは、君は別の銃を使ってハーマイニーを撃ったのかもしれないが。警察はそういう疑いを抱くだろうけど、うまくいけば、誰が銃を持っていたにせよ、誰がハーマイニーを撃ったにせよ、銃弾があれば、発射された銃を特定できるかもしれない。だから、あの銃弾は重要だった」

ロイヤルは医師を見た。「先生、あなたはわれわれの誰かが銃弾を持ち去ったと考えているようですが、そうは思いません。僕の言葉が信じられないなら、ご自分で探してみてください。考えてもごらんなさい！　僕には銃弾など必要ないし、あなたが銃弾を持っていることさえ知らなかった。そして――」ロイヤルの目は怒りに燃えていた。「妹も銃弾に用はありません。警察署長のディックも必要ないし、持ち去るとは思えません。そんなことをしようとも思わないでしょう。ノーニはおそらく銃弾がどんなものかさえ知らないだろうし、おまけに彼女は……」ロイヤルは不意に口を閉ざした。彼女はジムを愛している、とあやうく言いそうになったからだ。ノーニはジムとの結婚を望んでいる。だからジムをこの危機から救い出すためなら、何だってするかもしれない。ノーニは、ロイヤルがためらったことに気が付いた。何一つはっきりしていないのだから、今はそのことを言うべき時でも場所でもないとロイヤルは思い直して、慌てて話を続けた。「……ノーニはジムを助けたいと思っています。僕がそうであるように、オーリーリアがそうであるように、ハーマイニーの殺人の罪で、誰もジムを絞首刑にしたくはないのです」

だけど、オーリーリアは、今やジムを助けたいとは思っていないだろう、とノーニは思った。

リオーダン医師は腕を組み、組んだ腕を見つめたまま言った。「ハーマイニーの殺人犯はどうですか？　自分の身代わりに、誰かを絞首刑にしようとは考えませんか？」

しばらくの間、誰も口を開かなかった。とうとう医師が組んだ腕を見つめたまま、再び話し始めた。

「それに、別の疑問もあります。私はジムの味方ですから、その考えを支持したくありませんが、オーリリーリアが言うように、仮にジムが銃弾を持っているとしたらどうでしょう？　銃弾が彼の銃から発射されたものだとしたら？」

ロイヤルが回転椅子を後ろへ押しやり、立ち上がった。顔は怒りで紅潮し、黒い目は血走っている。

「それを言うなら、あなたが実際には、銃弾を持っていなかったとしたら！　あなたの都合で処分したのだとしたら！　あなたがハーマイニーを撃ったとは言いませんが、あなたもハーマイニーとの関係においてわれわれと同じ立場だ。それに、シーベリーが殺された今夜、あなたもこの家にいたことをお忘れなく」

「私は銃弾を持っていました」医師は動揺することなく言った。「なくなったのです。重要でなければ、私の鞄から持ち去ったりはしないでしょう」

ディックがそわそわしだして、警察署長としての威厳などみじんもない不安そうな声で言った。

「ちょっと待ってください、先生。少し話を整理しましょう。あなたは間違いなく銃弾を持っていたのですね？　診療所へ置き忘れてきたというようなことはありませんか？」

医師はディックを蔑むように見た。「もちろん、間違いありません。もう少し詳しくお話ししましょう。銃弾を取り出して封筒に入れ、鞄に入れておきました。ウェルズ少佐へ渡すためです。往診を一つ二つ済ませてから、ノーニの様子を診にこちらへ伺いましたが、ウェルズ少佐が思いのほか早く帰ってしまいました。少佐が帰ったあと、皆さんもご存じのとおり、こちらで食事をいただきました。食事の間、鞄は玄関ホールに置いたままです。食事をする前に手を洗おうと鞄をそのままにして二階へ行き、それから直接食堂へ向かいましたから。戻ってきて鞄を手にしたとき銃弾はまだありましたし、その後、鞄は私の目の届くところにありましたが、その後は、鞄を玄関ホールへ置いたままにしていました。そしてこの家に泊めてもらうことになり、鞄を持って二階へ上がったのです。従って、あなた方のどなたにも、簡単に私の鞄から銃弾を持ち去る機会がありました」

「あなたが銃弾を持っていたことを、誰が知っていますか?」と、ディックが尋ねた。

「おそらく、皆さん全員でしょう。ノーニは知っています。銃弾が鞄の中にあることを話しましたから。オーリーリアも知っています」医師がオーリーリアをちらっと見ると、彼女は大きな黒い目を上げて厳かに頷いた。「ディック、あなたは私が食事を終えて戻ってきたとき、玄関ホールにいました。リディアは書斎から出てきました。そのときに、お二人とも銃弾を持ち去ることができました」

リディアが押し殺すような声で言った。「銃弾を持ち去ったりなんかしないわ! 銃弾のことは知らなかったもの! そんなこと言うなら、わたしの部屋を探してごらんなさいよ。お好きにどうぞ……」

胸に秘めた激しい感情が一気にはじけるように、突然、オーリーリアが耳障りな笑い声をあげた。それにもかかわらず、オーリーリアの顔は暗く、医師と同じような蔑んだ笑みを浮かべている。「探すですって? この家の中で、銃弾のような小さなものを?」

「大事なものがなくなったのですよ」医師が冷ややかに言った。

ジムが不意に医師のほうを向いた。「銃弾の他にも問題があります。もう一つのほうについてはいかがですか？　すなわち、シーベリーは何を知ったのか？　いつ知ったのか？　そのことを誰かに話したのか？　もしそうなら、誰に話したのか？」

ロイヤルが口を挟んだ。「言い換えれば、誰がシーベリーを殺したのか？」

ジムが頷いた。「そのとおり。僕は今、シーベリーの今晩の言動を思いだしていたんだ。われわれが今晩集まって話をしていたときに、シーベリーは何かわかったに違いない。それはいったい何か？　彼を最後に見たのは誰か？　彼と最後に話したのは誰か？　もしシーベリーが何らかの証拠に辿り着いたのだとしたら、どうやって辿り着いたのか？　いつ辿り着いたのか？　そして、シーベリーが証拠を見つけたことを誰が知ったのか？」

ロイヤルが回転椅子を後ろへ押しやって、再び立ち上がった。「もし何者かがそのことを知ったとしたら、ジム、そのままにはしておかないだろう」彼はため息をつき、しばらく机を見下ろしていた。それから、ディックのほうを向いて言った。「僕はどうしたらいいのかわからない。ここにいる誰かがシーベリーを殺したなんて信じられない。そのことが……ただ、そのことが信じられない」

「銃弾についてはどうするつもりですか？」と、医師が尋ねた。

ディックが不安そうに口を開いた。「個人的に言わせてもらうと、銃弾がなくなったことは、いずれにせよたいした問題ではないように思う。ジムにとって有利な証拠なら、ジムの犯行を否定する反証にはなるが、発射した銃を特定できない限り、何の意味もない。しかし、こんなことをしているうちに、家の中が安全かどうか確かめたほうが良さそうだ」

「いまさら手遅れよ」オーリーリアがきつい調子で言った。「シーベリーを殺したのが誰であれ、おとなしく捕まるのを待っているはずがないもの。今頃、パルメットヤシの林にでも逃げ込んでいるわ。

おそらく、もう見つからないでしょうね」オーリーリアはきっぱりと言いきった。不気味でとらえどころのない正体不明の謎の人物が、実体を伴った殺人犯として浮かび上がってきた。

そのことについては、認めざるを得ない理由があった。ディックは小さな顔をしかめ、緊張した面持ちで口を開いた。「何かにつけてハーマイニーは、島の誰とでも揉め事を起こした。脅迫まがいのものも含めて、彼女がからむいさかいは枚挙にいとまがない。ハーマイニーを殺してやりたいと思っている人間は他にもいるだろう」

ジムがゆっくりと言った。「だが、われわれの認識が間違っているのかもしれない。いさかいではなかったのかもしれない。復讐だったのかもしれない。あるいは、そういったたぐいの……」ジムは口をつぐみ、顔をしかめ、困惑しながら言葉を探していたが、不意に話を続けた。「ハーマイニーに邪魔され、傷付けられ、脅迫された者による復讐だったのかも……」

ディックの頬が紅潮した。「はっきり言ったらどうだ。君たちみんなが思っていることを言葉にしたほうがよさそうだな。僕のことを言っているんだろう。僕の気持ちを察して、腫れ物に触るような言い方をしているんだろう！」ディックは突然大声を発した。声は甲高く、震えていた。「僕にはハーマイニーを殺せる機会があった。これからどうなっていくのか不安だったとき、どこにも出口を見つけられずに何もできなかったとき、だめになっていく自分を見ていたとき……」

ディックの手も肩も、それこそ全身が震えていた。ロイヤルがディックのところへ近付き、彼の腕に手を置いた。ディックは堰を切ったように話しだした。「僕はハーマイニーを殺したかった。僕を無能扱いして、彼女は自分の力に酔っていた。ハーマイニーは悪魔だ。だから、僕は彼女を殺したかった。だけど、できなかった」ディックはロイヤルの手をどけると、気がふれたように絶望したまなざしで部屋の中を見回した。「みんな、僕の言うことを信じるかい？　僕の言うことを信じてくれるかい？」

ジムがすぐさま声をかけた。「落ち着いてください、ディック。あなたがハーマイニーを殺したんじゃないことはわかっていますよ」

ディックの明るい、悲しそうな目がジムを見た。「ハーマイニーは君にも同じことをした。彼女の戯れなんだ。彼女が勝つようになっているんだ。ハーマイニーはいつでも主導権を握り、誰でも自分の思いどおりにしようとするんだ」

ジムがなだめた。「あなたにはアリバイがある。あなたがハーマイニーを殺したんじゃないことは、みんなが知っています……」

ディックが金切り声をあげた。「僕が殺したんじゃないと、どうしてわかるんだ？　僕がここに、この家にいたことは誰も知らなかった。そう、確かに僕はここにいた。デカンターで一、二杯飲んでいた。だけど、イェーベは僕を見ていないし、ノーニも僕を見ていない。道路を通らずに、バナナ農場を突っきれば、ここからミドル・ロード大農場はさほど遠くない。大農場へ行ってハーマイニーを撃ち、ここへ戻ってきて素知らぬふりをしていれば、誰も変に思わないだろう」ディックは明るい悲しそうな目で、再び部屋の中を見回した。「心にもないことを言うのはやめてくれ」

ジムがロイヤルのほうを向いた。「今夜はこれ以上どうしようもないよ」

ディックは深く息を吸い込んだ。ディックの気持ちが落ち着くように、誰もが目をそむけた。ジムの判断は正しかった。一同の神経はすり減り、気持ちはささくれ立ち、互いに疑心暗鬼に見舞われていた。

ロイヤルがドアに向かった。「とにかく、この家が安全かどうか確かめよう」

だが、ディックは話をやめるつもりがなかった。ドアのところへ行き、掛け金に手をかけて立ち、みんなのほうを向いた。ディックは頭を持ち上げ、容易には屈しないといった声で言った。「いずれにしても、僕はハーマイニーを殺していない。そして、僕は警察官だ。そしてシーベリーは……」ディックは一度言葉を飲み込んでから、再び口を開いた。「今となっては、僕次第だ。僕は、自分が正しいと思うことをやらなければならない」

オーリーリアが立ち上がって、ディックを押しのけるようにドアへ向かった。「それはどういう意味?」

ディックは一度ジムを見てから、絨毯を見つめた。「ジムを逮捕する」

第十七章

疑わしいのはジムだけだった。この家の中で、誰にも気付かれずにシーベリーと話せたのは、ジムだけだった。ロイヤルが強硬に異議を唱えたから、ウェルズ少佐はジムの逮捕を見送った。それというのも、生け垣に潜んでいてノーニが後をつけられた不審者の話と、不審者の存在を示す鉈が見つかったおかげで、ジムにはかろうじてアリバイがあるように思えたからだ。それに、警察が絶えず目を光らせているので、ジムは逃げ出すこともできない。島では利用できる港や空港が限られていて警察も熟知しているので、天候が良好なときでさえ、人の目に触れずに島を離れるのは難しい。ましてや警察の監視の目を逃れて抜け出すことは容易ではない。嵐が近付きでもすればすぐに閉鎖され、もはや使用は不可能だ。小さなボートなら島を抜け出せるかもしれないが、この嵐では、隣の島へさえも辿り着けないだろう。

ディックは俯き悔恨の情を浮かべながらも、腹を決めた改まった顔つきになった。様子が一変し、背筋を伸ばし、両足を出入口のところでしっかりとふんばって立つディックは、まるで別人のようだった。

ハーマイニーの息の詰まる支配がなくなったからだろうか。目の前にいるディックこそ、本来の姿なのだろうか。容赦なく権力をふるうハーマイニーに吸い取られて、今までディックは意思の力を発揮できなかったのだろうか。

腹をくくったディックは、いまや脅威でさえあった。

ノーニがジムを見た。

ジムもディックの変化に気が付いていた。この別人のようなディックが告げた言葉に怯えることなくむしろ好感と尊敬の念を持って、ジムは口を開いた。「冗談じゃないよ、ディック。勘弁してくれ」

ディックは悲痛な思いで床を見つめていたが、ゆっくりと首を横に振った。「状況は君にとって不利だ、ジム。どうしようもない」

「少し時間をくれないか？」

ロイヤルが回転椅子を押し戻して立ち上がるとディックのそばに行って、肩に手を置いた。「なあ、ディック。友人として忠告しておくが、あとで後悔するようなことだけはするな。ジムを逮捕してはいけない。少なくとも、今はまだ。君にはまだ、ジムがあのような恐ろしいことをやったという確信がないだろう。自分の勘に頼っているだけだ」

ディックはしばらく何も答えなかった。それから、困ったような目をロイヤルへ向けた。「ロイヤル、これは殺人事件だ。まさしく、この家で起こった――殺人事件だ。シーベリーは殺されて当然の人間ではない！」

「それはそうだ、ディック。わかっているよ。だけど、考えてもみろ。もし間違った人間を絞首刑にしたら、取り返しのつかないことになるぞ」

ディックは頑なに首を横に振った。「僕は先ほど誓ったことを実行するまでだ。ハーマイニーのせいで、僕はあやうく理性を失うところだった。僕は弱い人間だ。それは自分でもわかっている。それでも、僕は男だ。そして、かつては兵士だった」

「わかった、わかったよ、ディック。だけどちょっと待ってくれ、ちょっと……」ロイヤルは言いよどむと、突然、晴れやかな顔をした。「そうだ、あの銃だ！　ちょっと待ってくれ、ディック。ハーマイニーを殺した銃を見つけるまで待ってくれ」

ディックは再び首を横に振った。ジムはディックを見つめていたが、それを見たノーニは奇妙な感覚にとらわれた。ジムが戸惑うような、思案するような表情を浮かべたからだ。

（ロイヤルは何と言ったの？　ディックは何と言ったんだっけ？）ディックはジムの容疑を主張したが、そのことがかえってジムの無実をはっきりさせることになるのか？　それがディックの狙いなのか？

ディックがハーマイニーを殺したのなら、自分の身を守るために、警察署長の立場を利用して他の人間を容疑者に仕立てるのは簡単だ。もしディックがジムを殺人容疑で訴えたら……ただでさえジムは不利な状況なのに、さらに陪審員の心象を悪くして決定的になるかもしれない。偽りの証拠のお膳立てなど、ディックにはたやすいはずだ！

オーリーリアが怒気を含んだ声で言った。「ディックの言うとおりよ。それが彼の職務ですもの。彼が正しいわ……」

ロイヤルが口を開いて、オーリーリアを遮った。「君と取り引きしよう、ディック。われわれに二十四時間、いや、十二時間くれ」

「何をするつもりだ？」と、ディックが尋ねた。

「ハーマイニーを撃った銃を見つける」

「不可能だ！　見つかるわけがない」

「見つからなければ、君の言うとおりにしよう」

オーリーリアは怒っていた。ノーニはこんなオーリーリアを見たのは初めてだったが、オーリーリアの大きな黒い目には、くすぶっていた怒りが再燃していた。オーリーリアは声を震わせて叫んだ。「あなたはいつでもジムを逮捕できる立場なのよ、ディック。今すぐジムを逮捕して、家中を探したらどうなの！　誰がシーベリーを殺したにせよ、まだここにいるかもしれないでしょう――隠れていて、また人を殺すかもしれないわ。わたしたちが眠っているところを襲われでもしたらどうするの？」

なんとも言いようのない漠然とした恐怖が、再び忍び寄ってきた。

ロイヤルが口を開いた。「オーリーリアの言うとおり、何者かがこの家に潜んでいるかもしれない、ディック」

ディックがすぐさま応じた。「わかったよ、ロイヤル。ジムに逃亡する恐れがないのなら、ウェルズ少佐と話ができるまで待つとしよう。それまでは執行猶予だ、ジム……」

オーリーリアは外の嵐に負けないくらい激しく感情を爆発させ、声を震わせて遮った。「銃なんか見つかりっこないじゃない！　あなたは間違いを犯そうとしているのよ、ディック。あとで後悔するわよ」オーリーリアの考えが変わることはないようだ。むしろジムへの憎しみを新たにしただけだった。オーリーリアはロイヤルのほうを向いた。「兄さんはドアが開いていたと言ったけど、ドアを閉めたのは兄さんでしょう」

ロイヤルは肩をすくめた。「鍵の半分はなくなっているし、家に鍵をかけたことなんかなかったろう？　だけど、そんなことは問題じゃない。こんな大きな家だ。その気になれば、いくらでも忍び込める」

オーリーリアの目が輝いた。「それなら、不審者を閉め出して、この家を安全にしなくちゃ。すべての鎧戸を閉め、ドアにかんぬきをかけて……」オーリーリアは近くの観音開きの窓のところへ行くと、荒々しくかんぬきをかけた。

オーリーリアに従い、男たちは家の中を見て回った。だが、不審者が入り込んでいるかどうかは確認できても、家の中の誰が殺人犯かどうかは確かめようがない。

風の吠えるような音に紛れて、家の中を歩き回る足音や話し声、そして、ドアが開いたり閉まったりする音が断続的に聞こえる。暗いので、家の中の明かりは相変わらず煌々とついていたが、ノーニは夜が明け始めているのに気付いた。

オーリーリアは、男たちが探し回るのを手伝った。リディアは出入口のところに突っ立っていたり、玄関ホールをぶらぶらしたり、耳をそばだてたり、たばこを吸ったりしていてうわの空だった。不審者はいなかった。オーリーリアが譲らなかったので、家中のすべてのドアと窓に鍵やかんぬきをかけ、場合によっては釘付けにすることになった。作業には時間を要するだろう。ロイヤルの手に握られた金槌の音が重い足音のように絶えず家中にこだましているが、突風や波の砕ける音に遮られてときおり聞こえなくなったり、嵐が弱まって再び聞こえたりを繰り返した。まるで復讐者が近付き、避けられないものが迫ってくるように聞こえる。

ノーニは以前から不気味なものがこの家に近付いてくる気がしていたが、とうとうそれがやって来たのだろうか？　家もそのことに気が付いて、耳をそばだてているのだろうか？

（だけど、それはあまりに滑稽だわ）と、ノーニは自分に言い聞かせた。恐れることなど、何もないのだ。

重々しい耳障りな金槌の音がやんで、ロイヤルが玄関ホールへ戻ってきた。それから、リオーダン医師、ジム、そしてディックも戻ってきた。

ロイヤルが毅然とした態度で言った。「やれることはすべてやった。あとは休むだけだ」

誰も何も言い返さなかった。玄関ホールに男たちを残して、ノーニはオーリーリアやリディアの後について二階へ上がった。男たちが夜を徹して見張ることになった。長引く嵐に備えて、二人ずつ交代で家を守るのだ。

だが、今となっては必要ないように思える。家中を点検し、家中の窓やドアに鍵やかんぬきをかけ、釘付けまでしたのだから。ジムとロイヤルはラウンジチェアを玄関ホールへ引きずっていった。

「わたしたちも、起きていたほうがよさそうね」リディアが階段の上から言った。「もうすぐ、夜が明けそうだもの。いずれにしても、この家でぐっすりとは眠れそうにないわ」

耳にした医師は、「寝ておいたほうがいいですよ」口調は辛辣で、非難めいていた。「これからは理性を保ち、冷静に、落ち着いて行動しなければなりませんから」

「わたしは冷静よ」と言って、リディアは廊下を進んでいった。

だが、夜が明けるまでのわずかな時間、いまさら眠れそうもないと言ったリディアは正しかった。数時間経っても、ノーニは羽根布団にくるまって、相変わらず長い籐の椅子にうずくまったままだ。羽根布団は古い大きな衣装ダンスから引っ張り出してきたので、少し樟脳《しょうのう》の匂いがした。

嵐はますます猛威をふるい始めた。風が一段と強まり、海は荒れ、白い波が爪跡を残そうと島のあちこちに打ちつける。バルコニーのブーゲンビリアはずたずたに引き裂かれ、農場のバナナの木は根こそぎ倒れ、ヤシの木はまるで生き物のように、いまにも根っこから引きちぎれんばかりに揺れている。木の枝が折れてバルコニーのすぐ近くへ落ちてきたので、枝が家の中へ飛び込んでこないかとノーニは不安になった。屋根の一部が壊れたのだろう。雨水が浸み込んできた天井のしみは、家を壊そうとする力が密かに結集するかのように、次第に大きくなっていった。

それでも、ノーニはうつらうつらと眠った。目覚めたとき部屋はまだ暗かったが、ジムがドアをノックして、ノーニを呼んでいた。ノーニが起き上がると、中へ入ってきた薄明りに浮かんだジムの姿に驚いた。ジムはトレーと小さな銀色の燭台を持っていた。

「大丈夫か？」と、ジムが尋ねた。「電気が消えた。電線が切れたんだろう」ジムはテーブルの上にトレーを置いてろうそくに火をつけると、揺らめく小さな炎の中で、すばやくノーニの顔をのぞき込んだ。「コーヒーを持ってきたよ」

ノーニが立ち上がろうとすると、羽根布団につまずいた。「ねえ、ジム。どうするつもり？」

ジムはノーニの手を握った。ジムの手は温かく力強かった。

（落ち着くのよ。リオーダン先生が言っていたでしょう、理性を保つようにと）

ノーニがこれまでどれほど長く憂鬱な時間を過ごして不安だったか、ジムには痛いほどわかっていた。少しの間、ジムはノーニを静かに抱き締めてから椅子に座らせ、羽根布団でくるむと、コーヒーを注いだ。「まず、これを飲んで。それから、話し合おう」

「誰がシーベリーを殺したの、ジム？」

「わからない」

「あなたじゃないでしょう、ジム。わたしでもない。そうなると、残るは何人かだけど、誰も殺人狂なんかじゃないわ……」ノーニは、自分の声が次第に甲高くなっていくのを感じた。

ジムも、そのことに気が付いていた。「ノーニ、落ち着いて。僕も考えた。この家にいる人はみんなまともだし、自分の行動に責任も持てる。そう信じているし、リオーダン先生も同じ考えだ。先生に聞いてみたけど、同意してくれた。さらに、僕はここにいる全員を知っている。怯えていることを除けば、みんないつもどおりだし、取り乱してなどいない。だから、そんなことを考えるのはやめて、まずコーヒーを飲むんだ」

揺れるろうそくの炎が、ジムの目に映っていた。ノーニは温かいカップを唇へ運んだ。ジムがつぶやいた。「見張っている間、ロイヤルと話したよ。今できることは嵐が過ぎ去るのを待つことだけだと、ロイヤルは考えているようだ。電話も使えないが、いずれ復旧するだろう。今は電話交換手にさえつながらない。海岸沿いの道路は通行できないだろう。どうやら、嵐は島を直撃するようだ。だから、嵐の中心が島へ達したときに一時的にはおさまるだろうけど、その後、ハリケーン並みの強風が吹き荒れる」

「ジム、銃弾よ！　銃弾はどうなるの？　誰かが取ったに違いないわ」

ジムは好奇心に満ちた目を輝かせた。「銃弾は、おそらくディックが処分したんだと思う」

ノーニは背筋を伸ばして座り直すと、ジムを見つめた。「ディ、ディ、ディックが！」

ジムが頷いた。「確信はない。ただそう思うだけだ」

「なぜ？」

「なぜなら――ディックは銃弾を見つけるのに乗り気じゃなかった。銃弾はそれほど重要ではないと言って、どういうわけか早ばやと探すのを諦めてしまった。だから、ディックが処分したんだと思う」ジムはたばこを取り出すと、ろうそくの炎を近付けて火をつけた。ろうそくの炎がジムの日焼けした顔を照らしたが、うわの空で、いくぶん顔をしかめている。黒い眉をひそめ、たばこを咥えた口を引き結んだ。ジムがろうそくを置くと、ノーニが言った。「どうしてディックは銃弾を処分したのかしら?」そう尋ねたものの、ノーニには答えがわかっていた。

「それはつまり、銃弾はディックの銃から発射されたからだ」と、ジムが答えた。

二人ともしばらく何も話さずに、そのことについて考えた。ようやく、ジムがゆっくりと口を開いた。「みんなで銃を探した。ミドル・ロード大農場中を、それこそ隅から隅まで。これだけ探せば、普通ならいくつか銃が出てくるもんだ。だけど、ディックの家には銃が一つもなかった。ディックが銃を持っていたかどうかは、誰も知らない。少なくとも、僕は知らない。そして、料理人のジョニーは、ディックの家で銃を見たことがないと言っている。もちろん料理人は怯えていたけれど、そう答えたんだ」

「そして、ディックは……」

「ディックは、銃を持っていないと言っている」

「持っているに決まってるわ!」

「今は農場で代理人をしているけど、元軍人が銃を一つも持っていないというのは不自然だろう。銃弾がなくなったのは、ハーマイニーを撃った銃が特定されないよう、発射したのが僕の銃ではないことを証明できないようにしたかったからだ」

「だけど、ハーマイニーはディックの銃で撃たれたのだとしたら……」

ジムが遮った。「ディックに気付かれずに、彼の銃を手に入れることはできるよ」

「それじゃあ、たとえ銃が見つかったとしても、わたしたちの役には立たないわ」

ジムの顔がこわばった。「役に立つかもしれない。役に立つよ。ノーニ、昨日かおとゝい、あるいはもう少し前のことを思いだしてくれないか。何か変わったことはなかったかい？　今までに経験したことのない、何かいつもと違うようなこと。僕は、シーベリーが何に気が付いたのか考えているんだ。シーベリーは何かに気が付いたから殺されたのに違いないが、そうだとすると、彼の職務中に知り得たことだと思う。僕たちはお互いに質問し合っていた。あのときシーベリーは僕たちと一緒に二階へ行き、とくに誰とも話をせずに床に就いた。もし後になって誰かと話をしたとしたら、話をした人間以外、誰もそのことを知らない。僕は彼の言動を何度も思い起こしているけれど、何か抜け落ちていることがあるのかもしれない。おそらくシーベリーは、誰がハーマイニーを殺したのかわかる手がかりを見つけたんだ。だけど、僕にはそれが何かわからない」ジムは口を閉ざして、考え込んだ。

ノーニも同じように、そのときのことを一つ残らず思いだそうとしていた。シーベリーが話したどんな些細なことも。とうとうジムが首を横に振った。「ハーマイニーの遺言については、予想外のことは何もなかった。手持ちの現金が思っていたほど多くなかったようだけど。だからといって、盗まれたという証拠はない……」

（盗まれた！）「そうよ、ジム。何かいつもと違うおかしなことといえば、わたし、お金を盗まれたの……」

ジムが目を剝いた。「どういうことだ？」

ノーニは、鞄に入れておいた札入れからお金がなくなったことをジムに手短に話した。それから立ち上がると、揺らめくろうそくの明かりの中を整理ダンスのところへ行き、ワニ革の鞄から札入れを取り出した。ジムは札入れを受け取ると、ろうそくの近くで札入れを念入りに調べた。揺らめくろうそくの柔らかい光に照らしだされたジムの日焼けした顔は、こわばっていた。

まるで巨大な手がやみくもに入口を探っているかのように、バルコニーに面した観音開きの窓が震えると、ジムの黒い髪の毛が乱れた。ジムはセーターの上にコートをはおりひげも剃っていたが、今までとは違って見えた。顎の線がくっきりと浮かび上がって厳しい顔つきになり、一回り成長したようだ。ディックも別の意味で変わった。ディックの変化はいままで隠されていた本性が表れたというよりも、おそらく、殺人という非日常的な出来事が、平凡な日常生活の仮面を剝ぎ取ってしまったのだろう。ノーニはリディアに憎まれていることを今朝まで知らなかったし、オーリーリアの中に、あれほどの凶暴さが潜んでいることも、今朝まで知らなかった。

ジムが尋ねた。「他には何かないか、ノーニ、どんなことでもいい」

「いいえ。とくには……」ノーニが口ごもったので、ジムはすばやく彼女を見た。

「何かあるんだな？　言ってごらん……」

「何かあるわけってじゃないけど。たぶん――ホームシックなのね。この家にまだ慣れていないのよ……わたし……」

「なんだい、ノーニ？」

「わたし、なんとなく怖いの。この家がまるで……なんていうか……わたしを見張っているような気がするの。それに、聞き耳を立てているような。ばかみたいでしょう」ジムが何か尋ねてくる前に、ノーニは急いで話を続けた。「別に確信があるわけじゃないの。なんとなく、そんな気がするのよ」

だが、ジムは何も尋ねなかった。ノーニは札入れを受け取ると、整理ダンスへ戻った。そのとき、ジムが思いもよらぬことを言った。「ミドル・ロード大農場の、あの少年に会いたいな」

「少年ですって！　ジョニーのこと？」

「違うよ。彼にはすでにいろいろ聞いたけど、殺人のことは何も知らなかった。個人的には、彼の言ったことを信じる。もう一人の少年のほうだ。脳震盪を起こした少年のほうだよ」

リオーダン医師が往診した少年だ。それがあったから、医師はリディアを村からビードン・ゲートへ連れてきたのだ！　意識の底に眠っていたものが浮かび上がってきて、ノーニは不安そうに尋ねた。

「どうしてなの、ジム？」

ジムは突然自分の殻に閉じこもり、虚ろな表情を浮かべた。「その少年が何か知っているかもしれない。彼は昨日の午後、脳震盪を起こした。僕は先生に聞いたんだ。先生が言うには、階段で倒れ気を失ったと、ハーマイニーが少年を見つけて、電話してきたと言っていた。君が僕をエルボー・ビーチへ送って、戻ってくる間の出来事だ。先生が言うには、少年は軽い脳震盪を起こしていたので、危ない状態を脱するまで質問は控えさせた。そして、少年が意識を失っているときに、ハーマイニーは撃たれた。だからそのときは、少年を問いただすことにたいした意味はないと思った。だけど、僕は……」ジムは口をつぐんだ。じっくり考え込んでいる様子なので、ノーニは彼の表情を読むことができなかった。

白い螺旋階段の情景が、ノーニの頭に浮かんできた。

（螺旋階段の下で気を失っている少年を見つけて数時間後にハーマイニーは撃たれ、あの螺旋階段を上がったところで倒れたのだとしたら？）ノーニは大きな声を出した。「何か関係があるの、何か？」「とにかく、その少年に会いたい」と、ジムが言った。そのとき、ノックもなしにドアが開くと、オーリーリアが部屋の中へ入ってきた。

オーリーリアはベージュ色のシルクのドレスに再び身を包み、肩には緑色のショールをかけていた。疲れからか、顔はパテのように蒼白で、激しくくすぶっていた怒りはいまのところ落ち着いている。オーリーリアは怒りのこもった目をジムへ向けた。「あなたに話があります、ジム。ノーニにも」オーリーリアの大きな黒い目がノーニからジムへすばやく移動すると、またもやノーニへ戻った。「ノーニ」と、オーリーリアが言った。「わたしはあなたの友人のつもりよ。だからわが家へ喜んで迎え入れたし、ロイヤルの婚約者として歓迎したわ。わたしの話を聞いて。あなたとジムが付き合い始めて、どれくらいなの？　あなたがこの島へやって来てからでしょう。あなたがとても裕福だということを、ジムが知らないとでも思っているの？」

ノーニは思わず噴きだしてしまった。ノーニはジムを見た。ジムも半ば笑みを浮かべながら、ノーニを見ていた。そしてノーニは答え始めると、すべて胸の内を語り尽くした。

オーリーリアの手が膝の上でわなわなと震えていた。「あなたはロイヤルの婚約指輪をはめているのよ、ノーニ。だから、わたしはこの結婚を成就させたいの。たとえ……」オーリーリアは口をつぐみ、息を深く吸ってから真剣な口調で続けた。「たとえロイヤルのためにならなくても。とにかく、わが家で面倒をみた人が関わりを持ってほしくないのよ――殺人容疑で訴えられそうな男と……」

オーリーリアは正直な思いを吐露して、苦悩が和らいだようだった。ノーニは厳かに、そして正直に答えた。「オーリーリア、たとえジムが殺人容疑で逮捕されたとしても、わたしは彼についていくわ。だけど、彼は自由の身になるでしょう。だって、ジムはハーマイニーを殺していないもの」

　オーリーリアはいら立ちながら、「あなたは、わたしの言うとおりにすればいいの！　あなたに言ったでしょう――ジムの前で言うのも何だけど――あなたは自分の財産のことをもっと考えなくてはだめよ。ジムにはお金が必要なの。そのことは彼も認めているし、今、ジムは無職なのよ。ハーマイニーが殺されなかったら、ジムには何もないわ」

　ジムがオーリーリアを哀れむように、静かに口を開いた。「わかってもらえないだろうけど、僕はノーニが金持ちだろうと貧乏だろうと、いっこうにかまわない。とにかく――彼女を愛しているだけなんだから」ジムは少し顔を赤らめて、最後の言葉を付け加えた。

「ノーニを愛しているですって！」オーリーリアが大きな声をあげた。「ロイヤルの友人のふりをしていたくせに！　兄が助けなければ、あなたなんかとっくに逮捕されていたわ！」

　ロイヤルが出入口から声をかけた。「入ってもいいかい？」オーリーリアがすばやく振り向くと、ロイヤルはやって来て、オーリーリアの肩の上に手を置いた。「オーリーリア、外まで聞こえていたよ。ジムは財産目当てで結婚するような男じゃない」

「ノーニはものすごいお金持ちなのよ。若い男なら、誰だってそんな大金を手に入れたいでしょう。おまけに、ジムは一文無しだもの……」オーリーリアはふてくされた調子で言った。しかし、ロイヤルは手に力を込めてオーリーリアを黙らせると、ノーニを見た。「ノーニ、今言うべきことじゃないかもしれない。せめて僕たちが結婚するまでは、君に知らせないでおこうと思っていたんだ」

　ドアのところへ誰かがやって来たようだったが、ノーニはロイヤルを見ていたので、漠然と気配に気付いただけだった。ジムがノーニの腕に手を置くと、ノーニがゆっくりと口を開いた。「どういう意味なの、ロイヤル？」

「こんなことは言いたくなかったけど、いずれ知らなくてはならないことだから。いいかいノーニ、落ち着いて聞いてくれ、君は金持ちなんかじゃないんだ。財産なんてない、何もないんだよ」

オーリーリアは驚きの声を漏らして、息をのんだ。ロイヤルが続けた。「気の毒に、ノーニ。だけど、君を心から愛してくれる人にとってはどうでもいいことだろうけど」

ジムは手を動かして、守ろうとするかのようにノーニを抱き締めた。

オーリーリアが勝ち誇ったように頭を持ち上げた。「そうだったの、ノーニ？　知らなかったわ。でも、お金は関係ないんでしょう？　ロイヤルはこのことを知っていたのね。でも……」オーリーリアはノーニの腕に手を置き、親しみを込めて真剣に言った。「ロイヤルはもともと、あなたの財産など気にしていなかったわ。望んだのはあなた自身なのよ。ジムにのぼせるのはもうやめなさい。悪いことは言わないわ。ロイヤルはあなたへの愛をずっと貫いてきたじゃない。あなたがロイヤルと結婚すれば、安定した生活を末長く送れて幸せになれるのよ」

出入口のところにいたのは、リディアだった。彼女は笑っていたが、大きな声を出した。「オーリーリア、あなたがそんなことを言うのは、ロイヤルをわたしと結婚させたくないからでしょう。あなたはわたしを憎んでいて、何年もわたしといさかいを繰り返してきたから。だけどノーニは——そうよ、ノーニはまさにうってつけの花嫁よ。他の男と結婚したいなどと言いださなければね。今はどう思っているの、オーリーリア。まだわたしを憎んでいるの？」リディアはそう言って笑うと、嵐の真っただ中のこの家で、ヒステリーのような奇声をあげていることに気付いて、手で口を覆った。

第十八章

揺れるろうそくの明かりが顔を下から照らしたのでお互いの形相が変わったように見え、一同は周囲の闇からほの白く浮かび上がっていた。

リディアの甲高い耳障りな笑い声には、何やら危険な響きがあった。遭難して、脆そうなゴムボートで荒れ狂う海を漂流しているとき、一人の向こう見ずな行動がそれまで保っていた微妙なバランスを崩してしまうかのように。オーリーリアがすぐさま動いて、リディアの前で足を止めた。リディアも自分の奇声に気が付いて慌てて手で口を覆ったので、奇声は小さくなっていった。リディアは静かに、だが驚くほど堂々と背筋を伸ばして、口紅のついた手で赤茶けた髪の毛を整えてからノーニに向かって尋ねた。「ジムと結婚したいというのは本気なの?」

ノーニとリディアは離れて立っていて、目に見えない何かで隔絶されているようだった。「ええ、本気よ」と、ノーニが答えた。

リディアは他の人たちを無視して、その場にノーニと二人だけでいるかのように話し始めた。「わたしはずっと前からロイヤルを愛していたわ。だから、今でも島に留まっているの。だけど、オーリーリアはわたしを憎んでいるのよ。わずかな年金を除けば、わたしにはお金はないけど、オーリーリアはとにかくわたしを憎んでいる。わたしがおばあちゃんになるまで、わたしとロイヤルの結婚を邪魔するでしょうね、ノーニ。このことを理解するには、あなたは若過ぎるけど、わたしはいつだってロイヤルを愛していた。あなたがロイヤルと結婚するなんて考えられない。ハーマイニーが殺された夜、わたしはこの家へやって来たでしょう。夕食を食べに来たんだけど、実際には気持ちが塞いで、何もする気になれなかったからなの。ハーマイニーはそのことを知って、わたしをなじったわ。あなたにはわからないでしょうね。だけど、わたしは……」

ロイヤルは彼女たちの話に加わろうとした。「リディア、やめるんだ……リディア、今、そんな話をしてはいけないよ……」

だが、リディアの輝くような緑色の目が揺らぐことはなかった。「ノーニ、もしジムが逮捕されたらどうするの！　もし絞首刑になったら……」

「ジムは逮捕されないし、絞首刑にもならないわ……」

「警察はどう思うかしら！　たとえジムが無実だとしても、殺人事件よ。誰かを処罰しなければならないの。たとえ無実であっても、処刑されるわ！」

オーリーリアが大声を発した。「リディアの言うことを真《ま》に受けちゃだめよ、ノーニ！　ロイヤルはリディアと恋仲だったことなんて一度だってなかったんだから。リディアのことは好きじゃなかったもの……」

リディアが口を挟んだ。「オーリーリアは嫉妬深いのよ。いつでも嫉妬しているわ。オーリーリアはわたしがロイヤルの妻として、ビードン・ゲートにいてほしくないの。わたしがこの家を仕切るようになるのが面白くないから。ノーニ、あなたは若くて、まだ子どもみたいなものよ。だから、オーリーリアはあなたを自分の意のままに操れるでしょうね……」

「そんなことないわ！」オーリーリアが叫んだ。「どうしてそんな嘘をつくの、リディア？　どうして？」

それでもリディアの緑色の目は揺らがず、オーリーリアの言い分をじっくりと聞いてから口を開いた。「嘘なんかついてないわ。良心に従って――わたしが言うのもなんだけど――良心に従って言っているのよ！　良心が不思議と意に反して、正直な気持ちを言わせるの……」リディアの目からぎらぎらしたものがなくなり、今はぼんやりと虚ろな目をしている。ロイヤルが厳かに言った。「リディア、口を慎め。もしノーニがジムとの結婚を望むなら、僕は邪魔するつもりはない」

ノーニは本当のことを知って、口を開いた。「リディア、ロイヤルもあなたを愛しているわ。彼はわたしのことをかわいそうに思って、手を貸そうとしてくれただけよ――わたしを愛しているわけじゃないの。ずっとあなたを愛していたわ……」

オーリーリアが反撃に出るかのように、威圧的な態度で遮った。「ロイヤルはあなたを愛しているわ、ノーニ。リディアとは、その気があればいつだって結婚できたんですもの。リディアはわたしが邪魔をしたと言うけれど、わたしはロイヤルが望むことを妨げたことなどないわ。兄が愛しているのはあなたなのよ。ロイヤルの妻には、あなたがふさわしいの。リディアはロイヤルを取り戻したいだけよ。兄は……」

ロイヤルが口を挟んだ。「やめるんだ、オーリーリア！　おまえとリディアは水と油なんだから……」

「オーリーリアはわたしを憎んでいるわ」リディアが顔を紅潮させて言った。

ロイヤルが続けた。「話を元に戻そう」ロイヤルは、懇願するようにリディアへ手を差し出した。

「おいで、リディア。もしよければ、二人で話し合おう。だけど、今はやめておこう」

リディアはロイヤルの手を拒んだ。そして振り返り、驚くほど堂々とした足取りで部屋から出ていった。

高く持ち上げたリディアの赤茶けた髪の毛が、そして、かわいらしい優雅な姿が見えなくなるまで、誰も口を開かなかった。部屋に残った人々の影が、ろうそくの明かりを受けて部屋の隅で揺らめいている。オーリーリアはノーニを見ると、気を取り直して言った。「リディアの言ったことなど忘れて。彼女の言ったことは、あなたがこの家でロイヤルの妻になることと何の関係もないのだから。わたしの言うことを信じて。そして、わたしを信じてちょうだい」

オーリーリアもリディア同様、取り繕ったように落ち着きはらって出ていった。

ロイヤルが再びにべもなく言った。「オーリーリアとリディアはとにかく折り合えないんだ。君に本当のことを言わなければならない、ノーニ。リディアが言ったことは、部分的には事実だ――いや、事実だった。だけど、もはや昔のことだ。リディアは……」ロイヤルが口ごもった。顔には良心の呵責と苦悩の色が浮かんでいる。そのとき、機をうかがっていたかのように、ジムが口を挟んだ。「いずれにしても、ノーニは僕と結婚するんだ、ロイヤル。ノーニが君のことをとやかく言うことはないよ」

「だが」ロイヤルが再びぶっきらぼうに言った。「われわれが君をこの窮地から救い出さない限り、君はノーニと結婚できない。ディックがどうするつもりなのかはわからないけれど。彼はいまや別人のようだ。ディックはハーマイニーを憎んでいたけど、今は誰かを殺人の罪で絞首刑にすると心に決めているようだ」

「僕をだ」ジムがぶっきらぼうに言った。

「だが、この嵐のおかげで、この件は中断している。その間に何か手だてを講じることができる」ロイヤルはうわの空でポケットを探り、顔をしかめた。「弁護士からの手紙を確かポケットに入れておいたはずだけど。ノーニの財産に関する手紙だ。読んですぐに内容を理解したよ、ノーニ。僕は金持ちじゃない。だけど、君の財産がどうとか、その財産がなくなったとかは、僕にはどうでもいいことだ。それだけはわかってもらいたい。その上で、僕は今でも君を幸せにできると思っているんだよ、ノーニ」

「ロイヤル、わかっているわ。ありがとう……」ノーニはこれだけ言うのが精一杯だったが、ロイヤルは彼女の言いたいことを理解して笑みを浮かべ、続けた。「どうやら君のお父さんが、きれいさっぱり財産を使い果たしてしまったらしい。土地や家屋、それに君のお母さんの宝石までも借金を返済のために売却するようだ。君のお父さんは相当お金の使い方が荒かったようだけれど、意見する人間が一人もいなかったらしい」ロイヤルは、ポケットから手紙を引っ張り出して広げた。

「この手紙は君宛てに昨日の午後、君がジムをモーターボートに乗せて出発した後に届いたんだ――ハーマイニーが殺される前に――急ぎの手紙かもしれないと思って、開けさせてもらったよ。それから一連の出来事が起こって、君に伝えることができなかったんだ」

「君たち二人も読んだほうがいい」と、ロイヤルが続けた。「それを読んで、僕はすべてを理解した。君のお父さんの会社は有名企業だから、救う手だてがあれば、何らかの策を講じるだろう」

まるで別の世界からの言葉のようだったが、手紙に書かれているとおりなのだろう。だが、ノーニとジムの二人の世界には何の意味も持たない。ジムの手の中で、紙の擦れる音がした。手紙に書かれている弁護士の名前はよく知っている名前だったが、いまや権威のかけらもなかった。紙の擦れる音は鎧戸の軋む音よりも現実離れしていたが、ノーニは財産のない相続人であることを自分に言い聞かせて、ジムが声に出して読む手紙にただ耳を傾けていた。

だが、ノーニの聞いた言葉は簡潔で、決定的なものだった。今まで懇意にしてきた弁護士事務所からの報告はずいぶんと辛辣で、ブラウンとホガースの名前を聞くだけで充分だった。二人が間違えるはずはなかった。二人は、ノーニの父親の支出や財産について事細かに把握していた。風が窓に吹きつけて家を揺さぶるので、ジムの声が次第に大きくなっていった。「……あなたのお父さんの財産は──われわれは気が付いていましたが──何年もの間減少の一途をたどっていましたので、いくども支出を切り詰めるよう助言してまいりました。間違った投資や無理な借金など健全な財産運用ができなかったこと、そして浪費をお諫《いさ》めすることができず、あなたのお母さまの宝石類まで売却したことは残念でなりません。あらゆる手段を講じて、できる限り救済するよう努めます。敬具」

ジムが手紙をたたんだ。

ロイヤルが口を開いた。「これはまさしく世の中がひっくり返るような事態だが、君のお父さんはそのことがわかっていなかった」

（だが、父は死ぬ間際に家の事情を憂慮してわたしをなんとかしなければと考え、ロイヤルを呼んだのね）「父が、あなたとわたしを結婚させようとしたのは、ロイヤル、そういうことなのね……」と、ノーニが言った。

「仮にそうだったとしても、君のお父さんははっきりと口に出しては言わなかった」と、ロイヤルが言った。「僕が結婚を申し込んだのは、君を愛しているからだよ、ノーニ」

ノーニがゆっくりと口を開いた。「話の結末がどうなるのかわかってきたわ――父は確かに浪費家だった」浪費癖の直らない父の姿が、ノーニの脳裏に浮かんだ。ホテルのスイートルーム並みの部屋を備えた小型船、貸し切りの飛行機、車にヨット。夏の間はバーハーバー（米国メイン州の避暑地）やスコットランドの別荘で過ごし、冬になればフロリダやカンヌの別荘で過ごす。父は陽気に見境なくお金を使い続ける人生を送っていた。

「おそらく、いくらかは残っているだろう」と、ロイヤルが慰めるように言った。

ノーニは首を横に振った。「この弁護士事務所はよく知っています。一円たりとも見逃してはいないでしょう。あらゆるお金の出し入れを把握しているはずです」

ジムがノーニを見て、尋ねた。「金持ちであろうと、貧乏人であろうと、君は気にしないだろう？」

い、い、い、
気にするわよ！　ノーニがジムを見据えた。気持ちが目に表れたに違いない。ジムは笑みを浮かべると、くだけた調子で言った。「そうなのか」

ロイヤルが口を挟んだ。「手紙は昨日届いた。だから、僕たちが結婚するまで、この話は伏せておこうと思っていた。ノーニ、君が気にすると思ったんだ。結婚式のときは、幸せな気分でいたいじゃないか。いずれにしても、この話は後にしよう。風が少しおさまってきたから、しばらくは小康状態を保つだろう。リオーダン先生が往診に行きたがっている。こんなときに出かけるなんて、どうかしているけど……」

ロイヤルは廊下へ出て、ドアを閉めた。ジムがノーニに腕を回して抱き寄せたので、彼女は頭をジムの肩に預けた。「君がまともな生活を送れるように頑張るよ。ヨットやクロテンの毛皮がなくても充分さ……」

「わたしも、あなたがいればいいわ」真剣に言い過ぎて、声が妙に子どもっぽくうわずっていた。ジムは思わず笑みをこぼすと、ノーニの顔を上に向けてキスした。「君を愛することを誓うよ――僕の生涯を賭けて、ノーニ……」

家が嵐の中心に入り始めたようだ。バリアーのようなものに囲まれて孤立しているようで、改めてこの家の中に、得体の知れない恐怖が潜んだままだということを思い知らされた。

ジムもそのことを感じて、少しの間、優しく慰めるようにノーニの頭に頬ずりしてから、口を開いた。「先生を見てくる。すぐに戻るよ」

ジムは廊下へ出ていった。黒い髪が明かりに照らされて輝いていた。鎧戸にぶつかるつる植物の音が、中へ入ろうとして鎧戸を叩く音に聞こえる。ノーニは何を考えるでもなくぼんやりと突っ立って、ジムの腕のぬくもりと、キスの感触に浸っていた。だが、医師を見てくると言ったときのジムの様子は、なんとなくおかしかった――どこか慌てているようだった。何がおかしかったのかは説明できないけれど……。

(ジムは何をするつもりなの?)

だが、ノーニにはわかっていた。ジムはシーベリーが見つけた証拠を探しにいったのだ。

(リオーダン先生と何か関係あるのかしら?)

だけど、証拠にはなりそうもなかった。物的証拠というのは――写真であったり、顕微鏡を覗いて分析したりすることで、殺人犯を特定することができる物をいうのだ。

嵐の様子が変わってきた。凪は和らいできたものの相変わらず吹きすさんでいて、雨も激しく降っている。それでも、ろうそくの炎は静かに燃えていて、揺らめく炎と雨の音が睡眠薬のように眠気を誘う。しばらくしてノーニは羽根布団にくるまり、聞くとはなしにバルコニーを叩く雨の音に耳を澄ませているうちに、眠ってしまった。

眠ってはいたものの、ノーニは嵐が移動していることも、次第に速度を速めていることにも気付いていた。目が覚めたとき、ノーニははっきりとわかった。小康状態は終わっていた。勢力を取り戻した嵐が、またもや島を襲っている。再び力を蓄えた獣が獲物に襲いかかろうと、引き返してきたのだ。

ノーニは時間の感覚がなくなっていた。閉めきった鎧戸を通して奇妙な薄明りが入り込み、揺らめくろうそくの明かりが部屋の隅に影を落としていた。ノーナおばさまへの手紙はもうずいぶんと昔のことのような気がするが、揺らめいて消えそうになりかけたろうそくの小さな炎が大きくなると、手紙が暗がりの中にぼんやりと浮かび上がり再び闇に溶け込んだ。

ノーニがこの手紙を出すことはないだろう。そして今は、ロイヤルとリディアの仲を確信していた。ロイヤルは、ずいぶん前からリディアを愛していたのだ。だが、オーリーリアが二人の結婚の邪魔をして、そのまま時間だけが過ぎていった。だけど、リディアは明らかにまだロイヤルを愛している。そして、ロイヤルもまたリディアが忘れられないでいるのが、ノーニにははっきりとわかった。ロイヤルはノーニに真剣に向き合ってくれた。ノーニが尽くせば、ロイヤルもノーニに誠実でいてくれるだろう。だが、ロイヤルがずっと以前から愛し続けてきた女性は、リディアなのだ。

オーリーリアに妨げられ、本人も自覚していないけれど、ロイヤルのリディアへの愛は消えずに残っていることを、ノーニは確信した。リディアが招かれてもいないのに夕食を食べにやって来た夜のことを、ノーニは思いだした。ロイヤルとリディアが微笑み合って、昔話に花を咲かせていたことを思いだした。ロイヤルは男らしく、リディアのことなど意識していないように振る舞っていたけれど、今にして思えば、二人の恋仲は明らかだった。

ノーニは心の重荷を下ろした。ロイヤルへの後ろめたい思いに、もはや苦しまなくて済む。

ジムはどこへ行ったのかしら、とノーニは思った。

（何をしているの？）嵐の音が大き過ぎて、ノーニは家の中の物音を聞くことはできなかったが、誰もいないかのように家は静まり返っていた。ノーニはろうそくを持って立ち上がると、化粧台のほうへ進んだ。シャワーを浴び、着替えて、髪をとかしてから金メッキを施したブラシを見た。ろうそくの明かりに照らされて、イニシャルが輝いていた。

（これじゃあ、父と同じじゃないの！）今はそんな父が懐かしかった。父親はロマンチックで華やかな時代を生きたのだ。だが、今は昔ほどロマンチックでも理想主義の時代でもなくなり、お金がお金としての輝きを失ってしまった。

ノーニはもはや財産などいらなかった。宝石もいらない。だが、ふと考え直した。

（でも、ジムには弁護士が必要だ）ノーニはそのことを考えていなかった。

（ジムが殺人の罪で裁判にかけられたら、弁護するために、ジムが相続できるハーマイニーの財産を使えるかしら？　まず、だめでしょうね）ノーニの茶色のワニ革の鞄から盗まれた千二百ドルが、少しは助けになるかもしれない。

（もしかしたら、千二百ドルは取り戻せるかしら？）少なくともやってみる価値はある。

ノーニはろうそくを持って、廊下へ出た。別のろうそくが背の高い銀の燭台に立てられて、階段近くのテーブルの上に置いてあった。ろうそくの後ろには長い廊下が続き、暗がりが濃くなっている。

再び、ノーニは家の中に誰もいないような気がした。

だが、階下の玄関ホールの明かりが二階にまで達していて、階段の手すりや手すりを支える柱の影を作っていた。ロイヤルは玄関ホールにいた。頬杖をついて、肘掛椅子に座っている。そばのテーブルには古くて大きな枝付き燭台が置かれ、燃えるろうそくからろうが垂れていた。ロイヤルはノーニに気が付いて、立ち上がった。

「ノーニ、寝たと思っていたのに」

ノーニは座って、持ってきた小さなろうそくをテーブルの上に置いた。「家の中に誰もいないみたいね。みんな、どこへ行ったのかしら?」

ロイヤルはため息をついた。「リオーダン先生は何人か患者を往診しなければならないと言って、嵐が小康状態のときに出ていった。すぐに戻ってくるだろう。道路はあちこちで通行止めになっているに違いない。オーリーリアは眠っていると思う。おそらく、リディアも。少なくとも、二人には会っていない。ジムは……」ロイヤルは疲れたように額を拭った。「ジムはミドル・ロード大農場へ向かった。ディックがそれを知って、ジムを行かせた僕に食ってかかり、連れ戻しにいったよ。ジムは逃げやしないのに。誰だって、こんな嵐の中を逃げられるものか。だが、ディックは何か嫌な予感がしたんだろう。仮釈放中に逃亡するようなものだと言って、ジムに手錠をかけて連れ戻すと息巻いていた……」ロイヤルは再びため息をついた。「ディックに何があったのかはわからない。ディックはハーマイニーを憎んでいたけれど、今は彼女の仇を討とうとしているみたいだ」

ろうそくの炎が揺らめいて、影も揺れた。

ロイヤルは謝罪するように、手を差し出した。「ずっと考えていたんだ、ノーニ。リディアは……」

「あなたはリディアを愛しているのよ、ロイヤル。わたしとの結婚を望んでいるのは、オーリーリアのほうだわ」

「オーリーリア……」ロイヤルはしばらく口をつぐんだままだったが、ようやくゆっくりと口を開いた。「オーリーリアは妹というより、まるで母親気取りだ。いろいろ口出しすることを許してきたものだから。それで、ご覧のとおりだ」

不意に、ノーニは身を乗りだした。「ロイヤル、わたしのお金がなくなったの」

「お金が！　どういう意味だ？」

ロイヤルはノーニのお金がなくなった話を静かに聞いていたが、次第に険しい表情になっていった。「使用人たちではないと思う。おそらく……」ロイヤルが急に息をのんだので、ノーニは驚いて緊張した。「何なの、ロイヤル？　何を言おうとしたの？」

「はっきりとはわからない。もし、ハーマイニーの殺人と関係あるとしたら。あるいは、シーベリーの殺人と！」ロイヤルは考えていたが、首を横に振った。「なんとも言えない。けれども、なくなったお金をもう一度見たらわかるかい？」

「わかると思うわ。こんなふうに……」――ノーニは身振りで示した――「札入れにしまっておいたんですもの。わたしのお金がなくなったことと、殺人が関係するっていうの！」

「わからない。普通に考えたら、関係ないだろう」ロイヤルはしばらく黙ったまま考えていたが、突然、立ち上がった。「イェーベに聞いてみよう。心配ないよ、彼を責めるわけじゃない……」ロイヤルは軽くノーニの頬に触れて微笑むと、食堂を抜けて台所へ向かった。強風が家を土台ごと揺すっていた。ろうそくの炎が煙を上げて消えかけ、再び燃え上がった。ジムとディックはすぐに戻ってくるに違いない。この天候では、おそらく二人はミドル・ロード大農場まで辿り着けないだろう。

リオーダン医師が戻ってきていた。

医師の鞄が、ドアの近くの長椅子の上に置いてある。激しく燃えるろうそくの明かりの中で、鞄の鍵が輝いていた。

（先生はどこにいるのだろう？）医師が戻ってきたことにロイヤルが気付かないのはおかしい。ノーニは衝動的に立ち上がると、書斎へ向かった。書斎には、誰もいなかった。明かりのついたろうそくが机の上にあるだけだ。石膏の胸像が暗がりからノーニを見つめている。海は相変わらず荒れ狂っていて、家の土台を揺るがしている。ノーニが玄関ホールへ引き返したとき、なぜか誰かに後をつけられているような気がした。

単なる思い過ごしだろう――漠然とそんな気がしただけなのか。栗色の壁は湿っていて、しみが浮いていた。海や雨の匂いが、まるでどこかのドアが開いているかのように流れ込んでくる。

いつもならベランダが居間の役割を果たし、居間はこの家のすべてのようだったが、実際には、少し古びた、日頃あまり使われていない部屋が思いのほか多い。家が洞窟のように広がっていて、人の気配がしない。医師が、家の中のどこかにいるはずなのに。

ノーニは、昔風の厳めしい感じのする応接室へと向かった。ここも真っ暗で、誰もいない。ノーニはなぜか急に不安になり、逃げだしたい衝動に駆られた。廊下の端にあるオーリーリアが裁縫室に使っている小さな居間は籐の家具が置かれ、窓は庭に面している。ノーニはそこへ急いだ。足音がタイル張りの床に響く。

ノーニが中へ入ると、ぼんやりと明かりが灯っていた。この部屋へ向かっているとき、前になったり後ろになったりして、近くを誰かが歩いていたような気がしたので振り返った。だが振り返ったとたん、明かりが音もなく消えた。後には消えたろうそくの煙の匂いが残り、窓ががたがたと音を立てている。戻れないよう閉じ込められたことに、ノーニはまだ気が付いていなかった。

第十九章

嵐のせいで外は相変わらず暗く、かんぬきをかけて閉めきった鎧戸が家の中を薄暗くしていたが、すでに夜は明けていた。ノーニは次第に暗がりに目が慣れて、部屋の中の様子がわかるようになっていた。鼻を突くようなろうそくの芯の燃える匂いが広がり、暗がりの中で動く気配は何もなかった。が、ろうそくの火はひとりでに消えたりはしない。ノーニは耳を澄まし、ドアを背にして立った。

時間が刻々と過ぎていくが、ノーニは動くことができなかった。何か得体の知れないものが、暗がりからいきなり飛び出してくるかもしれない。だが、さらに時間が経っても、何も起こらなかった。

時間が経つにつれて、ノーニは落ち着きを取り戻した。ここには誰もいない。家には鍵をかけ、かんぬきもかけた。ろうそくの明かりが消えたのは、強い隙間風にろうそくの炎が揺らめいて消えたのだろう。家は無人の洞窟のようだが、実際には人がいるのだ。オーリーリア、リディア、ロイヤル、それにリオーダン医師もいる。ノーニは助けを求めて、大声をあげさえすればいいのだ。さっき誰かに後をつけられたような気がしたが、気のせいではなく実体を伴った人間であったとしても、助けを求めて大声をあげればいい。

だが、何も起こらなかった。閉めきった鎧戸のわずかな隙間からの明かりで、椅子の形や出入口の輪郭がぼんやりと暗がりに浮かび上がり、黒いかたまりがソファであることが次第にわかってきた。

しかし、それらは生命のない物でしかない。

（誰もいない。それなら、怯えてじっと突っ立っていてもしょうがないじゃない）

ノーニは動きだした――冷たく湿った石膏の胸像を手探りで確かめ、脚にまとわりつくスカートが立てる音に注意しながら、爪先立ちでそろそろと進むと、広い空間に達した。

応接室へ通じる出入口だった。応接室は玄関ホールから離れていて、階段との間に暗がりが広がっている。ノーニは突然隠れようと思い、静かに、そして慎重にドアの周囲を見回してから応接室へ入った。ポプリと湿った石膏の匂いがして、手探りした壁はざらざらしていた。ノーニはじっと耳を澄ませ、長くて広い応接室の、金メッキの額縁の肖像画や、房飾りのついた椅子やソファなどの配置を思いだそうとした。

大きくてごつごつしたものが暗がりから浮かび上がったが、椅子だった。背後の玄関ホールからは、何の物音も聞こえない。それでも、ノーニは安全そうな応接室の隅で息を殺して待つことにした。

（だけど、何を待つというの。誰かがやって来るのを、ろうそくが再び灯るのを、知っている声が玄関ホールから聞こえてくるのを待つというの）

再び恐る恐る壁に沿って進み、ドアから離れた。椅子の形が次第にはっきりしてきたので椅子の上に手を置くと、シルクの生地の感触に思わずほっとして通り過ぎた。ドアからはさらに遠ざかるけれど、背の高いランプが載っているテーブルを過ぎ、ソファを過ぎ、さらに多くの椅子を通り過ぎていく。そこで立ち止まり、耳を澄ませた。相変わらず、何の物音もしない。右のほうに暖炉があるはずだ。そして暖炉のそばには小さなソファが。慎重にそちらのほうへ進んでいった。そのとき、どこかで足載せ台が床を滑るような音がしたかと思うと、止まった。

そして、再び静寂が訪れた。

（ろうそくはひとりでに消えたりしないし、足載せ台も勝手に床の上を滑ったりしないわ）

まるで不気味なかくれんぼをしているようだった。

（この暗がりの中で、誰かが足載せ台につまずいたのかしら？）

ノーニは振り返り、耳を澄ませた。そして、さらに振り返ったので、方向がわからなくなってしまった。今動いたら、ノーニは暗闇の中で待ち受けている相手の懐へ飛び込んでしまうかもしれない。

だが、ノーニは何か行動を起こそうと決めていた。この偽りの安全に安穏《あんのん》とするつもりはない。何かしなければと考えた。何か――そう、叫び声をあげるのだ。

もしノーニが叫び声をあげたとしても、叫び声は嵐に掻き消されて誰の耳にも届かず、期待を裏切られるだけだろう。仮に誰かが聞いて駆けつけてきたとしても、間に合わないかもしれない。電話のところにいたシーベリーは助けを呼ぶ間もなかったし、出入口のそばに立っていたハーマイニーには、何の警告もなかった。

だから、ノーニは警戒した。だが慌てていたので、不用意に歩きだしてテーブルにぶつかってしまい、テーブルの上の灰皿やたばこの箱やオーリーリアのアクセサリーがまるで凶兆のように大きな音を立てた。

騒がしい音が静まると、暗闇からノーニのほうへ向かってくる足音が聞こえた。先ほどぶつかって音を立てたテーブルが、今度は助けてくれた。テーブルをつかもうとして両手を差し出したところ、堅くてがっしりとしたソファの背に触れたので、ノーニはソファの後ろにしゃがんだ。

ノーニはうずくまるとソファの粗い生地に頬を押しつけ、息を押し殺した。近付いてきた足音が止まり、耳をそばだてているようだ。それから、ゆっくりと去っていった。

ノーニはソファの後ろに身を潜めたまま、じっとしていた。部屋は再び静寂に包まれた。海のうねる音が遠のき、部屋の端にある観音開きの窓が立てる音も弱まった。一息ついたものの、ノーニは今さらながら怖くなってきた。耐えきれなくなったノーニが押し殺していた息を吐き、動きだすのを辛抱強く待っていたのは誰だったのか？　このおぞましい問題にけりをつけるために、オーリーリアが都合よく持ちだしてきた見知らぬ外部の人間の仕業だとしたら、どうやってこの家に入り込んだのだろう？　だが、この家には多くのドアや窓や通路があり、出入りは容易にできる。あるいは、この家の中に、以前から潜んでいたのだろうか？

だが、この家の中にいる人間は多くはない――ロイヤル、オーリーリア、リディア、リオーダン医師、イェーベと、極めて少ない。

ノーニは耳を澄まし、息を殺して再び気持ちを落ち着かせたが、いろいろな疑問が浮かんできた。堂々と物おじせずに歩くあのオーリーリアが、獲物を捕えるときの獣のように、暗がりで足音を忍ばせて歩くだろうか？　だがオーリーリアには暴力的なものが潜んでいて、突然抑えきれなくなってしまうことがある。

（だけど、なぜそうなるの？）ノーニとオーリーリアの人間関係は良好で、揺るぎないものだった。オーリーリアは、明らかに、今でもロイヤルとノーニの結婚を望んでいる。ノーニは、オーリーリアからは優しさと愛情しか感じなかった。

リディアがロイヤルの妻になることにオーリーリアは嫉妬している、とリディアは言っていた。ロイヤルの妻になる人間には、オーリーリアはいつも嫉妬するのだろうか？　オーリーリアがノーニに優しくしてくれて、ロイヤルとの結婚を執拗に望むのは単なる言葉の上だけのことであって、本心を隠しているのだろうか？

ノーニはその考えをすぐさま否定した。オーリーリアがそこまでいやらしいとは思えない。ノーニが耳を澄ますと、暗闇のどこかで何かを探している物音がしたような気がして、さらに低くしゃがんだ。

それに、オーリーリアにはハーマイニーを殺す動機がない。ハーマイニーが殺された夜、オーリーリアはハーマイニーに会ってさえいないのだから。

（だが、もし会っていたのだとしたら？）オーリーリアがどこで何をしていたのか、オーリーリア自身の供述以外、誰も知らない。そして、オーリーリアとハーマイニーはずっとこの島で隣人として暮らしてきた。絶えず顔を合わせているうちに、二人の間に憎しみが生じて次第に大きくなり、何かの拍子に爆発したのかもしれない。けれども、オーリーリアが殺したことを示唆する証拠は何一つない。

（オーリーリア、ロイヤル、リディアのうちの、誰かなのか？）ロイヤルもハーマイニーとの付き合いは長いので、人知れず彼女を憎んでいたかもしれない。そして、鉈による殺人的な一撃をシーベリーに見舞うこともできただろう。

（オーリーリアにできただろうか？）ノーニはオーリーリアの力強い体や、リディアの優雅な体つきの下に潜んでいる、鋼のように強靭な力を思い描いてみた。だが、ロイヤルは男だ。暴力による殺人は、男のほうが実行しやすいだろう。女が殺人を企てる場合、毒を用いるのではないか？

疑惑や推測や可能性が、暗闇から突き出されたナイフのようにノーニの頭に浮かんできた。たとえばリディアを嫌っているオーリーリアに説得されたものの、それでもロイヤルはリディアを諦めきれずにいるのを、ハーマイニーにあからさまに嘲笑されたとしたら。そのことにロイヤルが腹を立てたとしたら。意識していようがいまいが、本当に愛している女性を侮辱されたと感じて、ロイヤルはハーマイニーを憎むかもしれない。ロイヤルがハーマイニーを撃ったのだとしたら！　ロイヤルはジムを守ろうとしている。ジムが逮捕されるのを阻もうとしている。あらゆる手を尽くして、ジムが殺人容疑で訴えられないようにしている。もしロイヤルがハーマイニーを殺したのだとしたら、ジムを――いや他の誰であっても――自分の身代わりにするだろうか？　ロイヤルは――ロイヤルでなくても誰でも――そのようなことに罪の意識を感じるのではないか？　きっと、ロイヤルがハーマイニーを殺したのだ。だから、あれほどまで一生懸命にジムをかばうのだ。良心がとがめるのだ！

でもシーベリーの殺害を考えると、これは当てはまらないように思える。シーベリーを殺害した犯人は良心もなければ、やむにやまれず殺したようにも思えなかった。

（オーリーリア、ロイヤル、リディアのうちの誰だろう！）目まいでも起こしそうな不信感と良心の呵責が、ノーニの心の中に渦巻いた。

（三人のうちの誰かを殺人犯と考えるなんて！）この家の中には、密かに戻ってきたリオーダン医師もいる。玄関ホールに医師の鞄があるのだから、医師はこの家にいる。

それに、ディックだ。ジムを追ってミドル・ロード大農場へ行ったのか、行かなかったのかわからないが、彼も人知れず戻ってきたのかもしれない。ディックには、ジムよりも強い殺害動機がありそうだ。ディックが銃弾を盗んだのかもしれない。銃弾を放った銃を持っているかもしれない。ハーマイニーを殺したかもしれないと自らほのめかしていたが、説得力のある説明で無実を主張していた。それにもかかわらず、怯えていて、狡猾に振る舞う。シーベリーを殺したのは誰だろう？　男性に違いない。ハーマイニーが死んで心変わりし、非情にもとっさにハーマイニー殺害の容疑をジムに負わせた人物だ。

ノーニはこの仮説もすぐさま否定した。もしディックが殺害したのなら、もっと上手に処理しただろう。結局、恨んでいたとはいえ、ディックはハーマイニーをかつては愛していたのだ。ハーマイニーへの思いを、まだ引きずっているのではないか。ハーマイニーの殺人犯を裁判にかけるのは、かつて愛した女性の仇を討とうとしているのではないか。

リディアは本当に怖がっているのだ、とノーニは思った。ハーマイニーが殺されたとき、リディアの緑色の目は怒りでらんらんと燃えていたが、シーベリーが殺された後は、恐怖以外の何物でもなかった。さらに重要なのは、リディアはいまでもロイヤルを愛していて、彼との結婚を望んでいることだ。だから、リディアはあの晩夕食にやって来て、ノーニからロイヤルを奪う最後の賭けに出たのだ。リディアはあのとき、そのことしか考えていなかった。ハーマイニーとの確執で、すぐには行動に移せなかったにせよ。

残るはリオーダン医師とイェーベだ。医師はあの日の午後、ハーマイニーが生きているうちに会った最後の人物で、彼もそのことを認めている。しかし、関係者全員が彼女に会っているし、ジムなどあからさまにハーマイニーとやり合った。階段から落ちた少年も些細なことかもしれないが、謎だ。医師が少年を診に行ったことがきっかけで、リディアをビードン・ゲートへ連れてくることになったのだから。医師もハーマイニーの非情さや権力欲にはどこかおよび腰で、彼女の存在自体がなんとなく脅威だったのかもしれない。ハーマイニーに何か弱みを握られていたのかもしれない。でも、これは憶測に過ぎない。今まで起こった数々の出来事の中に、医師が殺人犯であることをほのめかすようなものは何もない。ただ証拠と呼べるかどうかはわからないが、医師にとって不利なのは、銃弾がなくなったことだ。そして、玄関ホールにある鞄は、医師がこっそりと家に戻ってきたことを示している。気付かれないように静かに近付いてきて暗闇の中に身を潜め、ノーニのかすかな息づかいに耳をそばだてていたのは、リオーダン医師だったのだろうか？

ノーニはこの考えも退けた。残るはイェーベだ。ハーマイニーが死んでも、悲しまない人もいると言っていた。さらに尋ねると、イェーベは言葉を濁して口を閉ざしてしまったが、イェーベの供述は単なる周知の事実とは異なっていたのではないか？　言葉を濁したのは、長い年月の積み重ねと、忠誠心の厚い使用人のなせる如才のない処世術だったのではないか。

そのとき、ノーニは部屋がとても静かで、ずいぶんと長い間物音一つ聞こえないことに気が付いた。寒くて震え、ノーニはその場にうずくまった。

（部屋が静かになって、どれくらい経つかしら？）まるで誰もいなくなってしまったかのようだ。

ノーニはうずくまったまま耳を澄まし、それからゆっくりと頭を持ち上げた。目に見えるのは暗闇だけで、黒々と見えるのはテーブルや椅子だろう。暗闇の中で動く気配もなければ、息遣いさえ聞こえない。この静寂や耐え難い孤独から導かれる論理的結論よりも、ノーニはもっとはっきりとした、確たるものを得たかった。この部屋には彼女の他に誰もいないことはわかったが、なぜいないのかがわからない。だからこそ、自分に危険が迫っているような気がした。

でも、ノーニは自分の感覚が信じられなかった。

（理性的に考えて、受け入れられるだろうか？）そこで、片方のミュールを脱いで手に持って立つと、部屋の向こう側へ放り投げた。

ミュールが何かの家具にぶつかって小さな音を立て、再び静かになった。足音も、何の物音も聞こえない。

子どもだましのような方法だが、周りには誰もいないようだ。それでも、しばらくはじっとしていた。油断させるための罠かもしれない。部屋に誰もいないことを確かめてから、家具に擦れたりしないようにスカートの裾を片方の手で持ち上げて、ソファや椅子やテーブルにぶつからないよう気を付けながら、もう一方の手で手探りして、ゆっくりと慎重にドアへ向かって進んでいった。一歩進んでは止まり、耳を澄まして待つ。それから、また一歩という具合に。ようやく方向がわかるようになってきた。部屋の中のどの場所からも、玄関ホールへ通じるドアからもいざというとき姿を隠せるように、暖炉やソファの配置を頭に入れた。それでも、ドアへ辿り着くまでかなりの時間を要した。かじかんで手が震え、息をするたびに喉がひりひりする。玄関ホールへ通じるドアで、ノーニはしばらくじっとしていた。玄関ホールに明かりはついておらず、ろうそくも灯っていない。物音一つしなかった。それでも、ノーニは階段の方向がわかった。

ノーニは暗闇を見回した。壁や家具が黒々と浮かび上がっている。深く息を吸い込んだ。もう片方のミュールも脱ぎ、玄関ホールを進んだ。玄関ホールが急に広く感じられて、恐ろしくなった。部屋にいたときよりも玄関ホールのほうが、嵐の音が大きく聞こえる。部屋が音を弱めてくれていたに違いない。階段があるはずの場所へ向かって、ノーニはやみくもに玄関ホールを走りたい衝動に駆られた。もはやじっとしていることに耐えられなくなっていた。さらに少し進んで、耳を澄ます。相変わらず何も動かず、話し声も聞こえない。暗闇からは、何も現れなかった。思っていたより早く辿り着いたので階段につまずき、慌てて階段の支柱をつかんだ。心臓の鼓動が速まって息苦しくなった。しばらくじっとして息を整えてから、支柱に沿って手を上に動かして手すりをつかみ、階段を上り始めた。半分ほど上ったところで、下からオーリーリアの声が聞こえた。「そこにいるのは誰?」

ノーニは足を止めた。

暗闇がノーニの周りで渦巻いているようだ。ノーニの手は手すりをつかんだまま、凍ってしまったように動かない。声も出ない。話すことなどできそうもなかった。

(オーリーリアはどこにいたの? 今までどこにいたの?)

階段の下の暗闇から、さらに大きなオーリーリアの声がした。声を震わせ、いくぶん怒気を含んでいる。「そこにいるのは誰なの? どうして明かりをつけないの? ろうそくはないの? なぜ……」

オーリーリアは耳をそばだてていたが、命令するように言った。「そこにいるのは誰なの?」

ノーニは手すりを放し、恐怖を振りきり、素足のまま階段をすばやく駆け上がると、角を曲がり、暗闇の中を手探りで自分の部屋のドアへ向かって進んだ。

部屋の中へ飛び込むと急いでドアを閉めて鍵をかけ、思いがけず見つけたかんぬきもかけた。泣きそうになりながら荒い息を吐き、ドアに寄りかかった。

(さっきのは、オーリーリアだったの?)

少し落ち着くと、ノーニが階下へ下りたときには、玄関ホールにろうそくが灯っていたことを思いだした。なぜなら足元を照らすため、ノーニ自身が燭台のろうそくを持って階下へ下り、玄関ホールにある大きな銀の枝付き燭台のそばのテーブルの上に置いたのだから。でも、今さらろうそくを取りに戻ることはできそうもない。

でも、ノーニは部屋が暗いのも嫌だった。暗闇の中で、大きなベッドの長方形と、バルコニーへ通じる観音開きの窓が、黒いしみのように濃く見える。

(部屋のどこかにろうそくはないかしら?)

観音開きの窓が音を立てて、揺れていた。バルコニーに打ちつける雨の音が、重い足音のように聞こえる。鎧戸の一つが外れでもしたのだろう、規則的にがたがたいう音が聞こえる。(だけど、規則的過ぎないかしら?)

ノーニの名前を呼んでいるかのように、風が吹きすさぶ。

いや、確かに声だ。ジムの声だ。ノーニは暗闇の中をつまずきながら走って、バルコニーへと向かった。

第二十章

ノーニはおぼつかない手つきでバルコニーに面した観音開きの窓のかんぬきをはずそうとしたが、なかなかはずれなかった。嵐は相変わらず猛威をふるっている。ジムが再び叫んだ。「ノーニ――ノーニ……」そのときかんぬきがいきなりはずれて窓が開くと、風雨が部屋の中へ流れ込み、部屋の中の暗がりにジムの蒼白な顔が浮かび上がった。濡れた防水服を着たまま、ジムは肩で窓を押し閉めて嵐を閉め出すと、ようやく暗い部屋は落ち着きを取り戻した。ノーニはジムの荒い息遣いを聞き、ぼんやりと彼の輪郭を見ていた。

「なんて嵐だ」ジムが荒い息をしながら言った。「あずま屋を伝ってきたんだ――片方が垂れ下がっていたから。そこから、バルコニーの手すりへ飛び移ったよ」

「ジム……」

「どうした、ノーニ？　何があったんだ？」

ジムは防水服を床に滑り落とすように脱ぐと、両手をノーニのほうへ差し出した。ノーニは訳のわからないことを叫んだ。「誰か知らない人がここに――この家の中に――下にいるのよ……」

ジムはノーニの肩を強くつかんだ。緊張してこわばったような声が暗がりから聞こえてきた。「どういう意味だい、ノーニ？　話してごらん……」

外は嵐が吹き荒れ、部屋の中は薄暗く、不気味な暗闇に包まれていた。

(だけど、ジムがそばにいる——脅迫に屈しない、心強いジムがいる)ノーニはジムにしがみつくと、話そうと思っていたことを話したが、もどかしいほどうまく話せなかった。

「オーリーリアだって? オーリーリアの声がしたって?」ジムの声も思わずこわばっていた。

「だけど、家の中には他にも人がいたわ、ジム。ロイヤルやリディアや、それにリオーダン先生も。先生の鞄が玄関ホールにあったもの……」

「先生を見たのか?」

「いいえ……」

「ディックはここにいるのか?」

「ディックはあなたを追って、ミドル・ロード大農場へ行ったと、ロイヤルが言っていたわ」

ジムは冷ややかに言った。「なるほど。僕は大農場で用事を済ませると、バナナ農場を抜けて戻ってきたんだ。どこもかしこもめちゃくちゃだ。島全体が砲撃でも受けたようなありさまだよ。嵐がこれ以上ひどくなる前に、戻ってこようと思ったんだ。ノーニ……」ジムが口をつぐんだ。ぼんやりとしていた彼の顔がはっきり見えた。蒼白で、何か考え込んでいるようだ。しばらくしてから、ジムが口を開いた。「ノーニ。何者かが生け垣に沿って近付いてきて君を脅かしたときも、こんな感じだったのかい? つまり、今と同じように感じたのかい?」

突然の予想外の質問にノーニは戸惑った。が、ノーニは自分の答えにいっそう驚いていた。即座に「いいえ」と答えたのだから。

「どんなふうに違うんだい?」

「わからないわ——いいえ、わかるわ。今度のは本気のような気がしたの」

「そして、以前のは本気ではなかったんだね？」

「そうよ。なぜそんなふうに思うのかわからないけど、そんな気がするの……」

「わかった——先を続けて」

ノーニは続けた。「前のときは、わたしを脅かそうとしただけだったんじゃないかしら。だけど、今度は違う気がする。本気でわたしに危害を加えるように感じたのよ、ジム。なんと言ったらいいのかしら……」思わず口をつぐんでしまうほどの恐ろしいことが、ノーニの頭に浮かんだ。

「今度は、君を殺すつもりだと言いたいのかい？」と、ジムが言った。

何者かが外にいて、とんでもないやり方で再び強引に家の中へ入ってくるかのように、ジムの後ろで窓が大きな音を立てた。

「ノーニ、聞いてくれ——ちょっと待って、明かりをつけよう。ろうそくはどこ？　そうか、君が下へ持っていったんだっけ。別のを持ってこよう。こんな暗がりじゃ、気が滅入ってしまう」

ジムはマッチを取り出した。ノーニは彼がポケットを探るのをぼんやりと見ていた。マッチは湿っていたがようやく火がつき、ジムは手探りしながら大きなベッドの反対側へと消えていった。ジムの手の中の小さな明かりが日焼けした顔や黒い髪を照らし、部屋の四隅を探し回るジムの姿を影のように映しだしている。だが、戻ってきたジムのもう一方の手には紙袋が握られ、中には紙幣が入っていた。

ノーニは小さく声をあげると、ジムのところへ駆け寄った。紙幣は折り畳まれていた。折り目のついた紙幣は、紙袋の底から一インチほどの高さにきちんと重なり合っていた。薄明かりの中で、ジムはノーニに尋ねた。「君のお金かい？」

「おお、ジム、どこにあったの……？」

ノーニが紙幣を見つめている間にマッチの炎がジムの指へ近付いてきたので、ジムはマッチを捨てると、別のマッチに火をつけた。「間違いないかい？　これは君のお金かい？」

「そう見えるけど——でも、待って。わたしの札入れを持ってくるわ——ええ、間違いないわ……」

「今はこれについて議論するのはやめておこう。たいした問題じゃないからね。これはおそらく君のお金だ」

「どこで見つけたの？」

「お金は少年が持っていた。脳震盪を起こした少年だ。今日、僕がミドル・ロード大農場へ出かけたのは、この少年に会って話を聞くためだ。これは彼がハーマイニーから盗んだんだ」

「ハ、ハ、ハ、ハーマイニーからですって！　なぜ彼女が持っているの？　どうやって手に入れたというの……？」

「ハーマイニーがこのお金を持っていた。そして、少年が盗んだことに気が付いた。それで、言い争ったんだろう。ハーマイニーの剣幕に怯えた少年は、逃げようとして大農場のベランダを後退りして階段から落ちた。少年はもう意識を回復して話もできるけど、あのときは少年の意識がなかったから、ハーマイニーはリオーダン先生を呼んだんだ」

マッチが燃え尽きかけたので、ジムはマッチを捨てた。家全体がさらに耳をそばだて怖がらせようとしているかのように、部屋がいっそう暗くなった。暗闇から、ジムの辛辣な声が再び聞こえてきた。

「少年から聞いたのは、それだけじゃない。銃のことは僕が正しかったよ、ノーニ。あれはディックの銃だった。少年はそのことも話してくれた。数カ月前に、ディックはハーマイニーにあの銃を貸したんだ。少年の名前はハッピーというんだけど、家の事やハーマイニーの身の回りの世話をしていて、もう一人のジョニーが料理を作っている。ハッピーはハーマイニーの書斎や寝室であの銃を見たそうだ。ハッピーは、銃がディックのものだということも知っていた。ディックがあの銃の手入れをしているのを見たからだ。それに、ディックとハーマイニーが銃について話していたのも聞いている。だから、ハーマイニーが銃を借りたことを知っていた。なぜ銃を借りたのかは知らないようだが」

「どうしてハーマイニーは銃なんか借りたの？」と、ノーニが大きな声を出した。「何かを恐れていたのかしら？」

「おそらく、そうだろう」

（恐れていた。だが、訳もなく怖がったりはしないだろう。脅《おど》す何者かがいたのだ）「ハーマイニーは、誰を恐れていたの？」

「あの晩の出来事を考えれば、おおよその見当はつく。ハーマイニーは誰かに呼び出されて、ドアまで出ていった。そして誰であれ、相手はハーマイニーを殺すつもりでミドル・ロード大農場へやって来た。ハーマイニーが銃を持っていたので、何者かは銃を奪おうとして、揉み合いになったのだろう。ハーマイニーは不意を突かれたんだ。予期していたのとは別の人物だったから。おそらく——その人物はハーマイニーが銃を持っていることを知っていたのだろう……」

「ディックが知っていたわ！」

「誰もが知っていたかもしれない。ハーマイニーだったら銃を持っていることを自慢しそうだ。彼女と口論する誰に対しても、『わたしは銃を持っているわ——だから、自分の身は自分で守れるの』なんて言いかねない。実際のところはわからないが、一つだけはっきりしていることは、あのときハーマイニーは殺された。力づくだったか、不意を突かれたかのかはわからないけど、あのとき頼みの銃を奪われ、そして撃たれた」

「ハーマイニーが銃を持っていたのは、少年が、ハッピーが知っていたわ」

「ハーマイニーが殺されたとき、少年は気を失っていたよ」

「でも、ハーマイニーが銃を持っていることを誰かに話したかもしれないわ！」

「たぶん、話しただろう。ディックも誰かに話したかもしれない。問題は、銃がなくなったことだ。銃弾から銃を突き止められたかもしれないのに。とにかく、ディックが銃弾を処分したことは間違いない。ディックはリオーダン先生が銃弾を取り出すことを知っていたから、なんとかして銃弾を手に入れたかったに違いない。ディックがここへやって来て、先生の鞄を目にする。リディアがコートを脱ぎに書斎へ行っている隙に、ディックは先生の鞄の中を探ることができた。すると案の定、銃弾があった。推測だけど、たぶんこうだったのだろう」

「ディックがハーマイニーを殺したというの？」

「確かめなければならないことがいくつかある——しかも、早急に。ノーニ、君はここでじっとしているんだ。そして、もう一度思いだしてくれ——生け垣での出来事や鉈のことを。僕には、すべて何かの演出のように思える。本気じゃないんだ。なぜだかわからないけれど——いや、わかる。もし本当に危害を加えるつもりだったら、君が家へ逃げ込むまで待ったりはしないだろう。ハーマイニーはあっという間に殺されたし、シーベリーも一撃だった。恐ろしいけれど、これが現実だ。なのに、君は無事だ。家から離れていて、君の周りには誰もいなかった——つまり、危害を加える機会はいくらでもあった。だけど、起こったのは、君を怖がらせて芝生の上に鉈が置いてあっただけだ。鉈が芝生の上にあったことで、不審者がいるという君の供述は信用された。鉈はいかにも気のふれた作業員か、殺人狂を彷彿させる。だけど今回は——違う。どう違うのか説明できないけど、以前の君は実際には危険にさらされていなかったような気がする。だけど今度は——とにかく、明かりを持ってくるよ」

ジムはノーニのそばを離れると、暗闇の中を手探りしながら、小さな書き物机のほうへ向かった。マッチを擦って周囲を見回し、引き出しを開けた。「どこかに、ろうそくがあるはずなんだが……」

ノーニも引き出しを引っ掻き回した。ノーナおばさまへの書きかけの手紙が、机の上にそのままだった。ジムがその手紙を目にすると、思いだしたようにノーニが口を開いた。「あの日の午後、わたしがこの手紙を書いていたとき、あなたがやって来たのよ。手紙を書いていたとき、突然気が付いたの。あなたのことを……」

白い紙からくっきりと浮かび上がる黒いインクの文字を何気なく読んでいるうちに、ジムは次第に目を細めた。マッチのほのかな明かりが、彼の顔を柔らかく照らしている。ジムは呆然としたまなざしで見つめていたが、マッチの炎が指に迫ってきたので、慌ててマッチを捨てた。

「ジム、何を読んでいたの？　どうしてそんな顔をしているの？」

「なんでもない、なんでもないよ。ただ……ノーニ、僕の言うとおりにしてくれ」暗闇がいっそう濃くなったようで、ジムの顔や、がっしりとした体がほとんど見えない。ジムの体が暗闇の中へ溶け込んでしまったようで、張り詰めた声だけが聞こえた。「今から、やらなければならないことをやる。ノーニ、君はここにいるんだ。約束してくれ」

「何をするつもり？」

「君の部屋には、かんぬきは付いているかい?」

「ええ……」

「かんぬきをかけておくんだ」

暗闇の中で、ジムとノーニは意を決した。「ジム、誰がハーマイニーを殺したのかわかったの?」

と、ノーニが尋ねた。

ジムが答えなかったので、ノーニは両手を差し出して彼の腕をつかんだ。コートの粗い生地の感触が手に伝わる。「わかったのね!」

「なぜハーマイニーが殺されたのかはわかった」と、ジムが言った。「わかったような気がする——だけど、立証できない。もし……」ジムが口をつぐんで、考え込んだ。風が観音開きの窓へ吹きつけて音を立て、つる植物を揺さぶる。ジムが自分に言い聞かせるように、小声で言った。「もしディックがミドル・ロード大農場から戻ってこなかったら。もし……」ジムはノーニの両手を握った。「僕の言うとおりにして、ドアにかんぬきをかけておくんだ。すぐに戻る」

まばゆい光とともにドアが開いた。閃光がジムとノーニの目に飛び込んできて、目がくらむ。まるで狙い撃ちされたようで、二人は困惑し、うろたえた。ノーニはまぶしくて、目が見えなかった。

「そこにいるのはディックだな?」と、ジムが言った。

ディックだった。そして、懐中電灯を手にして、部屋の中へ入ってきた。反射した光が皺の刻まれたディックの顔を下から照らした。目が異様に輝いている。「驚かしてすまない、ノーニ。ジムはここだと思ったんだ。ジム、君を逮捕する……」ディックの声はこわばっていて、息も乱れていた。

「あの銃のことを知っているぞ、ディック……」と、ジムが言った。

懐中電灯がわずかに揺らめいた。少し間を置いてから、ジムが続けた。「あの少年は、ハーマイニーが君から銃を借りたことを知っていた。だが、ミドル・ロード大農場の家のどこにも銃はなかった。銃弾を処分したのは君だ。そして、ハーマイニーは君の銃で撃たれたんだ、ディック」

再び長い沈黙が訪れたが、懐中電灯の光は今度は揺らめかずにジムとノーニの目をくらませた。ジムが続けた。「銃弾は有罪を示す物証だ、ディック。銃弾を処分したことをとやかく言うつもりはない。だけど、君は僕を逮捕できない……」

「逮捕できないって?」と、ディックが言った。「君がハーマイニーを撃ったんだ。僕じゃない。彼女の殺害に、僕の銃が使われたのかもしれない。だが、ここに別の銃を持っている——ウェルズ少佐が、君を逮捕するのに必要なら使うようにと渡してくれた銃だ。少佐は、何かあったら君を逮捕するよう僕に命じた。そしてシーベリーが殺され、今日の午後、君はミドル・ロード大農場へ行った。何をしに行ったのかわからないが、たとえ証拠隠滅をはかったとしても誰にもわからない。ウェルズ少佐は、いずれにしても何かあったら君を逮捕するよう命じ、僕に銃を渡した。だから、実行する。こっちへ来るんだ、ジム」ディックがいら立った様子で言った。

「ハーマイニーが君の銃を持っていたことは、他に誰が知っているんだ?　彼女はなぜ君の銃を借りたんだ?　誰かを恐れていたのか?」と、ジムが尋ねた。

「仮にハーマイニーが誰かを恐れていたとしても、僕には話さなかった。彼女が銃を持っていることを誰かに話したかどうかも知らない。だが、君は知っていたはずだ、ジム。君はあの家に住んでいて、何度も銃を見ただろうからね」

「リオーダン先生はどこだ?」と、ジムが尋ねた。

「知らない。さあ、来るんだジム……」

ジムはディックの言葉に従って、静かにドアへ向かった。懐中電灯の光でジムを照らしたままにしておけるように、ディックがぎこちなく向きを変えたが、ジムの両手はぶらりと垂れ下がったままで、懐中電灯にも銃にも手を伸ばす気配はなかった。ドアに辿り着くと、ジムの顔を照らしている懐中電灯の光が彼の目に反射し、濡れた黒い髪の毛を輝かせていた。「僕が言ったことを忘れるな。僕は戻ってくるから……」と、ジムがノーニへ言った。

驚いたことに、ディックはジムに銃を突きつけていた。ジムがディックの前を廊下へ向かうとき、ノーニは銃を見た。短いがっしりとした銃が不気味な光を放ち、およそ似つかわしくなくディックの手に握られていた。

ディックの肩が懐中電灯の光とジムの姿を遮っていた。ノーニは薄暗い中でドアを閉め、無意識のうちに、ジムの言いつけどおりにかんぬきをかけてドアに寄りかかった。

ノーニは長い間立ったまま、動かなかった。心身ともに麻痺してしまい、見たことや聞いたことを受け入れることができなかった——ジムが逮捕され、銃を突きつけられて連れ去られたのだから。

ディックの言うウェルズ少佐の命令は、本当のことだろう。ノーニは、少しの間考えていた。

ディックが言ったとおり、銃はウェルズ少佐がディックに貸したのだろう。ディックが銃を持っていなかったのは、ハーマイニーに自分のを貸したからだ。

(銃が必要なほど、ハーマイニーは何を恐れていたのだろう？) ノーニの頭の中を、いろいろな考えが浮かんでは消えた。

ディックは握っている銃が自分のか、そうでないかはわかるはずだ。ウェルズ少佐の命令や少佐の銃についても、確かめようと思えば確かめられる。おそらく、ディックが話したとおりなのだろう。（ジムはどうするつもりかしら？　拘留され、ディックの監視下に置かれたら、ジムに何ができるの？）

一方、ディックの銃でハーマイニーが殺されたことをジムが知っても、ディックは首尾よく逃げおおせるのだろうか？

ディックは島を熟知しているから、こんなに荒れた天候でも島を抜け出せるだろう。だけど、それでは容疑を認めることになるのでは。いいえ、ディックは島を抜け出さないだろう。むしろ島に留まって、ジムの容疑を固めようとするはずだ。

鎧戸が大きな音を立て、木が今にもバルコニーへ倒れてきそうなほど、軋みながら揺れていた。嵐がいよいよ近付いてきたようだ。部屋がさらに暗くなった。（とにかく、ろうそくを見つけなくっちゃ）

ノーニは部屋の中を少し歩き回り、マッチを見つけようとテーブルの上を探した。木の枝が音を立てて折れ、風が容赦なく鎧戸に吹きつける。マッチを見つけ火をつけたが、残念ながらあと三本しか残っていなかった。

ノーニはマッチの炎が消えないように気を付けながら、引き出しや書き物机を探した。三本のうちの一本目のマッチが燃え尽きる前に、部屋にはろうそくがないことがわかった。ノーニは隣の浴室へ入った――大きな昔風の浴室で、ドアはノーニの部屋へ通じるものしかない。二本目のマッチをつけて、大きくて古めかしい、壁に取り付けられた薬棚をすばやく見回したが、そこにもろうそくはなかった。もう他に探すところはない。寝室へ戻って、ジムがバルコニーから入ってきてから、観音開きの窓にかんぬきをしていないことを思いだした。

（ジムはかんぬきをかけたかしら？）不安になって、ノーニは慌ただしく観音開きの窓へ向かった。途中まで行きかけて立ち止まり耳を澄ましたが、なぜ耳を澄ませたのかわからなかった。そして、最後の一本のマッチに火をつけると高く掲げて、部屋の中を見回した。

何も変わったところはなかった。部屋は以前のままだった。ノーニは再び観音開きの窓へ向かうと、かんぬきを手にした。

再び木が音を立てたのでそちらに気をとられ、かんぬきがかかっているかどうか確かめられなかった。しかし、音がしたのはバルコニーではなかった。もっと近かった。部屋の中だった。

（そんなはずないわ）

ノーニがマッチをかざして音のしたほうを見ると、大きくて背の高い衣装ダンスの扉が目に入った。衣装ダンスの扉が、ほんのわずか開いていた。そのとき、ノーニが手にしたマッチの炎が消えた。

第二十一章

「動くな！」

鎧戸が音を立てた。そして木が――いや、あれは扉の音だ――かすかな音を立てて動いたのは、古い衣装ダンスの扉だ！　音は部屋の反対側の暗闇から聞こえた！

再び扉が軋ると、すばやく何かが動く気配がした。が、なぜか忍びのような動きだ！

ノーニは無意識に後退りしたもののすぐに壁にぶつかり、それ以上は退けなかった。

「動くなと言ったはずだ」

（壁に沿って進めば、ドアへ辿り着けるだろうか？）

かろうじて発したノーニの声はかすれていた。「どうして――どうしてなの……」

返事はなかった。ノーニは再び壁に沿って歩きだしたが、無意識のうちに叫び声をあげようとしていた。

すると、突然暗がりから伸びてきた手にノーニは口を塞がれ、物のように椅子へ放り投げられた。テーブルが音を立ててひっくり返り、何も聞こえなくなった。暗闇の中で、あらゆるものがぐるぐる回っていたが、ようやく人の声が聞こえてきた。

「ディックの銃を持っている。だから、彼がハーマイニーを殺したと誰もが考えるだろう。もしも君が僕を騙さなければ、こんなことにならなかった。君が大金持ちだったら、ずいぶんと違っていたよ。遺言を残して、君を岩の上で足を滑らせるか、ボートの事故に遭わせれば、こんなことをせずに済んだんだ。君のお父さんの財産がないことを知って、僕がどう思ったかわかるか。君が無一文でビードン・ゲートへやって来たと知ってどれだけ落胆したか。だけど、僕はまだ立ち直れる。家もあるし、これまでこの島で築き上げてきたものもある——ジムが絞首刑を免れさえすれば、すべてうまくいくんだ。すべてを取り戻せる。だから、僕にはジムが必要だ——そして君さえいなければ、ジムはなんとでもなる。君さえいなければ、ジムはあのまま飛行機に乗って、今頃はニューヨークにいただろう——つまり、何の容疑もかけられなかった。だけど、まだ間に合う。そして、僕も。だからノーニ、君が邪魔なんだ。君と、君が隠し持っていたあのお金が邪魔なんだ……」

「ロ、イ、ヤル、ロ、イ、ヤル、や、め、て！」

ロイヤルの残虐な面があらわになり、いまにも襲われる恐怖に駆られ、ノーニはやみくもに逃げようとした。鎧戸が相変わらず音を立てている。

（違うわ。あれはドアの音よ——廊下へ通じるドアを誰かが叩いているのよ！）

だが、ノーニは迫りくる恐怖で息苦しくなり、気を失いそうだった。

「必要ならば、銃で殺す。君じゃない——ジムを。君が余計なことをしたりしゃべったりしたら、ジムでさえ撃つ」

衣装ダンスの扉が動いて、止まった。ロイヤルが衣装ダンスの中へ身を隠したのだ。廊下でノーニを呼ぶ声が聞こえる。繰り返し、彼女の名前を呼んでいる。声に気が付いて、ノーニはとにかくドアへ向かおうと決心した。だが手探りで進んでも、何も手に触れない。ようやく触れるものがあった。

かんぬきだ！　冷たい金属の感触が手に伝わった。

「ノーニ、お願いだから、ドアを開けてくれ！」緊迫したジムの声を聞いてノーニがかんぬきをはずすと、すぐさまドアが開き、ジムとリオーダン医師がまぶしい明かりとともに部屋へなだれ込んできた。医師の手には大きな枝付き燭台が握られ、明かりが揺らめいている。医師が燭台を高く掲げたので部屋の中が明るくなり、ノーニはもはや暗がりに目を凝らして衣装ダンスの扉を見る必要はなかった。ノーニはジムをここへ近付けてはいけないと思った。遠ざけておかなければならない。ノーニは、ジムと医師を部屋へ入れないようにしようと思った。

しかし、二人ともすでに部屋の中へ入っていて、もはや追い出せそうもなかった。ジムがすでに観音開きの窓に達しているのを見て、ノーニの心臓は飛び出しそうになった。ジムは衣装ダンスのちょうど真向いにいるのだから。

「おお、ジム」ノーニはあらん限りの叫び声をあげた。「戻って、戻ってちょうだい！」

ジムを戻らせるために、ノーニは何か口実を考えなければならなかったが、何も思いつかなかった。何かいい口実があるはずだ。とにかくジムを衣装ダンスから遠ざけなくては。（考えるのよ――考えるの……）

リオーダン医師はノーニをしげしげと見つめていた。揺らめくろうそくの明かりに照らされた細い顔は、やつれて緊張している。「ノーニ、あなたにとってはショックでしょうが、覚悟しておいたほうがいいでしょう……」

「わかっています――覚悟はできています……」ノーニはなんとか言葉を発した。そして、意を決してその場に立っているジムへ話しかけようとしたが、言葉が出なかった。喉がひりつき、唇は麻痺していた。ジムもノーニをしげしげと見つめ、目を細め、顔をこわばらせ、怒っているようだ！　医師が恐怖を、嵐を切り裂くように、冷ややかに言った。「私が証人になりましょう。隠していた場所から、銃を取り出すのを見ました――銃は庭の低木の下に埋められていました。ジムは今日の午後、ミドル・ロード大農場へ行く前に、ハーマイニーの殺人犯は彼女を殺した銃を持っているはずだから、私にロイヤルを見張るように言いました。見張っていたのですが、ロイヤルが慌てて家の中へ入ったので、見失ってしまって……」

（ロ、ロ、ロイヤルはここにいたのよ。この部屋の中にいたのよ！）

「……銃が確たる証拠です。ですから、私の言うことを信じてください、ノーニ。あなたにとってはショックでしょうが、疑いようのない現実です。ハーマイニーを殺した人物だけが、彼女を殺した銃をどこに隠したのか知っているのですから……」

ジムが突然口を開いた――相変わらず怒ったように、顔をこわばらせている。「リオーダン先生、何があったのかノーニに教えてやってください」ジムは動こうとしなかった。じっと突っ立ったままだ。ノーニは冷たくなった両手を恐る恐るジムのほうへ差し出したが、ジムは気付かない。「わかりました。それでは、何が起こったのか説明しましょう……」と、医師が言った。

ノーニは話をほとんど聞いていなかった。医師はお金のことを、少年がハーマイニーから盗んだお金について話してくれたが、ノーニはすでに知っていた。

「座ったほうがいい、ノーニ。顔が真っ青だ。先生のそばの椅子に腰かけたほうがいい」と、ジムが強い調子で言った。

リオーダン医師がノーニの手を取って、椅子に深く座らせた。ノーニは衣装ダンスの扉を見た。

（さっきよりも衣装ダンスの扉が開いていないかしら？）ノーニは恐る恐るもう一度見たが、わからなかった。医師が続けた。「あなたにはつらいでしょうが、事実を知らなければなりません――ロイヤルがハーマイニーを殺したのです」

ノーニはすでにわかっていた。ビードン・ゲートのロイヤル・ビードンは暴力的で、残忍で、金持ちの女との結婚を望んでいたのだ。お金のために、遺言を書かせたら、ノーニを岩の上で足を滑らせるか、ボートの事故に遭ったかのように見せかけて殺すつもりだったのだ。

ノーニのお金はすべてなくなってしまった。ジムが話すにつれて、恐怖が甦ってくる。

ジムはとても早口に、感情を交えず話していた。ノーニは口を動かしたが、声が出てこない。（ジムは、なぜあんなふうに話しているのだろう？）まるでノーニにもジムにも関係ないことであるかのように、事実を淡々と述べていた。だけどとにかく、ジムを衣装ダンスの扉から遠ざけなければ。（もしわたしが動いたら、廊下へ向かったらどうだろう。あるいは気を失うふりをしたら。いや、だめだ。ロイヤルは撃つと言っていた。そして、すでに二人も殺している）

早口で、どこか他人事のように単調なジムの言葉が続いていた。「……そして、ロイヤルはハーマイニーをおとなしくさせるために、ノーニ、君からお金が入るとハーマイニーに約束した。ハーマイニーはロイヤルが僕に飛行機代を貸したと思っていただろうから、君と結婚するまでお金は用意できないと、ロイヤルはハーマイニーに伝えただろう。ロイヤルが君の千二百ドルを盗んだんだ。おそらく、僕たちがエルボー・ビーチへ向かったあと、激しい口論が起こったのだろう。金持ちの女と結婚さえすればお金はすぐ返せることを信用させるため、ロイヤルは君の札入れから盗んだお金をハーマイニーに渡したに違いない。お金を盗んだのは、ハーマイニーにうるさくせがまれたからだ。あらゆることが一気に起こった。ロイヤルは君が無一文であることを知り、僕が島を去ろうとしていることも知った。ハーマイニーはお金を督促してくる。ロイヤルはのらりくらりと時間を稼がなければならなかった。ハーマイニーの気をそらしながら、満足させなければならない。あの日の午後——僕らがエルボー・ビーチへ向かった午後、ロイヤルは君が無一文になったことを知った。弁護士からの手紙が来たんだ。あとで、ロイヤルが君に手紙のことを話したとき、僕はロイヤルの話に疑問を抱いた。ロイヤルは君宛ての手紙を勝手に開けたんだ。それを問われたら、何か言い訳するつもりだったのだろう。重要なのは、弁護士から君宛ての手紙をロイヤルが開けたことだ。これで、ロイヤルが何を心待ちにしていたのかわかった。君のお父さんからの莫大な遺産相続についてだ」

リオーダン医師の声が、ジムの単調な声に代わって聞こえてきた。「ロイヤルがノーニのお金を盗んだと、どうしてわかったのですか?」

淡々と話していたにもかかわらず、ジムは医師の話を聞いていた。「飛行機代として、ロイヤルは僕に二百ドル渡してくれました。ビードン島へ戻ってくるとき、運んでくれた船乗りへいくらか支払いましたが、もらった紙幣にははっきりとした折り目が付いていました。そして、ハッピー少年が盗んだお金にも同じ折り目が付いていたんです。少年はきっちり千ドル持っていましたよ」

「つまり、こういうことですか」と、医師が言った。「ロイヤルがノーニからお金を盗み、しばらくの間——ロイヤルが何か手だてを講じるまでの間——ハーマイニーをおとなしくさせておくために、千ドルを渡した。ロイヤルが期待していたような金持ではなかったことはハーマイニーに言わなかったでしょう。ロイヤルは、ノーニがエルボー・ビーチへ向かったあと、帰宅したハーマイニーのお金を少年が盗んだ。争った結果、少年は脳震盪を起こしたが、ハーマイニーは少年から穏便にお金を取り戻すために、少年と争ったことは伏せておいた。わからないのは、ロイヤルはなぜ盗んでまで、ハーマイニーにお金を渡さなければならなかったのか……」

今度ははっきりと軋る音が聞こえた。ノーニは見るとはなしに、衣装ダンスのほうをちらっと見た。

「ジム」とノーニがささやいたが、ジムは医師へ答えた。「とても単純で明快な理由があったんです。ロイヤルはハーマイニーからお金を借りていたんです」

「ロイヤルが！」医師は信じられないというような声をあげた。

「千二百ドルを盗まなければならなかったのは、返すお金がなかったからです。これほど明快な理由はないでしょう」

「だが――借金の記録はありませんでしたよ」

「ロイヤルが破棄していたとしたら？」

「ハーマイニーを撃ったあと、ロイヤルにそんな時間はなかったはずです。おそらく、すぐに返すからと言葉巧みに借りて、証文を残させなかったのでしょう……」

ジムがかなり大きな声ではっきりと言った。「その辺りは推測の域を出ませんが、重要な証拠は銃です」

「ロイヤルが隠した銃を取り出すのを見ました。間違いありません。ハーマイニーを撃ったあと、銃を手元においておくわけにはいきません。窮地に陥ったら、ディックを殺人犯に仕立てるためにその銃を使うつもりだったのかもしれません。ロイヤルはハーマイニーを殺すつもりはなかったのでしょう。ハーマイニーが銃を持ってドアのところへやって来て、二人は口論になり、ロイヤルが銃を取り上げようとして……」と、医師が言った。

出入口にいて、話を聞いていたディックが口を挟むまで、ノーニはディックがいたことに気が付かなかった。

「たとえわずかでもハーマイニーから金を借りたら、締め上げられて、残りの人生は彼女に握られたも同然だ」ディックは口をつぐみ、それから吐き捨てるように言った。「だが、それが彼女のやり方だ！　あの晩、ハーマイニーが僕を探しにやって来たとき、ロイヤルをばかにして、昔かたぎの古い人間だと言った。だが一方で、ロイヤルを信頼しているとも言い、彼の約束は担保のように確かだと言っていた……それがハーマイニーのやり方だ！　彼女の話す言葉の一つ一つが短剣のように脅迫そのものなんだ。それでロイヤルはハーマイニーに会いにいき、二人は口論になった。そして、シーベリーは何が起こったのか理解した……」

「シーベリーはわかっていたんだ」と、ジムが言った。「シーベリーがどうしてわかったのか考えてみた。遡って思いだしてみると、二つのことが引っかかった。一つはロイヤルの不審な態度。もう一つはサンダルだ……」

「サンダル！」

「ハーマイニーの緑色のサンダルだ。シーベリーと僕がハーマイニーを移動させたときは緑色のサンダルを履いていたが、途中でサンダルが脱げて、ノーニがどこか人目につかないところへ置いたんだ。周囲を見回したけれど、見えるようなところにサンダルはなかった。だけど、あとからやって来たロイヤルが、シーベリーにハーマイニーの緑色のサンダルのことを話した。なぜロイヤルがサンダルのことを知っているんだ？　ロイヤルはハーマイニーと会っていたに違いない。それから、リディアの証言だ。リディアはロイヤルのアリバイだった。ロイヤルはリディアと一緒だったと言った。そして、リディアは投資の変更についてロイヤルに相談していたと言った。だが、リディアは年金暮らしだから投資変更の余裕などないことを、シーベリーは知っていたのだろう。

「ロイヤルは、リディアと何の相談をしていたのか話したくなさそうだった。年金しかないリディアと投資変更の相談をしていたと、疑問を抱かれたくないからだ」と、ディックが言った。

「それで、シーベリーは察したんだ——目の前が開けたように感じただろう。そして、ノーニがもうすぐ遺言を作成することも知っていた。いくら何でも早すぎる。結婚式の前に作成するなんて」

「ロイヤルに頼まれたのかい？」ディックがこちらを向いて尋ねていることにノーニは気が付いていたが、ディックを見ることができなかった。もし顔を上げたら、またもや衣装ダンスに目がいってしまうような気がしたからだ。

ジムが続けた。「遺言のことは少し前まで知らなかった。ノーニもそのことは忘れてしまっていた。遺言は、彼女が書いていた手紙に書かれていたのだから」

「ロイヤルが隠した銃を取り出したことをあなたに話す前に、ロイヤルを疑いましたか？」と、医師が尋ねた。

ジムの声が再び大きくはっきりと聞こえた。「ロイヤルが懸命に僕を助けようとするので、疑問に思い始めました。殺人容疑で起訴されそうになるたびに、僕は免れた。まるで僕をかばおうとしているようでした。まるで……」ジムが険しい顔をして言った。「僕をかばわなければならないかのように。そして、かばうのはいつもロイヤルでした」ジムの声にはいまや気楽さもふざけた様子もなく、聴衆へ訴えかけていた。「ノーニが生け垣に沿って歩いていたときの、昨日の朝起こった銃の件も偽装です！　ノーニを殺そうと思えば殺せたはずですが、銃のおかげで、僕は警察本部長にその場で逮捕されるのを免れました。鉈の騒動が起こったとき、僕は警察本部長と一緒だったからです」

「それもロイヤルの仕業ですか？」

「そうです。そう思います。バナナ農場を突っきれば、こちらへ鉈を置いて、オーリーリアが電話をかける前にミドル・ロード大農場へ戻ることができます。ロイヤルはノーニを傷付けるつもりはありませんでした。少なくとも、そのときまでは。僕が警察本部長と一緒のときに、殺人犯が近くをうろついていたと思わせればよかったのですから。それが功を奏して、僕は逮捕されませんでした。そして今日、ロイヤルは銃を見つけると言いだしました。君に僕を逮捕させないためにね、ディック。君は僕を殺人容疑で逮捕しようとしていた。そして、ロイヤルは僕の容疑が立証されるのを恐れた。だから僕の容疑が立証されそうになるやいなや、ハーマイニーを撃った銃を見つけると言いだしたんだ。それを聞いたとき、ハーマイニーを撃った銃を持っているのはロイヤルだと思いいたりました。ロイヤルはその銃を捨てずに、彼自身の、あるいは僕の疑いを晴らすために、どこかへ隠していたに違いありません」

「わかっているよ——君が言ったとおりだった、ジム。先生は、君がお願いしたとおりにしてくれた。それで、すべてがわかった。君は先生にロイヤルを見張るように言った。するとロイヤルは僕の銃を、すなわちハーマイニーを撃った銃を隠し場所から取り戻した。それでも、まだ信じられなかったよ！」と、ディックが言った。

「銃のおかげで、僕はまたもや逮捕を免れた。ディック、ロイヤルは君の部屋か、君に容疑がかかる場所で銃を見つけたと言うつもりだったのだろう。殺人の罪を負わせるために、倒れているハーマイニーを君に見つけさせたかったんだ。どういうわけか、ロイヤルはハーマイニーが君の銃を持っていることを知っていたようだ」

「たぶん、僕がロイヤルに話したんだろう——覚えていないが——ハーマイニーがロイヤルに話したのかもしれない」ディックは目を擦ると、突然言った。「ロイヤルが家にいないんだ。家中探したけれどいない」

（いいえ、違うのよ！　ロイヤルはここにいるのよ、銃を持って、すぐ近くに——すぐそばに！）

どうしたらいいのかわからないものの、ノーニはじっとしていられなかった。すると、ディックの後ろからリディアが声をかけた。「ロイヤルはどこ？　彼と話がしたいの。わたし……どうかしたの？」リディアは明るい目ですばやく人々を見やり、張り詰めたその場の雰囲気に気付いた。

リディアはふらついて、ドアに片手をついた。ジムが優しく声をかけた。「いまや真相が明らかになったんだ、リディア。君も疑っていただろうけど、ロイヤルがハーマイニーを殺したんだ」

リディアの唇がわなわなと震え、奇妙な声を発した。「あなたを絞首刑にするつもりなんかないわ、ジム。わたしはロイヤルを愛している。ずっと愛してきたの。だけど、あなたを絞首刑にするつもりはないのよ。わたしは本当のことを言っているのよ」

「ハーマイニーが殺されたとき、ロイヤルは君と一緒ではなかったのですね？」と、医師が尋ねた。

「ロイヤルはわたしと一緒だったから、ハーマイニーを殺す機会などなかったと言うつもりだったんでしょうね。実際、しばらくは一緒にいました。わたしたちは——わたしたちはロイヤルの結婚式のことでけんかしたのよ。ロイヤルはお金目当てで、ノーニと結婚するつもりだったの。ロイヤルの農場はだめになりかけていて、どうすればいいのかわからなくなっていたわ。だけど、彼はプライドが高いから——とても高いから。そんなとき、金持ちのノーニのお父さんがもう長くはないとわかったので、ロイヤルはノーニを島へ連れてきて、お金のために彼女との結婚を決意したのよ」

「あの晩はどうだったんだ、リディア？　何があったんだ？」と、ジムが尋ねた。

「あの晩は、ロイヤルがハーマイニーを殺したなんて思わなかったわ。あのとき家まで送ってもらったけど、ロイヤルの結婚のことを考えるのが嫌だったから、わたしは――わたしたちはけんかしてしまったの。そうしたらロイヤルは車で出かけて、しばらくしてから戻ってきたのよ」リディアの声は哀れなほど震えていた。「戻ってくると、ロイヤルは謝って、わたしと仲直りしようとしたわ。あとでハーマイニーが殺されたと知ったとき、わたしたちがロイヤルの結婚のことでけんかしたと知ったら、ノーニにわたしたちの仲を疑われるかもしれないから……」リディアの顔が紅潮した。「ロイヤルが愛しているのはわたしだということを、ノーニに知られたくないから、二人がけんかしたことや、ロイヤルが三十分ほど出かけていたことは、誰にも言わないようにって。ずっとわたしと一緒だったと言うようにって頼まれたの。ロイヤルの言葉を信じたわ。信じたわよ、シーベリーがあんなふうに殺されるまでは。今日、ノーニには財産がなくて、ロイヤルはそのことを知っていたのに、わたしには話さなかったと知るまでは。ええ、わたしはロイヤルを愛していたし、今でも愛しているわ。でも、わたしにも良心があるもの。ジムを絞首刑にはできないわ」

それがリディアの本心だろう。ノーニは目をしばたたかせて、もう一度衣装ダンスを見た。何の物音もしないし、動く気配もない。（何か起こるなんて考え過ぎよ！）

「ロイヤルはノーニのお金が必要だったのか？」と、ジムが尋ねた。

「ノーニのお金が必要だったのよ。ロイヤルは借金を抱えていたから。借金を返さなければ、農場を失うと言っていたわ」と、リディアが言った。

「誰がロイヤルに金を貸したんだ?」

「わからない。だけど……」リディアは口ごもった。「おそらく、ハーマイニーでしょう。あの晩、殺される前の話しぶりを見ても、間違いなくハーマイニーよ」リディアは突然椅子に座り込むと、両手で顔を覆い、泣きだした。「あなたはどうするつもり……?」リディアはすすり泣きながら、ノーニに尋ねた。

ノーニはもう一度衣装ダンスを見ると、立ち上がった。喉がひりつき、唇は凍りついたように麻痺している。ジムはノーニにつられて衣装ダンスのほうを向くと、開きかけている扉へ向かって突進した。

リディアが金切り声をあげると、銃声が部屋中に響き渡った。ロイヤルはジムとディックに挟まれると、ディックと取っ組み合いながら椅子をなぎ倒し、つかみかかってきたジムをかわした。再び銃声が轟いた。リディアが再び金切り声をあげ、銃弾が天井にめり込んだ。ロイヤルは観音開きの窓を力一杯引き開けると、バルコニーへ身を翻した。雨が叩きつけ、風が音を立てて渦巻き、激しい風雨の中で、衣装ダンスの扉が揺れている。リディアが再び叫んだ。

ジムが銃を持っていることに、ノーニは気付いた。ディックはよろよろと立ち上がり、顎をこすった。「行かせてやりましょう」と、リオーダン医師が言った。

ノーニはようやく話せるようになった。「あなたは知っていたのね——ジム。ロイヤルが衣装ダンスの中にいることを知っていたのね」

ジムはノーニを見ると、そばへやって来た。「そうだ」と、ジムが答えた。「君が衣装ダンスを見て、顔がこわばっていたから。だから、僕は待っていた——われわれがすべての証拠を手に入れていることを、ロイヤルが理解するのを」ジムは優しくノーニの顔に手を添えた。「ロイヤルが殺人犯だとわかったとき、僕は気が動転した。ロイヤルに何があったのか気にかけることもできなかった」

「ロイヤルに情けは無用です」医師が厳しく言った。

「戻ってくるわよね……」と、ノーニがささやいた。

「いいや、戻ってこないだろう」

「ジム、なぜロイヤルは君を救おうとしたんだ？　他の誰かに罪をかぶせようとしていたのに。君をかばおうとしてハーマイニーを撃った銃を見つけるなどと言いだしたけれど、それで彼の犯行がわかってしまった。自ら墓穴を掘ったようなものだ。もしロイヤルがそんなことを言いださなかったら……」と、ディックがゆっくりと言った。

「ロイヤルが立ち直るためには、僕を利用するしかなかったんだ。再起するためにも、農場を救うためにも。ハーマイニーを殺すつもりはなかったと先生は言ったけれど、おそらく、心の奥底では殺すつもりだったろう。ハーマイニーが亡くなれば、ミドル・ロード大農場は僕が相続する。ロイヤルと僕は二つの農場を共同で運営する計画を立てていた。そうなれば彼の農場は救われるし、家族も、彼のプライドも、ロイヤルが拠りどころとしてきたすべてが救われる。そして、あの日の午後、ロイヤルはノーニが無一文であることを知って、腹を決めたんだと思う。だけど、僕が島へ戻ってきてしまった。ロイヤルにとっては、想定外のことが起こってしまったんだ。島を去った僕には、完璧なアリバイがあるはずだった。ここがロイヤルの計画の重要な点だ。ハーマイニーから大農場を相続したら、僕はロイヤルの共同経営の申し出を受けるつもりだった。が、誰も僕がハーマイニーを殺したとは疑わないだろう。ハーマイニーが殺されたとき、僕は機上の人だから。ロイヤルは僕を救わなければならなかった。さもないと、僕との共同経営という彼の計画が破綻してしまうからだ。僕がハーマイニー殺害の罪で絞首刑になれば、ロイヤルはすべてを失う。だから、僕を救わなければならなかった」

（だけど、ロイヤルはいずれジムさえ殺すだろう。ジムでさえ……それがロイヤルの本心だもの）

ノーニは、そのときオーリーリアが出入口のところにいたのを思いだした。オーリーリアはすべて聞いていた。

「こうなることを恐れていたの！　ロイヤルに農場主は無理だったのよ、ジム。何もかもうまくいかなくなって、だいぶ前からうまくいってなかったの。だけど、兄はプライドが高いから。高過ぎるから」オーリーリアがノーニを見た。「わたしはあなたに兄と結婚してほしかった。そうすれば兄は幸せになって、農場を立て直すこともできたと思う。あの農場にお金が必要なことは、あなたにもわかっていたでしょう。だけどそんなことより、とにかくあなたに兄の奥さんになってほしかった。わたしたちはビードン家の最後の生き残りですもの。兄はどこへ行ったの、ジム？　何をするつもりなの？」

互いに視線を交わしたが、誰一人としてまともに相手の顔を見られなかった。ディックが静かにオーリーリアへ近付いた。「少し休もう」ディックはオーリーリアを部屋の外へ連れだした。リディアが立ち上がると、涙が光って頬を伝っていた。かわいらしい赤茶けた髪の毛が輝く頭を高く持ち上げて、リディアも足早に去った。

しばらくして、リオーダン医師が口を開いた。「ロイヤルはモーターボートを見つけるつもりでしょう。この嵐にもかかわらず、島から抜け出すつもりです」医師はノーニを見て、それからジムを見た。「ジムを救うために他に犯人がいるように思わせようと、ノーニに怖い思いをさせただけだったとしたら――なぜロイヤルはノーニを殺そうとしたんですか？」

そうよ、それがロイヤルの本心だったのよ、とノーニは思った。彼と結婚し、わたしの遺言が作成されたとき、ロイヤルはわたしも殺すつもりだった。岩の上で足を滑らせるか、ボートの事故に見せかけるかして。

ジムは観音開きの窓のところへ行くと、肩越しに話した。「なくなった千二百ドルは、お金に付いた折り目で、ノーニのお金かどうか確認することができます。だから、誰かがお金を見つけて、ノーニが確かめる前に彼女を殺さなければなりませんでした。誰が盗んだのか明らかになれば、ロイヤルのたくらみが露見することを恐れたのでしょう。そうでなければ、ロイヤルはノーニを殺そうとはしなかったでしょう」

（だけど、ロイヤルはいつの日かわたしを殺すでしょう。彼が期待していた遺産はなくなり、殺意の種が、ロイヤルの心の中にすでに芽生えていたのだから）

ハーマイニーは結局、悪魔のような追いつ追われつのゲームに魅了されて深みにはまり、大きな代償を払うことになったのだ。

一同はまだ解明できていないことについて話し合い、一連の殺人事件の全体像を把握しようとした。シーベリーに疑われていることを、どうしてロイヤルは知ったのか？　シーベリーに感づかれるようなことをしたのか？　たとえばロイヤルを疑っていると本人にほのめかしたとか。シーベリーが危険を冒してまでこっそりと警察本部長へ電話をしようとしたので、ロイヤルは自分が疑われていることに気付いたのか？

ノーニはうずくまって、聞くとはなしに聞いていたが、ジムが突然口を開いた。「ノーニは怖がっていました。家が聞き耳を立てて自分を見張っているような気がすると言って。ノーニが何を怖がっていたのか、いまだにわかりません。だけど、なんとなくわかるような気がします。ノーニが怖がっていたのは、何か得体の知れないようなものではなく、ロイヤルだったのでしょう。ロイヤルは残虐で、暴力的な性質を内に秘めていました。なんとか隠して、気付かれないように振る舞っていたけど、ノーニは敏感にそれを感じ取ったのでしょう」

「ジム」ノーニがジムのところへ近付いた。「ジム」と言って、ノーニは口をつぐんだ。ロイヤルが話したことをいずれすべて話すつもりだが、今はまだ言えない。

ジムがノーニに歩み寄って腕を回して引き寄せたので、ノーニは頭を彼の肩に預けた。

すでにリオーダン医師は立ち去っていたので、ノーニはジムの肩に頭を押しつけた。

「天気が変わり始めた」ジムがしばらくしてから言った。「耳を澄ませてごらん——風がおさまってきた。朝になれば、いい天気になるだろう。いつか——いいや、すぐにでも飛行機に飛び乗って、青空へ向かって飛び立とう」ジムは不意に口をつぐむと、少し考えて言った。「きっと天国にでも近付いたようなすがすがしい気分になるだろう。そして落ち着いたら、ミドル・ロード大農場へ戻ってこよう。二人の家へ帰ってこよう」

訳者あとがき

嵐の迫る島で、殺人事件が起こったら……。

ミニオン・G・エバハートの『嵐の館』原題 *House of Storm* は、カリブ海に浮かぶ小島を舞台に、迫りくる嵐の中で起こった殺人事件の物語です。

ミニオン・G・エバハートがミステリを書き始めたのは、最初に結婚した夫が土木技師で、各地の現場を転々とすることを余儀なくされ、その徒然《つれづれ》を紛らわすためだったそうです。そして一九二九年に、未婚の中年看護師セアラ・キートと、入院して知り合った若い警察官ランス・オーリアリーのコンビが、アメリカ中西部の架空の都市を舞台に活躍する長編ミステリ『十八号室の患者』原題 *The Patient in Room 18* でデビューしました。

それでは、本書を簡単にご紹介させていただきます。

カリブ海に浮かぶ美しい小さな島〝ビードン島〟に、若い娘がやって来ました。ビードン大農場の農場主であるロイヤル・ビードンの花嫁になるために、ニューヨークからやって来た婚約者のノーニです。ビードン島の名前の由来は、ロイヤルの祖父の代からのものです。

ロイヤルの妹にも歓迎されたノーニは、この島でロイヤルと安定した、そして幸せに満ちた結婚生活を送れると信じていました。しかし、ノーニはなぜか家の中の何か、あるいは家自体が、耳をそばだてて自分を見張っているような気がしてなりません。幸せな結婚生活を送れると信じていたノーニに、不信と不安が生じます。さらに、同じく農場主のハーマイニー・ショーの甥のジムに、ノーニは次第に心を奪われていきます。

ジムはニューヨークで別の仕事をしていましたが、伯母のハーマイニーの依頼でビードン島へやって来ました。農場主になるためです。しかし、ハーマイニーはジムに使い走りのような仕事しか与えず、農場主に育てる気などないようです。業を煮やしたジムはハーマイニーと口論の末、ビードン島を去る決意をします。飛行場へジムを運ぶ郵便船が出航する桟橋まで送る途中のモーターボートの中で、ノーニとジムはお互いに好意を抱いていることに気付きます。

嵐がいよいよ迫ってきた夜、ロイヤルの家で酔っぱらってしまったディックを、ノーニは車で家まで送り届けることになります。ディックはハーマイニーの家の離れに住んでいるのですが、酔っぱらって動こうとしないディックを車に残し、ハーマイニーを呼びにいこうと家まで続く螺旋階段を上がっていく途中で、ノーニはハーマイニーの死体に遭遇します。ノーニは恐怖に怯えながらも、ジムは島を出ていったから、彼に容疑がかかることはないと安堵します。ところが、風雨が吹き荒れる中、ハーマイニーの家からジムが姿を現します。農場主になろうとしたジムが、ハーマイニーを殺したのでしょうか？　そして、ノーニが見張られているように感じるものの正体とは……。

アメリカのミステリ作家、メアリー・ロバーツ・ラインハートが先鞭をつけたといわれる、「もし知ってさえいたら……」と主人公に語らせることで読者に迫りくる恐怖を予感させる手法は、後に「H・I・B・K（Had-I-But-Known）」と呼ばれるサスペンス小説の一つの型として多くの作家に影響を与えましたが、ミニオン・G・エバハートも、この手法を得意としています。著作も多く、一九七一年にアメリカ探偵作家クラブ賞の巨匠賞を受賞。そして一九七七年には、アメリカ探偵作家クラブの会長にも就任しました。

本書は、嵐の迫る小島という外部から遮断された状況下で起こった、いわば密室殺人ととらえることもできます。が、前述でご紹介しましたように、作者は「H・I・B・K（もし知ってさえいたら……）」の使い手の名手です。この小さな島の中に、殺人犯が間違いなく潜んでいる。閉塞感を伴った迫りくる恐怖から逃れることのできない切羽詰まった心情や、殺人犯をめぐって互いに疑心暗鬼に陥っていく様子などが、抑制の効いた簡潔な文章で綴られていきます。本書の主人公ノーニの心理状態を細やかに描写していくことで、高まる緊張感や、深まる疑惑といったものを味わっていただけたらと思っています。

最後になりましたが、訳文の推敲を重ねるうえで貴重なご教示をいただき、本書が刊行されるまでお力添えをいただきました編集者や校正者の方々に、この場をお借りして、御礼申し上げます。

焦らしのスペシャリストが描く奇妙な時間

与儀明子（ライター）

ゴシックロマンスと嵐の孤島での連続殺人ミステリ。ふたつを混ぜると『嵐の館』になる。以下の言葉に反応する読者におすすめの一作。

エキゾチックな島。生きているかのような気配の古い家。性的抑圧。禁断の恋。三角関係。浮気。裏切り。愛憎相半ばの関係。不意打ちのキス。女同士の争い。嵐によるパニック。大胆な伏線。

まるで別世界へ連れ去られたかのようだ。そこには時計などで時を刻むことのできない、何ものにも束縛されない、その世界独自の時間の流れがあるかのように、島全体が茂みも岩も沼も生い茂った緑の丘も、何もかもが急速にいつもの光景から、暗くて形のはっきりしない世界へ一掃されてしまったかのようだった。（一七二頁）

嵐で停電になり、仄暗い館で時間感覚を失った者たちが食事する光景だ。このシーンが示唆するような非日常の時間にどっぷり溺れたい人。ぜひ読んでほしい。

さらに、サスペンシブルな展開に焦らされるのが大好きな人。うってつけだ。

物語の舞台は熱帯地方の小さな島。生の砂糖を煮る匂いが島じゅうに漂うビードン島だ。主人公は若い女性のノーニ。父を亡くして独りになった彼女は、親切にしてくれた年上の男性ロイヤルのプロポーズを受け、ロイヤル家にやってきたばかり。結婚式を数日後に控える身である。

幸せなはずなのに、何かが心に引っかかり、不安で五感が敏感になっているノーニ。ヒロインを通してみる島の様子は、まるで意思を持って彼女の身体に絡みつくかのよう。

やがて島に住む者の人間関係に亀裂が走るような一件が起き、ひどい嵐も近づいてきた。糸が張り詰めるような空気のなか、殺人事件が起きる。

事件が進行する間も、ノーニは自身の不安の原因がわからず彼女を抑圧するものの正体はなかなか像を結ばないまま、ラスト近くになってようやく言語化される。

作者のミニオン・G・エバハートは焦らしのスペシャリストだ。そのじりじりとした官能は、息を飲む展開で読者を牽引する現代型のサスペンスよりも、伝統的なゴシックロマンスに近い。速い展開で盛り上げるのではなく、思わせぶりな描写でゆったりと見せていく。時間が飴のようにのび、読者に絡みつく。

作中、不意にろうそくが消えて真っ暗になった室内（ここぞというタイミングで火が消えるのはゴシックロマンスのお約束）で、ノーニは犯人とおぼしき人物と命懸けのかくれんぼをする。途中、頭のなかで事件のこれまでを振りかえりだす。犯人は誰なのか推理するタイミング、そこじゃないだろう、死ぬぞ。思わず突っ込みたくなってしまうが、いやいやと思い返した。事態を引き伸ばすテクニックを使ってこそのエバハートだ。

一九二〇年代にデビューしたエバハートは、〈ＨＩＢＫ派〉の代表作家と言われる。ＨＩＢＫとは「Had I But Known」の頭文字をとったもの。「あのとき、もしも私が知ってさえいたら、悲劇は避けられたのに……」というモノローグに代表される、思わせぶりな書き方を好む作家のことを、評論家のハワード・ヘイクラフトがそう定義づけたと言われている。一九〇〇年代にデビューした、同じアメリカの作家メアリー・ロバーツ・ラインハートが始祖で、その作風を継いだのがエバハートとされている。

ラインハートの作品では、コミュニケーション能力がなかったり、うっかりしていたり、思い込みが激しかったりといった「人間関係を営むことに不器用な人々」によって事態を撹乱させる焦らしのテクニックがよく使われる。人間関係の難しさは現代にも通じる切実な問題だ。〈ＨＩＢＫ派〉のなかでも優れた作品は、今読んでもなお、惹きつけられるものがある。

ラインハートとエバハートの人間関係描写を比較してみるとさらに面白い。同じロマンティックサスペンスでも、一組の男女の関係性が変化するさまを好んで描くラインハートに対して、エバハートは三角関係による人間ドラマを描く。「私には夫がいるのに……」、「あの人を好きになってはいけないの……」といった〈許されざる恋〉の懊悩が、ドラマを盛り上げている。一人の男を複数の女が取り合うシチュエーションもよく発生する。言ってしまえば、ラインハートがどこか牧歌的なのと比べて、エバハートはえげつない。そしてそのえげつなさが、今読んでも生々しく、面白い。

また、キャラクター造形も生々しい。『嵐の館』にも、若さゆえに自分の心を直視できずにいる鈍感な女、男を征服することに喜びをおぼえる女、遠回しな当てこすりで相手より優位に立とうとする女、母親化して男を抑圧する女など「現代にもいるいる！」と叫びたくなる女性達が登場する。

そんな腹に一物抱えた女たちがことごとく思わせぶりな行動を取る。しかしその真意はわからず、それがまた焦れったさを生む。女たちはやがて、嵐の連続殺人という極限状態で心理的に追い詰められ、順番に感情を爆発させ、舌戦が勃発する。えげつないまでにドラマティックだ。

『嵐の館』は、エバハートの長編としては、五十九作のなかの二十七作目に当たる。作中の時代も、刊行時と同じ一九四九年ごろと見られる。一九四五年に第二次世界大戦が終わり、冷戦へと移行していく時期。

前年にはヘレン・マクロイ『ひとりで歩く女』、クリスチアナ・ブランド『ジェゼベルの死』、同年にはアガサ・クリスティ『ねじれた家』、エラリィ・クイーン『十日間の不思議』が刊行されている。

それらの作家の作品ほど本格的ではないにせよ、『嵐の館』にもミステリとしての趣向が凝らされている。作中には、犯人を示す手がかりがしっかりと明示される。巧妙で一読では気づかなかったが、再読して、そんなにあっけらかんと伏線を張るのかと大胆な手つきに驚かされた。

〔訳者〕
松本真一（まつもと・しんいち）
1957年生まれ。上智大学文学部卒業。英米文学翻訳家。訳書に『壊れた偶像』、『命取りの追伸』、『怪奇な屋敷』、『青い玉の秘密』（論創社）がある。

嵐《あらし》の館《やかた》
——論創海外ミステリ　171

2016年5月25日　初版第1刷印刷
2016年5月30日　初版第1刷発行

著　者　ミニオン・G・エバハート
訳　者　松本真一
装　画　佐久間真人
装　丁　宗利淳一
発行所　論　創　社
〒101-0051　東京都千代田区神田神保町2-23　北井ビル
電話　03-3264-5254　振替口座　00160-1-155266

印刷・製本　中央精版印刷
組版　フレックスアート

ISBN978-4-8460-1523-7
落丁・乱丁本はお取り替えいたします